ESPRIT DE SORCIÈRE

LES SORCIÈRES DE KEATING HOLLOW, TOME 3

DEANNA CHASE

Traduction par
VIVIANE FAURE

RÉSUMÉ DU LIVR

Bienvenue à Keating Hollow, le village enchanté où l'amour guérit, où l'amitié dure éternellement et où la famille compte par-dessus tout.

La vie d'Yvette Townsend était parfaite... jusqu'à ce que son mari tombe amoureux de quelqu'un d'autre. Récemment divorcée et encore abîmée par ses rêves brisés, Yvette a juré d'en avoir fini avec les hommes. À présent, elle est bien décidée à se consacrer à sa magie et à sa librairie bien-aimée. Il n'y a qu'un seul problème : son nouvel associé inattendu la rend complètement folle, au travail comme dans la vie.

Jacob Burton a toujours été excellent dans les affaires, mais en matière de relations, c'est une catastrophe. Après avoir surpris sa fiancée dans les bras de son meilleur ami, il s'est porté volontaire pour un séjour à Keating Hollow afin de sauver la librairie pittoresque de la faillite. Mais au fil du temps, il devient de plus en plus évident que c'est Yvette et le village qui pourraient bien le sauver. Avec un peu de chance, il acceptera de se laisser charmer par l'esprit magique des lieux.

CHAPITRE 1

Yvette Townsend fixa l'homme qui se trouvait à son bureau en regrettant désespérément de ne pas être une sorcière de terre. Au moins, elle aurait pu faire s'ouvrir le sol sous ses pieds et se laisser engloutir dans l'abîme. Mais elle était sorcière de feu, ce qui voulait dire que la seule façon de se sortir de cette situation par la magie, c'était de faire brûler sa librairie adorée, et ce n'était pas une option.

Elle venait de rentrer dans son bureau pour y trouver Jacob, l'homme avec qui elle avait eu une aventure sans lendemain deux jours auparavant, en train de parler des grands changements qu'il voulait apporter à sa librairie – ou plus exactement, à *leur* librairie, apparemment.

Il laissa retomber le dossier qu'il tenait sur le bureau et se racla la gorge.

— On pourrait peut-être repartir à zéro ? Faire comme si samedi soir n'avait jamais existé ?

Le visage d'Yvette se mit tellement à chauffer qu'elle fut forcée de s'éventer. Il était dingue ? Elle ne serait jamais capable d'oublier les choses qu'il lui avait faites.

— Ce n'est pas la peine d'être gênée, dit-il en pouffant de rire.

Il sortit de derrière le bureau pour marcher jusqu'à elle. Elle le regarda et poussa un soupir de stupéfaction. Elle n'était pas juste gênée, elle était mortifiée. Comment avait-elle pu laisser une telle chose se produire ? Trois mois auparavant, elle était heureuse en ménage et la fière propriétaire de la seule librairie de Keating Hollow. Maintenant, elle attendait que son divorce soit prononcé. Et comme elle avait eu besoin de racheter sa part à son futur ex-mari, elle avait passé un accord avec Michael J. Burton, le neveu de Miss Maple, qui devait devenir son nouveau partenaire commercial. Ils ne s'étaient pas rencontrés en personne pendant les négociations. Tout s'était fait au téléphone et par email. Autrement, elle n'aurait jamais invité Jacob, le séduisant « barman », à la raccompagner chez elle après le mariage de sa sœur.

Yvette étrécit les yeux en le regardant. La colère monta soudain en elle et elle se lança dans une diatribe enflammée :

— Je n'avais aucun moyen de savoir que Jacob le barman était en réalité Michael Burton, l'ancien directeur de Bayside Books à Los Angeles. Comment se fait-il que *toi* tu ne savais pas qui j'étais ? Je portais une robe de demoiselle d'honneur. Et je sais que tu étais conscient que j'étais la sœur d'Abby quand tu m'as fait monter dans ta voiture.

— Je savais juste que tu étais une sœur Townsend, dit-il en haussant les épaules. Comment j'étais censé savoir que tu étais la propriétaire de cette librairie ?

Elle fit claquer sa langue et posa les mains sur ses hanches.

— Eh bien, il n'y en a que quatre, des sœurs Townsend. Abby était celle en robe blanche en train de se marier. Ça voulait dire que tu avais une chance sur trois de te retrouver au lit avec moi.

Jacob fronça les sourcils tandis qu'il plongeait la main dans sa besace pour en sortir une liasse de documents. Après les avoir rapidement parcourus, il les tourna vers elle et lui désigna son nom.

— Ici, ça dit que la propriétaire de Hollow Books est Yvette Santini. Pas Townsend.

Oh la boulette. C'était un argument de poids.

— Heu, oui, mon nom d'épouse était Santini, mais comme mon mari est parti, j'ai repris Townsend.

Jacob lui offrit un sourire d'excuses. Il se tenait bien trop près d'elle.

— Je suis désolé que ça ait créé une situation bizarre pour nous deux. Si j'avais su que j'étais en train de raccompagner ma nouvelle associée, j'aime à penser que je serais resté professionnel.

— Tu aimes à *penser* que tu serais resté professionnel, explosa-t-elle en reculant d'un pas. C'est une habitude pour toi ? Coucher avec tes collègues ?

À peine les mots furent-ils sortis de sa bouche qu'elle se rappela qu'il avait dirigé son affaire précédente avec son ex-fiancée. Toute la ville avait discuté de leur rupture, car Jacob était le neveu de Miss Maple.

Il s'appuya contre le grand bureau en acajou et croisa les bras devant sa poitrine.

— Je ne dirais pas que c'est une habitude, mais tu ne peux pas m'en vouloir d'avoir été attiré par une jolie femme. Et cette robe…

Yvette leva les yeux au ciel.

— C'était la tenue des demoiselles d'honneur. Ce genre de robe est toujours horrible.

— Pas sur toi.

Le sourire sexy qui avait séduit Yvette la première fois était de retour.

— Tu as bien vu que je mourais d'envie de te la retirer.

Le regard d'Yvette passa de ses beaux yeux sombres à ses lèvres et elle se sentit presque vaciller vers lui alors que les souvenirs du samedi revenaient d'un coup. Ils gardèrent tous les deux le silence un moment et le tic-tac de l'horloge résonna dans le bureau. Et puis le sourire de Jacob se transforma en rictus plein d'autosatisfaction.

Yvette leva la main et secoua la tête.

— Ça ne recommencera pas et il faut que tu arrêtes ça. Si on doit travailler ensemble, le flirt, c'est fini. On va juste devoir faire comme s'il ne s'était rien passé.

— Je ne flirtais pas, dit-il.

Il essaya de prendre un air innocent mais échoua lamentablement, car il laissa son regard parcourir le corps d'Yvette.

— Oh, je t'en prie.

Elle leva les yeux au ciel.

— Je ne suis pas une étudiante naïve qui va se laisser influencer par ton joli sourire et cette lueur agaçante dans tes yeux.

Ça le fit rire.

— Si tu le dis.

Et puis, il prit une attitude parfaitement professionnelle : il se redressa et lui tendit la main.

— Miss Townsend, c'est un plaisir de vous rencontrer. Je m'appelle Jacob Burton et je suis votre nouvel associé. J'ai hâte de voir ce que nous pourrons faire avec Hollow Books dans les mois à venir.

Yvette hésita. Il était sérieux ? Il était passé d'étudiant potache à businessman raffiné en moins de deux secondes.

— Allez-y, serrez-moi la main, dit-il avec l'ombre d'un sourire. Je ne mords pas.

Oh que si, pensa Yvette, et elle sentit son visage s'embraser à nouveau alors qu'elle prenait sa main dans la sienne.

— Beaucoup, ajouta-t-il avec un clin d'œil avant de serrer ses doigts.

— OK, ça, c'est du flirt, dit-elle en retirant sa main pour mettre ses poings sur ses hanches.

— C'est toi qui as commencé, dit-il en haussant les épaules. Ces joues rosies m'ont tout révélé de tes pensées.

Elle détourna le regard et marmonna quelque chose de vague comme quoi il se plantait complètement. *Ouh la menteuse*, fit une petite voix dans sa tête. Il l'avait percée à jour, mais elle aurait préféré mourir que de le reconnaître. Yvette s'endurcit mentalement, le regarda droit dans les yeux et dit :

— À partir de maintenant, cette relation est purement professionnelle.

Ce satané pétillement revint dans ses yeux tandis qu'il hochait la tête et disait :

— Comme vous voudrez, Miss Townsend.

— Bon, très bien alors, dit-elle.

Elle aurait voulu essuyer ses paumes moites sur son jean.

— Ravie de vous rencontrer, Mr Burton.

Elle se déplaça rapidement pour aller s'installer à son bureau. Une fois assise dans le fauteuil en cuir que son ex avait fait faire sur mesure pour elle, elle ramassa le dossier que Jacob avait laissé tomber au milieu du bureau et l'agita vers lui.

— Alors, à propos de ces changements dont vous parliez…

Elle entendit sa sœur Noel l'appeler alors que la porte commençait à s'ouvrir.

— Yvette ! Allez, balance. Qu'est-ce qui s'est passé avec le beau gosse qui t'a raccompagnée après le mariage d'Abby ?

Noel entra et s'arrêta net en apercevant Jacob.

— Oh. Oups. Heu, bonjour.

Elle dégagea ses longs cheveux blonds de son visage avant de lui sourire et de lui tendre la main.

— Je suis Noel Townsend. L'autre sœur d'Abby.

Il fit deux pas en avant pour venir lui serrer la main.

— Jacob Burton, le nouvel associé d'Yvette.

— *Nouvel associé ?*

Le regard de Noel passa de lui à Yvette avant de revenir à Jacob.

— Bon, c'est un peu gênant, hein ?

— Pas du tout, répondit-il gracieusement avant de se tourner vers Yvette. Je vais aller faire un tour dans la boutique pour me repérer un peu. Venez me retrouver quand vous serez disponible pour parler stratégie.

Yvette se contenta de hocher la tête. Elle était de nouveau submergée par la mortification et elle ne se sentait pas capable de parler.

— C'était un plaisir de vous rencontrer, Noel, dit-il en se glissant hors du bureau.

Dès que la porte se fut refermée, Noel se tourna vers Yvette, les yeux écarquillés.

— Tu as couché avec ton nouvel associé ?

Yvette se renfonça dans son fauteuil. Elle tenait toujours le dossier que Jacob avait laissé sur son bureau.

— Qu'est-ce qui te fait croire que j'ai couché avec lui ? demanda-t-elle en se raclant la gorge.

Noel lui adressa un regard peu amène tandis qu'elle nouait ses cheveux en un chignon vite fait.

— Vette, allez. Je vous ai vus partir ensemble.

— Et ?

Elle haussa une épaule.

— Peut-être que c'était juste pour me ramener chez moi.

— On a vu cette Mercedes grise garée devant chez toi quand on est rentrés dans la nuit. Les lumières étaient éteintes dans la maison. Je t'en prie, ce n'est pas la peine de faire comme si avec moi. Il est Canon, avec un C majuscule. Et avec tout ce qui s'est passé avec Isaac… eh bien, tu mérites de te distraire un peu.

— Et c'est ce que j'ai fait, non ? dit Yvette en ouvrant le dossier.

— Sauf que…

Noel jeta un regard vers la porte fermée.

— Je pensais que c'était un ami de Clay, un barman venu de Californie du Sud. Tu penses vraiment que c'est une bonne idée de coucher avec ton associé ?

Yvette laissa un rire sardonique lui échapper.

— Non. Pas du tout. Je croyais la même chose, que c'était juste un ami de Clay. Je viens seulement de découvrir que c'est mon associé.

Noel cligna des yeux deux fois avant de se laisser tomber dans le fauteuil en face de celui d'Yvette.

— Quoi ? Comment tu as fait pour ne pas savoir ? Vous n'avez pas parlé du tout ou quoi ?

Yvette sentit son visage s'embraser à nouveau et elle secoua la tête.

— Pas vraiment. On a flirté et puis… eh bien, tu peux imaginer la suite.

Noel se pencha en avant et posa ses bras croisés sur le bureau pour adresser un sourire taquin à sa sœur.

— Je pourrais, mais ce serait plus sympa d'avoir des détails.

— Jamais de la vie ! Est-ce que je te pose des questions, moi, sur ce que tu fais avec Drew ? rétorqua Yvette.

Drew était le petit ami de sa sœur, et le shérif adjoint de la ville. Ça fit rire Noel.

— Non, mais hier soir, on est allés se faire un bain de minuit à la rivière enchantée. Et je vais te dire, tant que tu n'as pas eu un org…

— Ça suffit, dit Yvette en levant la main.

Elle se mit à rire.

— J'ai compris l'idée.

Noel soupira.

— Cette rivière est vraiment magique.

— Tu es complètement dépravée, dit Yvette en parcourant les notes dans le dossier de Jacob.

Elle fronça les sourcils et tourna une page.

— Qu'est-ce qu'il y a ? demanda Noel.

Yvette grinça des dents.

— Quand je suis entrée là ce matin, Jacob était au téléphone en train de parler des changements qu'il veut apporter à mon magasin. Je l'ai entendu parler d'un café et de transformer cet endroit pour en faire la plus grande librairie sur le paranormal de la côte Ouest.

— Ça n'a pas l'air si mal, dit Noel en haussant les sourcils. Qu'est-ce qui ne te plaît pas là-dedans ?

Yvette laissa tomber les papiers et jeta un long regard à sa sœur.

— Je vais te dire ce qui ne me plaît pas là-dedans… J'aime ma librairie telle qu'elle est. C'est une petite boutique au charme suranné, et c'est ce qui plaît à mes clients. En plus, Mr Changeons-Tout n'est même pas passé par moi avant de vouloir tout transformer.

— OK, parles-en avec lui alors, dit Noel en haussant une épaule. C'est toujours possible de s'améliorer, non ?

— M'en parler aurait été la façon de commencer.

Yvette se leva en serrant la liste de commandes dans sa main. Toute sa gêne de découvrir qu'elle avait couché avec son associé avait disparu, remplacée par de la pure exaspération. Comment osait-il se pointer ici et prendre les choses en main comme si son affaire battait de l'aile ? Cela n'aurait pas pu être plus éloigné de la vérité. Tout allait très bien. S'il n'y avait pas eu son divorce imminent et la nécessité de racheter la part d'Isaac, elle n'aurait pas eu besoin de demander un centime à un investisseur.

— On dirait qu'*associé* est un mot étranger pour Mr Burton. Parce que, apparemment, il a déjà commandé un percolateur professionnel, des panneaux, et tout ce qu'il faut pour servir des cafés et des pâtisseries.

— Oh, oh, dit Noel en se levant à son tour. Qu'est-ce que tu vas faire ?

Yvette fonça jusqu'à la porte avant de se retourner pour regarder sa sœur dans les yeux.

— Dire à Mr Faux-Barman-Sexy de reprendre son fric et de retourner vite fait bien fait en Californie du Sud. Ce n'est pas pour ça que j'ai signé.

CHAPITRE 2

Jacob prit une grande inspiration pour se calmer tandis qu'il parcourait la section des ouvrages documentaires d'Hollow Books. Quand il était entré dans la librairie ce matin, la dernière personne qu'il s'attendait à voir était la jolie brune qu'il avait ramenée chez elle samedi. Comment était-il censé savoir qu'Yvette Santini était une des sœurs d'Abby ?

Ce n'était pas comme s'il avait passé beaucoup de temps à Keating Hollow, seulement quelques étés quand il était gamin. C'était comme ça qu'il avait rencontré Clay Garrison. Ils s'étaient retrouvés quand Clay avait emménagé à Los Angeles avec sa première épouse, et Jacob avait pris soin de l'appeler après avoir décidé de déménager à Keating Hollow. Il se trouvait que Clay se remariait et il lui avait demandé de jouer les barmen à la dernière minute. Comme Jacob avait travaillé dans un bar pendant ses études, ça ne lui avait pas posé de problème de donner un coup de main.

Il n'avait pas prévu de repartir avec une des demoiselles d'honneur, mais Yvette lui avait fait beaucoup d'effet. Elle était incroyablement belle, un peu triste et un peu rebelle. Ce qui avait commencé comme un flirt inoffensif était rapidement devenu quelque chose de bien plus sérieux.

Jacob se passa une main dans les cheveux et se morigéna pour son manque de discernement. À la seconde où il avait réalisé son erreur, il aurait dû tout faire pour rester sur le terrain professionnel. Au lieu de cela, il n'avait pas arrêté de flirter et était passé pour un connard. Il ne lui avait fallu que quarante-huit heures pour foutre le bordel dans sa nouvelle affaire. Il entendait encore les reproches de son père après l'échec de sa dernière histoire d'amour au travail et l'inévitable pagaille qui s'était ensuivie. Cette fois, c'était censé être différent. Cette fois *serait* différente s'il avait son mot à dire. Il devait juste s'assurer de rester loin du lit d'Yvette Townsend.

Malheureusement, il avait le sentiment que c'était plus facile à dire qu'à faire.

Il fallait qu'il garde la tête froide et qu'il se rappelle qu'il était venu à Keating Hollow pour faire table rase du passé et se consacrer entièrement à son travail. Il avait un talent pour lancer des entreprises et il avait un beau bilan à son actif. Il se tourna et chercha machinalement son nom parmi les reliures sur les étagères. Presque instantanément, son regard se posa sur le livre que son éditeur avait publié l'année précédente : *Marketing et loyauté : créer des entreprises qui ont du cœur*. S'il y avait une chose pour laquelle Jacob Burton était doué, c'était susciter la fidélité des clients. Et c'était exactement ce qu'il comptait faire avec Hollow Books.

— Sérieusement, dit Yvette derrière lui d'une voix incrédule.

Jacob se tourna vers elle, son livre toujours à la main.

— Pardon ?

— Qu'est-ce que vous comptez faire avec ça ? demanda-t-elle en désignant le volume qu'il tenait. Si vous croyez que vous allez m'impressionner juste parce que votre livre est arrivé sur la liste du *New York Times*, eh bien…

Elle secoua la tête.

— Laissez tomber. Si vous comptez utiliser ça pour me convaincre d'ouvrir un café dans ma librairie, vous pouvez oublier. Et ça, dit-elle en lui mettant le bon de commande sous le nez, vous allez devoir le leur renvoyer.

Jacob la regarda de haut, un peu agacé et amusé tout à la fois.

— Quel est le problème avec un café ? Les lecteurs aiment prendre un café et une viennoiserie tout en flânant dans une librairie.

Yvette soupira.

— Je sais que vous êtes un citadin, Jacob, alors je vais vous expliquer. Keating Hollow est une petite ville. On prend soin les uns des autres ici. Si vous pensez que je vais soudain me mettre à faire de la concurrence au Café Incantation, réfléchissez-y à deux fois. Il n'y a juste pas la place pour deux salons de thé dans cette ville.

— Je comprends, dit Jacob en hochant la tête. Mais je n'étais pas en train de vous suggérer d'ouvrir un salon de thé, juste d'avoir un percolateur pour faire des expressos et des lattes sans avoir à faire un kilomètre à pied. Votre machine Nespresso à une tasse ne suffit pas pour servir des cafés de spécialité à tous vos clients.

— Le café des Pelsh n'est pas à un kilomètre d'ici, répondit Yvette avec exaspération. Et franchement, pour qui vous vous prenez ? Vous vous pointez ici et vous prenez des décisions unilatérales pour cette librairie dès le premier jour ? Au cas où vous ne vous en seriez pas aperçu, Mr Burton, Hollow Books s'en sort très bien comme ça. On n'a pas besoin d'un percolateur de luxe pour fidéliser nos clients.

Très bien ? pensa Jacob en lui-même. C'était quand la dernière fois qu'elle avait jeté un coup d'œil aux chiffres ? Il resserra ses doigts autour du livre qu'il tenait et se racla la gorge.

— Je pensais que vous vouliez vous associer avec quelqu'un qui vous aiderait à faire prospérer votre commerce.

— En effet !

Elle plaça ses mains sur ses hanches et le fixa avec un air déterminé.

— Ce à quoi je ne m'attendais pas, c'est que vous vous pointiez ici et me traitiez comme la cinquième roue du carrosse juste parce que vous vous êtes fait un nom en transformant la librairie de votre papa en une grosse franchise.

Elle désigna le livre dans ses mains.

— Je vous ai déjà dit que transformer mon magasin en un nouveau Bayside Books ne m'intéresse pas.

— Ce n'est pas… essaya-t-il d'intervenir.

Mais Yvette poursuivit sur sa lancée :

— Vous m'avez dit que vous apportiez des finances à mon commerce parce que vous vouliez retrouver un rythme plus lent, faire quelque chose qui ait du sens et participer à une communauté. Eh bien, vous avez déjà tout ça, Mr Burton. Nous n'avons pas besoin de vos percolateurs de luxe ou de, je cite, vos « sourires patentés, capables de charmer n'importe quel représentant de commerce d'un bout à l'autre du pays ». Tout ce qu'il nous faut, ce sont des étagères bien fournies et de l'attention pour chaque client, exactement comme le préconise votre petit livre au chapitre 2.

Jacob sentit ses lèvres frémir alors qu'il essayait de retenir un sourire. Non seulement elle avait lu son livre, mais elle en avait mémorisé des citations qui n'étaient pas dans les premiers chapitres. Il appréciait qu'elle ait fait des recherches sur lui. Ça voulait dire que faire affaire avec elle n'était pas entièrement une erreur, même si elle était trop bornée pour ne serait-ce qu'écouter ses idées.

— Rien à répondre, Mr Je-Sais-Tout ?

— Bien sûr que si. J'ai énormément à répondre à tout ça, mais j'attendais de voir si vous aviez fini, dit-il en haussant les épaules.

— J'ai fini, souffla-t-elle.

Jacob remit le livre sur son étagère et fourra les mains dans ses poches.

— Vous avez raison. J'aurais dû vous en parler avant de commander ce percolateur.

— Ça, c'est sûr, dit-elle en gardant une expression neutre.

Il ignora la pique et poursuivit comme si elle n'avait rien dit.

— La raison pour laquelle j'ai attaqué direct, c'est qu'en regardant les chiffres de l'année dernière, il est clair que la librairie n'a pas de soucis pour le moment, mais qu'elle finira par en avoir si rien ne change. Je me suis peut-être montré un peu trop zélé…

— De quoi parlez-vous ? Ma librairie n'a aucun souci, dit Yvette.

— Pour le moment, dit-il.

Il se balança sur ses talons. Tout son amusement devant la petite crise d'Yvette avait disparu, remplacé par de l'agacement. C'était un professionnel et si elle ne pouvait pas se montrer rationnelle, ce partenariat ne fonctionnerait pas.

— Écoutez, Yvette…

— Non, vous, vous m'écoutez, *Jacob*. Je crois que j'ai déjà entendu tout ce que j'avais besoin d'entendre ce matin. Merci d'avoir envisagé d'investir dans mon commerce, mais je pense qu'il est clair que nous ne sommes pas sur la même longueur d'onde. Il vaut probablement mieux que nous arrêtions tout dès maintenant et que vous retourniez à Bayside Books ou je ne sais trop où vous étiez avant d'arriver ici.

Jacob cligna des yeux. Elle était sérieuse ? Ils n'avaient même pas encore eu une vraie conversation sur la librairie. Et il n'y avait pas moyen qu'il retourne à Los Angeles. Pas après tout ce qui s'était passé. Que ça lui plaise ou non, elle allait devoir composer avec lui… pour le moment.

— Vous ne pouvez pas décider unilatéralement que cet accord ne vous convient pas et me foutre à la porte. Nous avons signé des contrats. De l'argent a été payé. Je suis le copropriétaire de cette librairie désormais.

À cinquante pour cent. Il avait insisté là-dessus. En affaires, il voulait toujours avoir son mot à dire.

— Nous allons simplement devoir trouver comment faire pour que ça fonctionne.

Yvette fronça les sourcils et un pli se dessina sur son front.

— Un contrat, ça s'annule. Je trouverai un autre investisseur, un investisseur qui partagera ma vision pour cette librairie. Je vous remercie pour le temps que vous m'avez consacré, Mr Burton, mais il est assez net que nous avons tous les deux commis une erreur.

Sans un mot de plus, elle tourna les talons et quitta la boutique.

Il resta là, entre les rayonnages, et la regarda claquer la porte.

Des bruits de pas résonnèrent derrière lui et il aperçut Noel qui le rejoignait. Des mèches ondulées s'échappaient de son chignon vite fait, et même si elle ne portait qu'un jean déchiré et un tee-shirt, on aurait dit qu'elle sortait des pages d'un magazine de mode. *Il y a de sacrées jolies filles chez les Townsend,* pensa-t-il. Mais si Noel avait une beauté très américaine, celle d'Yvette était un peu moins évidente. Ses traits étaient plus sombres, plus anguleux, et elle était pleine de feu.

— Ça s'est bien passé à ce que je vois, dit Noel en le rejoignant.

Elle affichait un sourire sympathique. Il laissa un éclat de rire lui échapper.

— Vous avez dû entendre une autre conversation alors.

Il secoua la tête et ajouta :

— Dans quoi je me suis fourré ?

La femme à qui il avait parlé au téléphone avait semblé vive, intelligente et réceptive quant à ses premières idées pour développer Hollow Books. Celle qu'il venait de rencontrer… irrationnelle et agressive étaient les premiers adjectifs qui lui venaient à l'esprit.

— Écoutez, dit Noel en posant une main légère sur son bras. Elle a vécu des choses pas faciles ces derniers mois. Cette librairie a été la seule constante dans sa vie, la seule chose qui est toujours à elle.

Mais elle n'était plus à elle. En tout cas, pas entièrement. Jacob avait investi une somme d'argent conséquente et il n'allait pas se taire et la laisser fondre juste parce que sa nouvelle associée avait du mal à se faire à la situation.

— Laissez-lui un peu de temps, dit Noel. Faites-moi confiance. Elle finira par s'y faire.

Jacob croisa le regard bienveillant de Noel et hocha la tête.

— Merci.

— Je vous en prie. Et bienvenue à Keating Hollow.

Elle partit vers la porte, mais juste au moment de saisir la poignée, elle se tourna vers lui.

— Jacob ?

— Oui ?

— Faites attention à elle. Elle joue les dures, mais si vous y regardez de près, vous verrez qu'elle porte son cœur en bandoulière.

Jacob ne répondit pas et la regarda sortir de la librairie et disparaître dans les rues de Keating Hollow.

CHAPITRE 3

Yvette fulminait quand elle rentra dans la brasserie de son père et s'installa sur un des tabourets au bar.

— Rhys, sers-moi le plus grand verre possible de la bière du Nouvel An de Clay.

Le beau serveur aux larges épaules releva la tête de son bloc-notes et jeta un coup d'œil à l'horloge.

— Il est neuf heures et demie du matin. On n'est même pas encore ouverts.

Elle le fusilla du regard.

— La tireuse est cassée ?

— Non.

En pouffant de rire, il prit une chope d'un litre et commença à la remplir.

— Je suis juste surpris de te voir. Pas facile ce lundi ?

— Ça, tu peux le dire.

Elle se leva et disparut dans la cuisine. Quelques instants plus tard, elle en ressortit avec une part de tarte aux fruits des bois couverte d'un monticule de chantilly.

Rhys déposa la bière devant elle.

— Tu as envie d'en parler ?

Elle fourra une bouchée de tarte dans sa bouche et secoua la tête.

— D'accord. Dis-moi s'il te faut autre chose.

Il passa à l'autre bout du bar et se remit à travailler sur sa paperasse.

Une machine à remonter le temps ? Comme ça elle pourrait revenir en arrière et arranger le bazar qu'elle avait mis dans sa vie. La première chose sur sa liste serait de ne *pas* faire affaire avec Mr Franchise. La seconde serait de ne *pas* rentrer avec lui après le mariage d'Abby. Le seul problème, c'est que les gens ne se bousculaient pas franchement au portillon pour investir dans la librairie. Pour tout dire, Jacob était le miracle qu'elle avait appelé de ses vœux. Si elle n'avait pas pu racheter la part d'Isaac, elle aurait été forcée de fermer et de liquider tous ses actifs. Alors elle aurait non seulement pu dire adieu à son mariage, mais aussi à sa librairie adorée.

Sa menace de racheter la part de Jacob était vaine. Elle n'avait pas l'argent pour cela. Elle avait un trop gros crédit sur la maison pour pouvoir faire quelque chose de ce côté-là et elle avait déjà essayé d'obtenir un prêt aux entreprises. Aucune banque n'était encline à lui prêter une aussi grosse somme. C'était comme ça qu'elle s'était retrouvée avec Jacob comme associé à la base.

Elle prit sa bière et ferma les yeux en avalant une longue gorgée réconfortante.

— Yvette ?

La voix de son père la surprit et elle recracha sa bière sur le comptoir.

— Papa ? Qu'est-ce que tu fais là ? demanda-t-elle en

courant derrière le bar pour trouver de quoi essuyer ses cochonneries.

Son père se tenait sur le seuil de son bureau, celui qui était généralement occupé par Clay ces temps-ci.

— J'allais te poser la même question. Je remplace Clay pendant son voyage de noces avec Abby.

Il jeta un coup d'œil à son assiette et haussa un sourcil.

— Il est un peu tôt pour boire une bière avec une tarte, tu ne crois pas ?

— Il n'est jamais trop tôt pour la tarte.

Elle déplaça son assiette et son verre puis passa un coup de désinfectant sur le comptoir avant d'essuyer avec un chiffon.

— C'est toi qui m'as appris ça, tu te rappelles ?

Il pouffa de rire.

— Sans doute, mais je ne me souviens pas qu'on la faisait descendre avec de la bière.

— Il y a des jours où c'est nécessaire. Tu peux me croire.

Elle rangea le chiffon et se rassit à sa place. Son père la rejoignit et s'appuya au comptoir.

— Tu as envie d'en parler ?

D'en parler ? Seigneur, non. Comment aurait-elle pu lui dire qu'elle avait couché avec Jacob ? Il y avait des choses que les pères n'avaient pas besoin de savoir. Elle l'observa et remarqua que les cernes sous ses yeux avaient disparu. Son teint était normal à nouveau et non plus gris à cause de la chimio. Il était toujours trop maigre, mais en l'état des choses, il avait bonne mine. Elle avait toujours affirmé que son père battrait ce cancer, mais maintenant, à le voir comme ça, elle commençait à s'autoriser à y croire.

Une partie de sa tension abandonna ses épaules et elle décida qu'il était peut-être la personne à qui elle avait besoin de parler… tant qu'elle n'abordait pas ce qui s'était passé samedi.

— Je crois que j'ai fait la plus grosse bêtise de ma vie.

Lin Townsend pinça les lèvres en la considérant.

— Pas étonnant que tu sois en train de boire alors qu'il n'est même pas dix heures du matin.

Yvette étouffa un éclat de rire, à mi-chemin entre l'amusement et le sanglot.

— Tu n'imagines pas. Je crois que cette conversation va nécessiter une autre part de tarte.

Elle commença à descendre de son tabouret, mais son père se redressa et leva la main.

— J'y vais. De la chantilly ?

— Oui, s'il te plaît, dit-elle en poussant son assiette vide vers lui.

— Ça marche, Châtaigne.

C'était le surnom qu'il lui donnait quand elle était petite. Des quatre sœurs Townsend, elle était la seule à avoir les cheveux châtains. Les trois autres étaient blondes.

Pendant que son père était dans la cuisine, Yvette en profita pour re-remplir son verre. Ensuite, elle servit un café à son père. Elle savait que c'était ce qu'il aurait envie de prendre.

Quand Lin Townsend revint, il déposa les assiettes avec précaution et c'est là qu'elle remarqua qu'il tremblait légèrement. Son assiette vacilla au moment où il la posa, et elle cogna un peu trop fort contre le comptoir. Lin grimaça et ferma les yeux.

Un éclair de peur transperça le cœur d'Yvette, mais elle garda le silence tandis qu'il s'asseyait sur le tabouret à côté d'elle.

Lin prit son café, d'une main ferme cette fois. Après une gorgée, il reposa la tasse et se tourna vers Yvette.

— Vas-y. Dis-le.

— Je ne comptais rien dire.

Elle planta sa fourchette dans sa tarte et en prit une bouchée. Son père secoua la tête.

— Tu n'as jamais été très bonne menteuse.

Yvette avala sa tarte et se tourna pour regarder son père.

— Depuis quand tu as des tremblements ?

— Ce n'est pas un tremblement.

Il tendit la main devant lui pour prouver ses dires.

— C'est juste que je travaille plus que d'habitude depuis que Clay est parti pour sa lune de miel, et peut-être que j'en fais un peu trop.

— Oh. Je pensais que tu avais plus de force, dit-elle doucement. Tu as l'air d'être redevenu comme avant.

Elle fit de son mieux pour empêcher les émotions qui lui tordaient le ventre de s'afficher sur son visage.

À l'évidence, c'était un échec, car son père couvrit ses mains des siennes et les serra.

— Il faut juste être patient. Ne t'inquiète pas, Châtaigne. Ton vieux papa ne va nulle part. J'ai encore plein de choses à vivre.

Les larmes vinrent lui piquer les paupières et elle se maudit intérieurement d'être aussi émotive. Elle ne pouvait simplement pas s'en empêcher. Les larmes commencèrent à couler silencieusement sur ses joues.

— Viens là.

Il enroula son bras autour de ses épaules et la serra contre lui de côté. Elle se laissa aller de bon cœur dans ses bras et posa la tête sur son épaule. Même s'il était plus fin qu'avant, il était toujours solide, et son étreinte lui donna le même sentiment de sécurité que quand elle était petite. Elle ravala ses larmes et dit :

— Je sais que Clay n'est pas là et que tu aimes la brasserie, mais…

— Je sais ce que tu vas dire, la coupa-t-il en la serrant toujours contre lui. Mais je prends soin de moi. Je ne fais que des demi-journées pour vérifier le brassage et garder un œil sur la paperasse. Rhys s'investit beaucoup et il fait un super boulot. La vérité, c'est qu'on aurait pu le laisser s'occuper de tout, mais je deviens fou à tourner en rond à la maison.

Elle lui jeta un coup d'œil.

— Je suppose que ton médecin a donné son aval ?

Ça le fit rire.

— Oui, Yvette. J'ai la permission. Tu veux que je te montre le petit mot du docteur ?

— Oui.

Elle lui sourit en se tamponnant les yeux avec sa serviette en papier.

— Bien sûr.

Il l'embrassa sur le dessus du crâne avant de la lâcher.

— Dommage, le chien l'a mangé.

— Lequel ? Buffy ou Xena ?

Elle aurait parié sur Xena, le chiot de sa sœur Faith que cette dernière décrivait comme un démon déguisé en shih tzu.

— Je ne balance pas.

Ses yeux se plissèrent d'amusement alors qu'il prenait une bouchée de tarte. Après l'avoir fait descendre avec le café, il dit :

— Assez parlé de moi. Tu veux bien me dire ce qui te pousse à boire si tôt le matin ?

Elle soupira.

— Je crois que j'ai fait une grosse bêtise.

— Grosse comment ? demanda-t-il en reposant sa fourchette pour accorder toute son attention à Yvette.

— Du genre qui va bouleverser mon existence.

Son ventre se tordit alors qu'elle repensait à Jacob Burton et au fait qu'elle allait désormais devoir partager son commerce avec un parfait inconnu. *Enfin, pas si inconnu que ça.* Elle réprima un gémissement et maudit Isaac en son for intérieur. Rien de ce qui lui était arrivé au cours des derniers mois n'était juste. Isaac avait déjà emménagé dans une belle maison à l'autre bout de la ville avec son comptable, et il avait aussi une belle pile de cash à sa disposition désormais. Et elle ? Il lui restait sa maison lourdement hypothéquée et la moitié de son commerce.

— *Toi*, tu as fait une bêtise ? demanda-t-il avec surprise. C'est impossible. Mon Yvette est bien trop prudente.

— Si seulement je l'avais été cette fois-ci, papa, dit-elle, morose, le nez plongé dans sa bière. Mon nouvel associé, Jacob Burton, ça ne va pas marcher. Il n'est pas… eh bien disons qu'il ne correspond pas à l'image que j'en avais.

Son père fronça les sourcils.

— Comment ça ?

— Il essaie de prendre le contrôle et de faire de grands changements sans même m'en parler. C'est *ma* librairie. Tu te rends compte ? Il se conduit comme s'il était le PDG et que j'étais juste une de ses sous-fifres. Je ne vais pas me laisser faire. Hors de question qu'un mec me coupe de nouveau l'herbe sous le pied. Je ne me laisserai pas faire.

Le visage de son père s'assombrit et il fronça les sourcils.

— Il vient tout juste d'arriver. Comment est-ce qu'il pourrait savoir de quels changements ta librairie a besoin ?

Elle lui fit un petit sourire et son cœur se gonfla d'amour à l'idée que quoi qu'il arrive, son père serait toujours de son côté.

— C'est ce que j'ai dit en gros.

Yvette lui résuma l'histoire du café et le fait que Jacob avait déjà commandé un percolateur.

— Il a aussi tout un plan d'action avec un calendrier en place, et il ne m'a parlé de rien de tout ça.

L'agacement avait disparu du visage de son père.

— Un café ? Qu'est-ce que vous serviriez ?

— Papa !

Yvette le contempla, bouche bée.

— Tu ne vas pas te ranger de son côté, si ? On ne peut pas entrer en compétition avec le Café Incantation. Ce n'est pas correct.

— Bien sûr que je ne suis pas de son côté, ma puce. Je suis toujours avec mes filles. Ton nouvel associé aurait clairement dû parler avec toi d'abord. Aucun doute là-dessus. Mais je me disais juste qu'un café dans une librairie, ce n'est pas une mauvaise idée...

— Je ne vais pas voler la clientèle des Pelsh.

Elle fronça les sourcils en regardant son père, perdue.

— Papa, comment est-ce que tu peux simplement suggérer une chose pareille ?

— Et si ce n'était pas de la concurrence ?

Il agita une main devant la tasse de café posée devant lui.

— Tu sais que nous achetons notre café chez Incantation, non ?

— Bien sûr, oui, mais tu ne sers pas des lattes et des pâtisseries.

Il se mit à rire.

— Et cette tarte, c'est quoi à ton avis ? La seule raison pour laquelle nous ne servons pas de lattes et d'autres types de cafés de spécialité, c'est que notre clientèle n'en réclame pas. Mais si c'était le cas, je verrais ça avec Mary.

Mary Pelsh et son mari étaient les propriétaires du Café

Incantation. Ils étaient bons amis avec la famille Townsend, et c'était une des raisons pour laquelle Yvette refusait si catégoriquement de se placer en compétition avec eux. Mais les paroles de son père lui firent reconsidérer la situation.

— Alors tu vois ça davantage comme un partenariat avec eux que comme de la concurrence.

— Exactement.

Il haussa une épaule.

— Plus on vend de café ici à la brasserie, plus Incantation fait de bénéfices.

Elle hocha la tête. C'était un bon argument. Pour tout dire, l'idée lui plaisait et elle avait hâte d'aller parler à Mary des possibilités. Le seul problème était qu'elle allait devoir faire amende honorable auprès de Jacob. *Mince.* Il allait se dire qu'il avait gagné cette manche. Mais s'ils se lançaient dans un mini café pour la librairie, ils le feraient à sa façon à elle.

— Merci, papa, dit-elle en repoussant son assiette vide. Comme d'habitude, tes conseils tombent à pic.

— De rien.

Il lui jeta un regard interrogateur.

— Est-ce que ça veut dire que pour le moment tu gardes Jacob Burton ?

Maintenant qu'elle voyait comment contourner sa plus grande objection, elle devait reconnaître que l'idée du café n'était pas mauvaise. Et il connaissait sans aucun doute le marché des librairies. Mais s'il essayait de passer outre son avis à nouveau, les choses ne se passeraient pas bien.

— Peut-être. Mais il va falloir qu'on établisse quelques règles de base.

— C'est vrai pour n'importe quelle relation qui fonctionne, ma chérie, dit-il en lui tapotant la main.

Yvette eut un rire sardonique.

— C'est pour ça que toi et Claire ne vivez toujours pas sous le même toit, après quinze ans ensemble.

Claire était la petite amie de son père. Pendant la plus grande partie de leur relation, ils ne s'étaient vus que deux fois par semaine, mais depuis que Lin s'était vu diagnostiquer un cancer, Claire était là plus souvent.

— Oui.

Il finit ce qui restait de son café et se laissa glisser du tabouret.

— Tu viens toujours dîner ce soir ? Faith et Noel seront là. Claire fera des lasagnes.

— Je ne manquerais ça pour rien au monde, dit Yvette.

Elle espérait que le jour où elle serait prête à être avec quelqu'un à nouveau, elle ne se retrouverait pas dans une relation à temps partiel comme son père. Même si elle adorait sa librairie, elle avait aimé être mariée et avait même pensé que c'était le bon moment pour fonder une famille. Dommage que son mari se soit révélé être amoureux d'un autre homme.

Son père ouvrit grand ses bras.

— Fais un câlin à ton papa avant que je retourne travailler.

Yvette laissa son père lui offrir une étreinte réconfortante. Une fois de plus, elle nota à quel point il avait perdu du poids et quand elle recula, elle dit :

— Il te faut plus de tarte.

Les lèvres de Lin frémirent.

— En quelle quantité ?

— À chaque repas. C'est un ordre. Compris ?

— Compris.

Il l'embrassa sur le dessus du crâne et alors qu'il repartait vers son bureau, il lança à l'intention de Rhys :

— Tu as entendu ? Une part de tarte à chaque repas à partir de maintenant.

— Tarte à quoi ? demanda Rhys, imperturbable.

— Aux mûres. Ou aux pommes s'il n'y en a plus.

— Ça marche.

Rhys inscrivit une note sur son planning, fit un signe de tête à Yvette, puis traversa le bar pour aller retourner le panneau « Ouvert ». La brasserie était officiellement ouverte, ce qui voulait dire que son petit épisode de commisération était terminé. Il était temps de retourner à la librairie.

Elle sortit son portefeuille de son sac, en se sentant mille fois mieux que quand elle était entrée dans le bar. Aucune des filles Townsend ne payait pour leurs consommations dans la brasserie de leur père, mais elles ne manquaient jamais de laisser un pourboire généreux pour le personnel. Adolescentes, elles avaient toutes travaillé là de temps à autre et elles avaient de l'empathie pour les serveurs. Yvette déposa quelques billets sur le bar et sortit.

CHAPITRE 4

Yvette rentra d'un pas décidé au Café Incantation, prête à conquérir le monde. Plus elle réfléchissait à établir un partenariat avec Mary, plus l'idée lui plaisait. Elle resta à l'entrée en se frottant les mains pour les réchauffer, attendant que le bout de son nez dégèle. On était début janvier et Keating Hollow était à une cinquantaine de kilomètres du bord de mer. L'air était humide et l'avait transie jusqu'aux os.

— Salut, Yvette ! la salua Hanna, la fille des Pelsh, installée derrière le comptoir.

Sa peau sombre resplendissait sous les lumières encastrées et son grand sourire chaleureux poussa Yvette à sourire à son tour.

— Salut, Hanna.

Elle passa devant les tables et les chaises dépareillées pour rejoindre Hanna au comptoir.

— Ta mère est là aujourd'hui ?

— Bien sûr. Elle est derrière en train de s'occuper de la paperasse. Tu veux que j'aille la chercher ?

— Oui, s'il te plaît, mais je peux avoir un café d'abord ? Un grand.

Après ses deux bières peu réfléchies, Yvette avait besoin de caféine pour se remettre d'aplomb.

— Bien sûr.

Hanna lui remplit une grande tasse et la lui tendit avant de protester quand Yvette voulut payer.

— La prochaine fois.

Et puis elle disparut derrière.

Yvette agrémenta son café d'une bonne dose de lait et en prit une longue gorgée. Elle était toujours debout devant le comptoir à attendre Mary quand elle entendit la porte s'ouvrir, et la voix de son mari.

Ex-mari, se remémora-t-elle.

Il était en train de parler de sa séance de gym, disant qu'il s'était dépensé à fond.

— Eh bien, chéri, tes abdos sont là pour en témoigner, dit un autre homme.

Yvette tourna la tête et posa les yeux sur le plus bel homme qu'elle ait jamais vu. Il avait une peau de bronze, des yeux bleus brillants et un corps qui semblait être forgé pour une pub Calvin Klein. Une colère brûlante la parcourut alors qu'elle fixait Jake Jackson, le nouvel amour d'Isaac et l'homme qui avait détruit son mariage. Dans un moment de faiblesse, elle s'était dit que si Isaac pouvait avoir un Jake, elle avait bien le droit aussi. Et peu après ça, elle avait quitté la réception du mariage avec Jacob.

Le visage d'Isaac s'illumina d'un sourire ravi et il glissa sa main dans celle de Jake. Il irradiait de bonheur et pour la seconde fois de cette journée, Yvette souhaita que la terre s'ouvre sous ses pieds pour l'engloutir.

— Yvette ? demanda Isaac d'une voix surprise.

Elle se demandait bien pourquoi il était surpris. Ce n'était pas comme si elle ne venait jamais dans ce café. Il n'était qu'à quelques centaines de mètres de sa librairie.

— Isaac, dit-elle d'une voix froide. Comment vas-tu ?

Il lâcha aussitôt la main de Jake et ses joues virèrent au rose vif.

— Bien.

Il se tourna vers Jake et lui chuchota quelque chose avant de marcher jusqu'à elle et de la prendre par le bras pour la mener à une table près d'une fenêtre.

— Qu'est-ce que tu fiches, au juste ?

Elle se figea et lui arracha son bras.

— Comment ça, qu'est-ce que je fiche ? Je prends un café. Ça ne se voit pas ?

Il fronça les sourcils et secoua la tête.

— Je parle de samedi soir. Tout le monde t'a vue partir avec ce barman.

— Et ? Ça ne regarde personne, et certainement pas toi.

Le regard d'Yvette fusa vers Jake, puis elle fit la grimace et reporta son attention vers Isaac.

— Tu m'as notifiée d'une demande de divorce, tu te rappelles ?

— Ce n'est pas pour moi que je dis ça… dit-il.

Ses joues étaient désormais écarlates.

— C'est… Eh bien, Yvette, tu ne connais même pas ce type. Et de ce que j'entends, tu l'as ramené à la maison. Qu'est-ce qui se passe ? Ça ne te ressemble pas. Je te connais, tu prends ton temps et tu es prudente dans tes relations.

— Ça ne te regarde pas, Isaac, répondit-elle froidement. Ou bien tu as oublié que tu as renoncé au droit de me poser des questions il y a quelques semaines quand tu as décidé que tu étais amoureux de quelqu'un d'autre ?

Il poussa un gros soupir.

— Ce n'est pas parce que j'ai enfin arrêté de me mentir que ça veut dire que je ne t'aime pas, Vette. Tu étais ma meilleure amie. Je veux ce qu'il y a de mieux pour toi. On sait tous les deux que se précipiter dans une relation sur le plan physique, ça ne te ressemble pas. Tu t'attaches trop, tu as toujours été comme ça. Je te demande juste de faire attention. Je ne veux pas que tu souffres davantage.

Une rage intense monta du fond de sa gorge comme de la bile, et Yvette se demanda si elle ne risquait pas de se mettre à cracher du feu quand elle ouvrirait la bouche. L'espace d'une seconde, elle envisagea de retirer le couvercle de son gobelet de café pour le lui verser sur la tête. Comment osait-il faire comme s'il s'inquiétait pour elle et remettre ses choix en question ?

— Je n'ai pas besoin de tes opinions, Isaac. Cette conversation est terminée.

Elle se détourna et commença à retourner vers le comptoir, mais Isaac tendit la main et attrapa son poignet.

— Yvette, attends.

Tout son corps se tendit alors qu'elle se tournait pour le regarder.

— Lâche-moi. Immédiatement.

Ils posèrent tous les deux les yeux sur sa main serrée autour de son bras. Ce n'est que quand quelqu'un se racla la gorge qu'il la lâcha.

— Est-ce que tout va bien ? demanda le nouvel arrivant.

Oh, par la déesse, pensa Yvette. Elle inclina la tête et fixa le sol. Ça ne pouvait pas être en train de lui arriver. Ce n'était pas possible. Pourquoi fallait-il que Jacob Burton ait choisi cet instant précis pour venir visiter le salon de thé ?

— Tout va très bien pour mon *épouse* et moi, répondit Isaac.

— Épouse ? demanda-t-il tranquillement en jetant un regard au petit ami d'Isaac. J'avais cru comprendre qu'elle était divorcée.

— Pas encore, répliqua Isaac, le regard noir.

Yvette fixa Isaac et écarquilla les yeux, choquée. Il était en colère et… jaloux. Son choc se transforma en pure satisfaction et elle se rapprocha de Jacob, juste pour provoquer Isaac. Elle jeta un regard à Jacob.

— Les papiers ont déjà été remplis. On attend juste que ce soit prononcé.

Il hocha la tête et posa une main en bas de son dos.

— Il semble qu'elle est libre de s'associer avec qui il lui plaît, en ce cas.

Isaac fusilla Jacob du regard.

— Et tu penses être de taille, hein ?

— C'est ridicule.

L'autre Jake se leva abruptement et renversa sa chaise ce faisant.

— Isaac, c'est quoi ton problème ? demanda-t-il d'une voix dégoûtée.

Et sans attendre de réponse, il quitta le café.

— Jake, attends ! appela Isaac avant de se hâter à sa suite.

Alors qu'il atteignait la porte, il jeta un dernier regard à Yvette.

— J'essayais juste de prendre soin de toi.

— Peut-être que tu aurais dû y penser avant de la quitter et de la forcer à te racheter ta part de sa librairie, intervint calmement Jacob.

— Ça ne te regarde pas, dit Isaac.

— Pour tout dire, si, répliqua Yvette. C'est mon nouvel associé.

Elle haussa les sourcils et fit un signe de tête vers la vitre à travers laquelle ils voyaient tous le petit ami d'Isaac faire les cent pas sur le trottoir. Il avait enfoui ses mains dans ses cheveux et semblait se parler à lui-même.

— On dirait que tu as des problèmes plus urgents à gérer de ton côté.

Un rire silencieux secoua le corps de Jacob et elle lui sourit.

— Bon sang, Yvette, dit Isaac.

Il ouvrit la porte en grand et se hâta de sortir. Yvette et Jacob l'observèrent essayer de rattraper Jake alors que celui-ci descendait la rue en secouant la tête.

— Voilà qui était bien drôle, dit Yvette en souriant toujours à Jacob. Merci pour… heu, tu sais. Ton soutien.

Il lui sourit.

— Quand tu veux. Ce type a un sacré culot.

Elle renifla.

— Oui, hein ?

Jacob se contenta de hocher la tête.

Le silence revint entre eux et soudain Yvette eut terriblement conscience de la main de Jacob, toujours posée sur sa taille. La chaleur de son contact semblait transpercer son chemisier et atteindre directement sa peau. Elle fit aussitôt un pas de côté pour s'éloigner de lui et se racla la gorge.

— Désolée. C'est juste que…

— Ce n'est pas grave, Yvette.

Il lui tendit la main.

— Pourquoi on ne recommencerait pas ? Bonjour, je suis Jacob Burton, ton nouvel associé.

La tension abandonna les épaules d'Yvette et elle hocha la tête en lui serrant la main.

— Yvette Townsend. Ravie de te rencontrer. Et au fait, je suis désolée de t'avoir hurlé dessus ce matin.

— Mais non, dit-il en secouant la tête. Tu avais raison.

J'aurais dû te consulter avant de mettre mes idées en application.

— C'est vrai. Tu aurais dû. Mais… après y avoir réfléchi un peu, je crois que tu as peut-être eu une idée intéressante. Pouvoir boire un café à la librairie plairait à nos clients. Et c'est pour ça que je suis là.

Elle se tourna et repéra Mary et Hanna qui les observaient de l'autre côté du comptoir. Yvette les salua de la main. Elles sourirent et répondirent de même.

— Je me suis dit que si on établissait un partenariat avec le café, ce serait gagnant-gagnant pour les deux commerces. Ça te dit de te joindre à moi pour une petite discussion avec Mary ?

— Un partenariat, dit-il en hochant la tête. Ça me plaît. Après vous, Miss Townsend. Après vous.

— Par ici.

Yvette avança jusqu'au comptoir où Mary l'attendait. Elle l'étreignit pour lui dire bonjour. Quand elle recula, elle annonça :

— Mary Pelsh, voici Jacob Burton, le nouveau copropriétaire de Hollow Books.

— Bonjour, dit leur aînée.

Elle lui tendit la main en souriant.

— Un bien charmant copropriétaire.

Jacob pouffa de rire en prenant sa main.

— Merci. Vous êtes plutôt charmante aussi. J'aime beaucoup les cheveux.

De sa main libre, elle tapota délicatement ses boucles sombres et détourna le regard pour répondre :

— Vous êtes trop aimable.

— Je suis ravi de vous rencontrer, Mary, dit Jacob. J'espère qu'on ne vous dérange pas.

— Oh, non, pas du tout.

Elle baissa les yeux sur leurs mains toujours jointes et laissa un petit cri lui échapper.

— Waouh. Vous êtes un sorcier d'air très doué, non ?

— Sorcier d'air, oui. Doué ?

Il haussa les épaules.

— Le fait que vous puissiez déterminer mon élément rien qu'en me serrant la main me dit que c'est vous qui êtes douée.

Mary tourna son regard vers Yvette et baissa la voix pour dire :

— Et il est beau parleur en plus.

— Oui, acquiesça Yvette. Les clients vont l'adorer.

— J'en suis sûre, intervint Hanna en haussant les sourcils d'un air suggestif. Alors… célibataire ?

— Hanna ! s'exclama Yvette.

Jacob récupéra sa main et fourra les deux dans ses poches.

— Oui, mais…

Il jeta un regard rapide à Yvette avant de se tourner vers Hanna pour ajouter :

— Je ne suis pas vraiment sur le marché pour le moment, donc n'essayez pas de m'arranger un rendez-vous avec toutes vos copines.

Il marqua une pause avant de compléter :

— En tout cas, pas tout de suite.

Ses paroles agacèrent Yvette et elle dut réprimer un froncement de sourcils. Il venait de dire qu'il n'était pas sur le marché, mais il n'avait pas eu de souci à se retrouver au lit avec elle. Cela dit, elle n'avait pas eu l'intention de sortir avec lui non plus. C'était censé être une histoire sans lendemain.

Mince. Isaac avait raison. Elle était incapable d'avoir une relation sans attaches. La façon dont elle réagissait à Jacob le prouvait. Elle ferma les yeux et prit une grande inspiration. Il fallait qu'elle oublie la nuit qu'ils avaient partagée. C'était la seule solution pour qu'elle puisse travailler avec lui.

— Mary, dit-elle en la regardant. On voulait vous parler d'une idée : vendre votre café à la librairie, et peut-être quelques spécialités. Vous auriez le temps d'en discuter un peu avec nous ?

— Bien sûr, dit Mary. Venez dans mon bureau.

Le bureau de Mary était petit mais agréable. Une table en bois était disposée d'un côté de la pièce, et une autre en plastique blanc couverte de marchandises de l'autre côté. Mary sortit deux chaises pliantes d'un placard et les installa pour Yvette et Jacob avant de s'asseoir à son fauteuil.

Yvette se percha au bord de sa chaise et se pencha en avant tandis que Jacob se renfonçait contre son dossier et croisait les jambes, une cheville posée sur le genou opposé.

— Alors, demanda Mary en ouvrant un carnet. À quoi est-ce que vous pensiez ? Du café ? Des pâtisseries ? Des biscuits ?

— Oui, mais pas ceux que vous vendez ici, dit Yvette.

Jacob se tourna et lui adressa un regard interrogatif. Elle lui répondit d'un sourire satisfait. Mary inclina la tête de côté.

— Des spécialités ?

— Oui, dit Yvette en hochant la tête. Pour le café, ce sera bien sûr votre sélection habituelle, à moins que vous ayez autre chose à nous recommander, mais pour les pâtisseries je me disais que ce serait sympa si on pouvait avoir des cupcakes à thème, décorés de façon à rappeler des livres célèbres, des biscuits avec des citations littéraires, et peut-être des parts de gâteau dont le bord aurait la forme d'une reliure de livre.

Elle se tourna vers Jacob.

— Qu'est-ce que tu en penses ?

Ses yeux se plissèrent alors qu'il lui adressait un grand sourire.

— C'est génial, Yvette. Bien mieux que ce que j'avais en tête.

Yvette se sentit réchauffée de l'intérieur et elle commença à se dire que ce partenariat n'était peut-être pas une mauvaise chose. Elle se tourna à nouveau vers Mary qui écrivait frénétiquement dans son carnet.

— « Deux illustres maisons, d'égale dignité dans la belle Vérone », dit Mary pour elle-même.

Elle releva la tête et poursuivit :

— « Franchement, ma chère, c'est le cadet de mes soucis », « Le garçon qui a survécu ».

Yvette sourit en reconnaissant instantanément les trois citations.

— Pas mal, *Roméo et Juliette*, *Autant en emporte le vent* et *Harry Potter*. Et pourquoi pas « Tu es le sang de mon sang, la chair de ma chair » ?

— *Outlander* ! Oui, dit Mary en sautillant sur son siège.

Elle le nota dans son carnet avant de tourner son regard vers Jacob.

— Et vous ? Une citation en particulier que vous voudriez voir sur les biscuits ?

Jacob s'agita sur son siège.

— Heu…

Il se tortilla pendant une minute, et Yvette se mit à rire.

— Vraiment ? Mr Bayside Books n'arrive pas à trouver une simple petite citation ?

— Si, c'est juste que…

Ses dents grincèrent.

— Ne vous inquiétez pas, Mary. Je vous ferai une liste, dit Yvette.

— Attendez, j'en ai une, dit Jacob. « Rien n'est plus douloureux à l'âme humaine qu'un grand et soudain changement. »

Yvette l'évalua du regard et hocha la tête.

— Pas mal.

— Ça vient d'où ? demanda Mary.

— *Frankenstein*, dit Jacob en se renfonçant dans son siège.

— Parfait.

Mary prit quelques notes supplémentaires. Quand elle eut terminé, elle reprit la parole :

— Ça me plaît. Je suppose que vous voudriez rafraîchir le stock chaque jour ?

— Oui. C'est l'idée. On fera des petites commandes au début, mais si ça marche bien, peut-être que vous pourrez nous faire un prix de gros ?

Mary agita une main dédaigneuse.

— Ne t'inquiète pas de ça. Quoi que vous commandiez, ça sera à un tarif préférentiel. Je suis toujours ravie de pouvoir travailler avec d'autres commerces de Keating Hollow.

Le père d'Yvette avait vraiment été de bon conseil. Il faudrait qu'elle pense à le remercier, sans doute avec les biscuits de Mary.

— Donnez-moi quelques jours, dit Mary, et je vous amènerai des échantillons. Si ça vous plaît, on pourra mettre en place un contrat.

— Parfait, dit Yvette en se levant.

Jacob se dressa sur ses pieds et tendit à nouveau la main à Mary.

— J'ai hâte de goûter ce que vous allez nous préparer, dit-il en lui serrant la main.

— Ça, je n'en doute pas, dit-elle avec un clin d'œil. Vous serez fou de moi une fois que vous aurez essayé mes cupcakes.

Ça le fit rire.

— J'en suis sûr.

— Ça suffit, dit Yvette en tirant Jacob à l'extérieur du

bureau avant que Mary se mette à lui baver dessus. On a une librairie à faire tourner. Mary, vous m'appelez quand vous êtes prête.

— Oh, pas de souci. Ça devrait aller vite !

— Elle est toujours aussi fofolle ? demanda Jacob alors qu'ils repassaient dans la salle.

Yvette secoua la tête.

— Non, juste quand elle se fait draguer par un nouvel habitant.

— Je ne la draguais pas, protesta-t-il.

— C'est ça, dit-elle en lui tapotant le bras. Continue à te raconter ça.

CHAPITRE 5

Jacob Burton suivit Yvette jusqu'à la librairie.
Quand il en était sorti une heure auparavant pour
aller prendre une tasse de café, il avait été frustré
par sa nouvelle situation. Maintenant, il était amusé. Il avait
trouvé ça drôle de s'allier à elle pour remettre son ex à sa place.
Ce type avait vraiment dépassé les bornes en agissant comme
s'il avait eu son mot à dire sur les décisions d'Yvette. Et Jacob
avait été plus que ravi de l'aider à le remettre en place.

Bien sûr, dès que ce sombre crétin s'était barré, les choses
étaient devenues un peu gênantes. Et ça, c'était parce qu'il y
avait entre Yvette et lui une alchimie pas possible. Le simple
fait de l'effleurer lui avait de nouveau donné envie d'elle. Et
puis il y avait sa répartie. Il n'y avait rien qui lui plaisait tant
qu'une femme qui savait se défendre.

Intelligente, sexy et indépendante. C'étaient ses trois péchés
mignons chez une femme, et Yvette en avait à revendre. Il était
fichu. Il ralentit son allure pour mettre davantage de distance
entre eux. Il fallait qu'il se calme, qu'il arrête de penser à elle
comme à la femme avec qui il était rentré l'autre nuit, et qu'il la

voie uniquement comme une partenaire professionnelle. Parce qu'il était bien placé pour savoir que les romances au travail, c'était le meilleur moyen d'obtenir un désastre.

Elle s'arrêta à la porte de son bureau.

— On devrait probablement prendre un peu de temps pour discuter des autres idées dans ton dossier.

La surprise lui cloua le bec un moment. D'accord, elle s'était laissée convaincre par son idée de café, mais il ne pensait pas qu'elle accepterait aussi facilement d'envisager d'autres changements.

— Ce n'est pas la peine d'avoir l'air si surpris. Je ne suis pas complètement irrationnelle, dit-elle avec un sourire taquin.

— Je suis juste…

Il secoua la tête.

— Ça a été une drôle de journée.

— Ça, c'est sûr.

Ses longs cheveux châtains volèrent sur le côté alors qu'elle se tournait et disparaissait dans son bureau.

Il la suivit et essaya en vain de ne pas laisser son regard traîner sur sa chute de reins. Si seulement son jean ne la mettait pas autant en valeur, peut-être qu'il n'aurait pas manqué ce qu'elle était en train de dire.

— Pourquoi pas juste là ? demanda-t-elle en décrivant un arc du bras pour désigner le dessous de la fenêtre.

— Pardon ?

— Pour ton bureau, dit-elle. On pourrait le mettre là jusqu'à ce qu'on ait débarrassé la réserve et qu'on l'ait arrangée pour en faire un vrai bureau. Pour l'instant, il n'y a pas de fenêtre dedans, mais ça ne devrait pas être trop difficile d'en faire percer une.

— Oh, d'accord.

Partager un bureau avec cette superbe créature n'allait pas

arranger sa productivité. Il faudrait qu'il puisse disposer d'un espace rien qu'à lui le plus vite possible.

Elle se racla la gorge.

— Je suis désolée. Il n'y a pas vraiment d'autre choix, à moins que tu préfères t'installer chaque jour à l'endroit où nous allons établir le nouveau café.

Il fronça les sourcils.

— Pourquoi je voudrais faire ça ? C'est très bien ici.

Elle laissa un long soupir lui échapper, l'air soulagée.

— D'accord, très bien. Pendant un instant, j'ai eu l'impression que la situation ne te convenait pas.

Il secoua la tête et se rapprocha pour l'aider à débarrasser l'endroit.

— Tu as un autre bureau par ici ou il faut que j'en achète un nouveau ?

Elle se mordit la lèvre inférieure.

— Il est perdu sous des tonnes de trucs dans la réserve.

— Évidemment, dit-il en pouffant de rire. Bon, tu veux qu'on parte en mission sauvetage ?

Yvette jeta un regard à son bureau et à la pile de factures qui l'attendait.

— Bien sûr. N'importe quoi qui me permette d'échapper aux factures.

Jacob suivit son regard et réprima un gémissement. Il avait déjà jeté un coup d'œil à la compta et ne s'attendait pas à ce qu'il y ait d'autres dépenses d'ici la fin du mois. Si elle avait d'autres factures à régler, cela voulait dire qu'il n'y avait aucun espoir de finir le mois avec un crédit positif.

— Ne fais pas cette tête-là, dit-elle en lui donnant une petite tape sur le bras. Ce n'est pas si terrible. Ce sont juste les factures pour les commandes de dernière minute de décembre. On a quand même fait de bons chiffres à Noël.

Bons, c'était bien le problème. Ce qu'il leur fallait, c'était d'*excellents* chiffres.

— Ça fait combien ça, « bons » ?

Yvette leva les yeux au ciel.

— Ça fait moins d'un jour que tu es là. Tu ne peux pas te poser un peu avant qu'on se fasse la guerre sur la compta ?

Non. Le mot clignota dans sa tête, comme un néon. Son instinct lui criait de ne pas bouger de là et de passer les comptes au peigne fin, mais il savait que s'il suggérait une chose pareille en cet instant, leur trêve fragile exploserait en morceaux.

— Tu as raison. Commençons par installer le bureau. On pourra parler du budget et des comptes prévisionnels plus tard.

— D'accord, dit-elle.

Mais sa voix était tout sauf enthousiaste.

— Ce n'est pas ton truc, les chiffres ? demanda-t-il.

— C'est grave si je dis non ? répondit-elle avec une grimace. Isaac faisait la compta pour moi avant. Il me tenait au courant alors je savais toujours où on en était, mais je dois reconnaître que ce n'est pas ce que je préfère dans ce métier.

— Alors il semble que notre binôme soit parfaitement équilibré, Miss Townsend. Parce qu'il se trouve que la compta, c'est un des trucs pour lesquels je suis très doué. Ça ne me dérange pas de m'en occuper, dit-il en la suivant dans une pièce sombre au bout du couloir.

Elle alluma la lumière et se tendit soudain en regardant autour d'elle. Jacob écarquilla les yeux en apercevant la pyramide de cartons.

— Tout ça, c'est du stock ?

— Heu… oui ? dit-elle, comme si elle n'était pas sûre d'elle.

— Oh la v…

« Forget You »[1] en version non censurée se mit à tonner sur son téléphone. Il s'en saisit, fit taire la sonnerie et avisa le visage de Sienna qui était apparu à l'écran. Elle était la dernière personne à qui il avait envie de parler à cet instant… la dernière personne à qui il avait envie de parler tout court, d'ailleurs, mais ils avaient encore des choses à régler.

— Désolé. Il faut que je prenne cet appel.

Yvette hocha la tête.

Il se tourna et était déjà en train de sortir de la réserve quand il décrocha.

— Tu as des papiers à me faire signer ? demanda-t-il en guise de bonjour.

— Quoi, tu ne me souhaites pas une bonne année et tu ne me demandes pas si j'ai bien fêté Noël ? demanda-t-elle d'une voix de velours.

— Franchement, Sienna, on sait tous les deux que tu te fiches de ce que j'ai fait pour les fêtes et je n'ai certainement pas envie d'entendre parler de tes vacances dans les Caraïbes.

Il passa la porte de la librairie et sortit à l'extérieur dans le froid.

— Alors ton père t'en a parlé, dit-elle. Bri et moi, nous…

Jacob se racla la gorge, irritée par la colère à l'état pur qui le submergeait. Sur quelle planète vivait-elle pour s'imaginer qu'il avait envie d'entendre parler des vacances que son ex-fiancée avait passées avec son ex-meilleur ami ?

— Viens-en au fait, Sienna. Dis-moi pourquoi tu appelles ? Est-ce que ça a quelque chose à voir avec L'Institut Enchanté ?

— Pourquoi es-tu toujours aussi pressé de parler business ? demanda-t-elle d'une voix plaintive.

Jacob marchait vite.

— Peut-être parce qu'il ne reste rien d'autre à discuter entre nous.

— Tu sais que ce n'est pas vrai, Jacob. On a monté une entreprise ensemble. On a failli se marier. Et…

— Et tu as laissé la gestion à un adolescent qui n'avait pas la moindre idée de ce qu'il faisait pour te barrer et aller coucher avec mon meilleur ami. Pendant que moi je retournais travailler pour mon père juste pour qu'on puisse s'offrir la maison de tes rêves au bord de la mer.

Une fureur qui lui était familière le submergea et il fut pris d'une envie intense d'écrabouiller son téléphone sur le trottoir.

La colère qui l'avait consumé toute l'année précédente était la raison principale pour laquelle il avait fui Los Angeles et était arrivé à Keating Hollow. Et ça avait à peu près marché pour les cinq premiers jours qu'il y avait passés. Il n'avait quasiment pas pensé à Sienna ou à Brian depuis qu'il était arrivé, et pas une seule fois depuis qu'il avait posé les yeux sur Yvette.

— Jacob, dit-elle avec un soupir. Je t'appelle juste parce que l'agent immobilier a besoin de ta signature pour clore le dossier de la maison. Et tant qu'à faire, on pourrait profiter de ta venue pour boucler l'accord pour L'Institut Enchanté.

— On peut tout faire par email, dit-il froidement. Je dirai à mon avocat de te contacter.

Avant qu'elle puisse répondre quoi que ce soit, il raccrocha. Son téléphone se remit aussitôt à sonner, mais il le fit taire. Il la connaissait trop bien. Tout ce qu'elle voulait, c'était son attention. Mais cette fois, il refusait de la lui accorder.

Il ignora le troisième appel de Sienna et appela aussitôt Norm, l'avocat de sa famille.

— Stanley, Stanley et Cooper, annonça Penny, la secrétaire de Norm.

— Bonjour, Pen, c'est Jacob. J'ai besoin de parler à Norm. Il est là ?

— Bien sûr, chaton, dit-elle avec l'air d'une vamp des années cinquante. Attends juste une seconde.

Il y eut un clic dans le combiné, suivi d'un deuxième, et puis Norm dit :

— Jacob, je voulais justement te contacter. L'avocat de Miss Teller m'a enfin envoyé les papiers pour L'Institut Enchanté. Il y a du nouveau.

Son estomac se tordit et Jacob se sentit nauséeux.

— C'est-à-dire ?

— Miss Teller refuse de signer les derniers papiers à moins que tu ne te déplaces en personne. Cela vaut aussi pour la vente de la maison.

— C'est une blague, hein ?

Il ne voyait pas quelle justification il pouvait y avoir à sa présence. Sienna voulait juste redorer son blason et ne pas passer pour la femme vénale et déloyale qu'elle s'était révélée être.

— J'ai peur que non. Son avocat dit qu'elle refuse tout net tant qu'elle ne t'aura pas vu en personne.

Il retint un juron.

— Quand est-ce qu'il faut que je sois là ?

— Samedi. Miss Teller nous dit que c'est le seul jour où elle est libre. Si ça te convient, je peux me débrouiller pour être disponible. Et si on a de la chance, tu pourras avoir un vol tôt le matin. Je placerai les rendez-vous à la suite, et tu pourras repartir par le vol du soir.

Samedi, pensa Jacob en levant les yeux au ciel. Pourquoi fallait-il qu'elle oblige les avocats à travailler le week-end ? C'était un sacré numéro.

Il appréciait les efforts de son avocat pour le réconforter en lui disant qu'il n'aurait pas besoin de passer beaucoup de temps à Los Angeles, mais il savait que c'était plus compliqué que ça.

Il aurait parié ses cinquante derniers dollars qu'il n'arriverait pas à quitter la ville avant au moins lundi. Si Sienna insistait pour le voir, c'est qu'elle voulait quelque chose. Et elle ne signerait pas tant qu'elle ne l'aurait pas obtenu. Mais s'il voulait enfin être libéré d'elle, il allait bien devoir se rendre là-bas.

— Je viendrai. Envoie-moi l'heure des rendez-vous par email et je me débrouillerai pour être là.

— D'accord. Je vais demander à Penny de s'en occuper. À samedi.

Il raccrocha. Le téléphone se remit immédiatement à vibrer. Sienna essayait toujours de le contacter. Dégoûté, il l'ignora et remit le téléphone dans sa poche. Au lieu de retourner dans la librairie, il descendit la rue en marchant à vive allure. Il fallait qu'il se défoule un peu avant de revenir. Il ne voulait pas faire passer ses nerfs sur quelqu'un sans s'en rendre compte, et certainement pas sur Yvette.

CHAPITRE 6

Yvette se tenait dans la réserve et regardait les cartons. Il y avait bien plus de stock qu'en temps normal. Quelque chose clochait sérieusement. Elle revint rapidement à son bureau et fouilla dans les factures qui attendaient sur son bureau. C'était toutes des factures auxquelles elle s'attendait, à part la dernière de la pile. Elle laissa les autres tomber sur le bureau, les yeux écarquillés.

— Oh non.

Elle ferma les yeux et secoua la tête comme si elle avait mal lu et qu'il fallait qu'elle s'y reprenne à deux fois. Mais quand elle parcourut à nouveau la facture, son erreur lui sauta aux yeux. Au lieu de commander dix exemplaires d'une série de quatre romans, elle avait par erreur commandé dix *cartons* de chaque. Et comme ils étaient publiés par un petit éditeur indépendant, il n'y avait pas de retour dessus.

Un gouffre s'ouvrit dans son ventre. Comment avait-elle pu faire une chose pareille ? Au cours de toutes les années où elle avait tenu cette librairie, elle n'avait jamais fait une erreur pareille. Isaac s'occupait de la plupart des commandes ainsi que des comptes. Ce n'était pas qu'elle ne savait pas le faire, c'était juste la façon dont ils s'étaient répartis les tâches. Elle regarda la facture avec l'espoir de pouvoir mettre cette erreur sur le dos d'Isaac. Mais en voyant la date, cette idée rassurante disparut définitivement. Cette commande avait été passée une semaine après qu'Isaac l'avait quittée et avait cessé de façon abrupte de l'aider à la librairie.

Ce n'était pas étonnant qu'elle se soit plantée. Non seulement elle ne connaissait pas bien le logiciel pour passer les commandes, mais en plus elle avait été dans un état de grande détresse émotionnelle. Elle tapa du poing sur la table dans un élan de frustration. Pourquoi ne s'était-elle pas rendu compte de cette erreur le mois précédent, avant d'avoir un associé devant qui elle était redevable ? Elle s'effondra sur le bureau et enfouit son visage dans ses mains. Déesse toute puissante, Jacob allait penser qu'elle était une parfaite idiote. Et il aurait raison.

Elle s'assit à son fauteuil, alluma l'ordinateur et ventila méticuleusement toutes les factures. Une fois qu'elles furent toutes enregistrées et payées, elle regarda le solde de leur compte bancaire et grimaça. Il était bien trop bas. Ce n'était pas étonnant que Jacob s'inquiète.

Elle s'appuya au dossier, le visage brûlant d'humiliation. Il fallait qu'elle fasse quelque chose pour réparer ça. Mais comment ? Même si elle savait que la réponse serait non, elle décrocha son téléphone, appela le distributeur et demanda s'il était possible de faire un retour. On lui opposa un refus net. Elle s'y était attendue alors au lieu de se laisser démoraliser par ça, elle commença à réfléchir à un plan B.

La première des choses à faire, décida-t-elle, c'était d'aller jeter un œil à ces livres en trop. Elle n'en ferait rien en les laissant prendre la poussière dans la réserve.

Elle passa le reste de la journée à défaire des cartons et à travailler sur sa vitrine. En sueur et à moitié affamée, elle contempla son travail de l'extérieur de la boutique. Elle devait admettre que ça avait fière allure. Vraiment pas mal. Mais comparé aux autres vitrines dans la rue principale de la petite ville enchantée, ce n'était pas suffisant pour impressionner les touristes. Il manquait quelque chose... quelque chose de magique. Ce qu'il lui fallait, c'était un sorcier ou une sorcière d'air. Elle doutait que Brinn ait suffisamment de pouvoir pour accomplir quelque chose d'aussi élaboré que ce qu'elle avait en tête, et de toute façon elle était occupée à faire la fermeture. Yvette décida de remettre ça au lendemain matin.

Elle sortit son téléphone de sa poche et regarda l'heure. Il était presque six heures, et Jacob était toujours porté disparu. À vrai dire, depuis qu'elle s'était rendu compte de la bêtise qu'elle avait faite, elle n'avait pas plus que ça envie de le revoir. Elle voulait avoir un plan solide en place avant de devoir confesser son erreur. Et même si la vitrine était un bon départ, il fallait toujours qu'elle réfléchisse à un événement pour faire venir les clients.

Tout de même, elle était un peu inquiète pour lui. Cela faisait des heures qu'il était parti pour prendre son appel, et il avait tout bonnement disparu depuis. Elle se mordit la lèvre inférieure, fit apparaître son numéro et passa l'appel. Ça sonna trois fois avant qu'elle atterrisse sur son répondeur.

— Jacob, c'est Yvette. J'appelais juste pour... eh bien, vérifier que tout va bien, je suppose. Tu es parti sans dire au revoir et je voulais juste m'assurer que tu ne t'étais pas perdu ou je ne sais quoi. Si tu as ce message, rappelle-moi, ça me rassurera. Merci.

Elle mit fin à l'appel et se sentit bête. Jacob était un adulte. Il n'avait certainement pas besoin qu'elle joue les mères poules avec lui. Ce n'était pas comme s'il avait des horaires fixes où il était censé travailler à la librairie. Il en était le patron et non un employé. Elle revint à l'intérieur et alla tout droit à son bureau. Après avoir récupéré son sac à main et ses clés, elle revint dans la boutique.

— Brinn ? appela-t-elle.

Son employée émergea de derrière la caisse.

— Oui.

— J'y vais. Tu as besoin de quelque chose avant que je m'en aille ?

Brinn secoua la tête et sa queue de cheval blonde se balança avec grâce derrière elle.

— J'ai tout ce qu'il me faut. Bonne soirée.

— Toi aussi.

Yvette engagea sa Ford Mustang sur le chemin qui conduisait à la maison de son père. Les guirlandes lumineuses dans les arbres la firent sourire et le stress de cette journée commença à l'abandonner. Elle se sentait toujours davantage elle-même quand elle était avec sa famille, comme si elle se trouvait exactement à sa place.

Les voitures étaient déjà alignées sur le parking devant la maison. Elle se gara à côté du vieux SUV de Noel et descendit. Avant même d'avoir pu arriver sous le porche, la porte s'ouvrit à la volée et un petit shih tzu bringé bondit à l'extérieur, suivi par sa nièce : Daisy, six ans. Ses boucles sombres étaient aussi indisciplinées qu'elle et elle fonça dans la cour à la poursuite de sa chienne en hurlant :

— Buffy ! Buffy, reviens !

Noel sortit sous le porche et regarda sa fille courir en rond derrière le chiot avant de sourire à Yvette.

— Je vois que tu as réussi à survivre à cette journée. Est-ce qu'on peut en dire autant de ton nouvel associé hyper canon ?

— Un associé hyper canon ? demanda Drew en sortant de la maison. Est-ce que ma copine a des vues sur le nouveau ?

Noel leva les yeux au ciel et passa son bras autour de la taille de Drew.

— Comme si j'avais le temps de gérer plus qu'un homme dans ma vie.

Ils tournèrent tous les deux leur attention vers Yvette. Noel haussa un sourcil interrogatif.

— Alors, comment s'est passé le reste de la journée ?

— On a réussi à s'entendre pour le café. On a décidé d'établir un partenariat avec Mary et le Café Incantation. Mais à part ça ?

Yvette haussa les épaules.

— Aucune idée. Il a reçu un appel et il est parti. Je ne l'ai pas revu depuis ce matin.

— Je l'ai vu à la brasserie, intervint Drew. Il a dit bonjour, mais c'est à peu près tout.

— Au moins il ne s'est pas noyé dans la rivière, marmonna Yvette.

— Quoi ? demanda Noel en pouffant de rire. Pourquoi tu vas imaginer un truc pareil ?

— Comme ça. Allez, rentrons. Je meurs de faim.

— Daisy, appela Noel. On va manger.

La petite fille adressa un « d'accord » peu convaincu à sa mère, mais continua à courir derrière Buffy. Yvette comprit que Daisy n'obéirait pas à sa mère sans un peu d'aide.

— Daisy, tu ne viens pas dire bonjour à ta tante ? demanda-t-elle en marchant jusqu'à elle et son chiot.

Sa nièce courut aussitôt droit vers elle, les bras grands ouverts. Yvette s'accroupit et manqua de tomber à la renverse quand Daisy lui fonça dedans. Elle s'accrocha à elle et Yvette la souleva et la fit virevolter autour d'elle.

— Tu m'as manqué, ma puce, murmura-t-elle à son oreille.

— Toi aussi, tata.

Daisy déposa un baiser sonore sur sa joue et puis se mit à glousser quand Yvette la fit tourner à nouveau.

— Tata a faim, dit Yvette en avançant déjà vers la porte. Tu veux bien rentrer pour qu'on puisse manger ?

Daisy hocha la tête avec enthousiasme, mais avant qu'elles puissent faire leur grande entrée, la petite fille hurla :

— Drew, ramène Buffy !

— Oui, princesse, dit-il en riant avant d'aller chercher le chien.

— Elle le mène à la baguette, dit Noel sans se soucier de baisser la voix.

— Et ça me va très bien comme ça, répondit Drew avec un clin d'œil.

Noel toucha la bague en saphir suspendue à une chaîne à son cou avec un air énamouré.

Un zest de jalousie traversa Yvette, mais elle l'ignora et sourit à sa sœur pour se concentrer sur le fait qu'elle était heureuse que Noel ait trouvé quelqu'un qui les aimait, elle et Daisy. C'était juste difficile de voir une nouvelle relation s'épanouir sous ses yeux alors que la sienne venait de se casser la gueule de façon si spectaculaire.

La maison était chaude et pleine de rires quand elle entra dans le salon. Olive, la fille de Clay qui était devenue la belle-fille d'Abby, était assise avec la plus jeune sœur d'Yvette, Faith, devant la cheminée où un feu craquait. Olive habitait avec Noel et Daisy jusqu'à ce que Clay et Abby reviennent de leur lune de miel. Elles jouaient aux cartes toutes les deux tandis que Lin et Claire s'affairaient dans la cuisine pour mettre la dernière touche au dîner.

Yvette jeta un coup d'œil à la table déjà mise et fronça les sourcils.

— Pourquoi il y a neuf couverts ?

Elle compta rapidement les gens qui se trouvaient là pour s'assurer qu'elle n'avait omis personne. Six adultes et deux enfants.

— Quelqu'un d'autre est invité ?

— Papa, protesta Noel. Tu ne lui as pas dit ? Je croyais que tu devais l'appeler pour la mettre au courant.

— J'étais occupé, répondit-il en sortant ce qui semblait être un pain à l'ail du four.

Il le posa sur le plan de travail et se retourna.

— C'est vraiment important ? C'est juste un dîner.

La gorge d'Yvette se serra et elle eut l'impression qu'elle allait s'étrangler. Elle agrippa le dossier du canapé et dit en serrant les dents :

— Je t'en prie, dis-moi que tu n'as pas invité Isaac. Parce que je l'ai déjà croisé ce matin, et ça ne s'est pas bien passé du tout.

— Ah bon ? demanda Noel en ouvrant de grands yeux. Qu'est-ce qui s'est passé ?

Son indignation revint de plus belle.

— Tu te rends compte qu'il a eu le culot de me faire la morale sur…

Elle baissa la voix et murmura :

— Le fait que je sois rentrée avec Jacob après le mariage d'Abby ?

— Tu déconnes ! dit Noel, les mains sur les hanches. Après la façon dont il a mis fin à votre mariage, je n'arrive pas à croire qu'il s'amuse à ça. Qu'est-ce que ça peut lui faire ? Il a peur que tu ternisses ta réputation ou je ne sais quoi ?

Son expression passa de surprise à dégoûtée.

— Pour un mec gay, il est bizarrement vieux jeu.

— Coincé, tu veux dire, répliqua Yvette en s'asseyant à un tabouret devant le plan de travail.

Elle remercia Claire d'un signe de tête quand celle-ci lui fit passer un verre de vin rouge.

— Con, plutôt, non ? intervint Claire.

Ça fit rire Yvette et Noel.

— Aussi, acquiesça Yvette. Mais pour répondre à ta question, non. Il n'a pas laissé entendre que j'étais une femme facile ou je ne sais quoi. En gros, il a dit que je m'attachais trop pour avoir des relations sans attaches et qu'il s'inquiétait pour moi.

— Ah, dit Noel en hochant la tête.

Une mèche de ses longs cheveux blonds tomba devant son visage. Elle la repoussa.

— Je vois.

— Tu vois quoi ?

Yvette prit une gorgée de vin.

— Que je m'attache trop facilement ou qu'il s'inquiète pour moi.

— Les deux.

Noel s'assit à côté d'elle et plaça sa main par-dessus la sienne.

— Écoute, tu as toutes les raisons du monde de le détester. Il a réduit ta vie en miettes. Non seulement tu as perdu ton mariage, mais tu as failli perdre ta librairie. Alors je comprends. Et si tu veux fabriquer des poupées vaudou pour y planter de petites aiguilles à des endroits bien sentis, je suis là.

Yvette pouffa de rire.

— Tu serais bien du genre à coudre les poupées toi-même.

— Je suis douée de mes mains, dit-elle en hochant la tête. Enfin bref, papa n'a pas invité Isaac à notre repas de famille. Il n'est pas *si* perché que ça.

— Alors qui ? demanda Yvette au moment où la sonnette retentissait.

Daisy se précipita dans l'entrée et une seconde plus tard, Yvette entendit la porte s'ouvrir, puis une voix d'homme qu'elle reconnut aussitôt.

Yvette se tourna et fixa Noel.

— C'est *Jacob* ?

Elle leva les mains et agita les doigts d'un air à moitié convaincu.

— Surprise.

— Qui l'a invité ?

Le cœur d'Yvette accéléra alors que sa nervosité s'accentuait. Et elle qui s'était imaginé une soirée tranquille avec sa famille pour se détendre.

Noel pointa leur père du doigt.

Yvette pivota sur elle-même pour fusiller Lin du regard.

— *Papa !* Qu'est-ce que tu me fais ?

— Rien, Châtaigne. Je me disais juste que ça serait une bonne idée que la famille puisse rencontrer ton nouvel associé, c'est tout.

Il lui tapota le bras en passant devant elle avant de tendre la main au nouvel arrivant.

— Jacob, je suis ravi que vous ayez pu venir.

— Je n'aurais manqué ça pour rien au monde, Mr Townsend. Merci pour l'invitation. Je n'ai pas souvent l'occasion de manger des petits plats maison.

— Remerciez Claire, c'est elle qui a tout fait.

Lin se tourna et sourit au reste de la famille.

— Tout le monde, voici Jacob Burton, le nouveau copropriétaire de Hollow Books. Jacob, voici tout le monde.

Il présenta rapidement le reste de la famille et pendant que Jacob disait bonjour à Drew, Yvette suivit son père dans la cuisine.

— Papa, pourquoi tu me fais ça ?

Elle voulait juste un dîner tranquille en famille. Maintenant, elle allait être obligée d'agir comme si de rien n'était avec Jacob. Ce qui n'allait pas être évident après leurs acrobaties du samedi soir, sans mentionner la grosse bêtise qu'elle avait faite à la librairie et dont elle ne lui avait pas encore parlé.

— Allons, Châtaigne, je ne te fais rien du tout. J'accueille juste un nouvel habitant. Il est passé à la brasserie pour le déjeuner. J'étais en train de donner un coup de main à Rhys au bar quand il est arrivé. Quand j'ai compris qui c'était, ça m'a semblé normal de l'inviter.

Il s'interrompit et regarda sa fille.

— Je sais que vous avez encore des choses à régler tous les deux, mais est-ce que je devrais me montrer hostile avec ce jeune homme ? C'est le neveu de Miss Maple et il a l'air charmant.

— Non, dit-elle, se sentant soudain honteuse de son attitude.

Gênée, elle baissa les yeux vers ses mains pour ajouter :

— Il est gentil et tu as eu raison de l'inviter. J'aurais dû le faire moi-même, mais… disons juste que ça a été une drôle de journée.

— J'imagine que ce ne doit pas être facile de s'adapter, de renoncer à une partie de ton contrôle sur la librairie.

Il lui sourit tendrement.

— Sois patiente. Vous allez trouver votre rythme. Et si ce n'est pas le cas, tu trouveras une autre solution.

— Facile à dire, marmonna-t-elle en prenant le pain à l'ail pour le poser sur la table.

Jacob s'excusa auprès de Drew et la rejoignit.

— J'espère que ma présence ne pose pas de problème.

— Bien sûr que non. Pourquoi ça en serait un ? répondit-elle avec un grand sourire.

Il pouffa de rire.

— Tu sais pourquoi. Mais j'apprécie vraiment ton père et je veux m'intégrer dans cette ville, alors quand il m'a invité…

Jacob leva les mains en un geste d'impuissance.

— J'ai été obligé d'accepter.

— Ce n'est pas grave, Jacob, dit-elle en secouant la tête. Nous sommes tous les deux des adultes. Ce n'est pas vraiment une surprise que mon père t'ait invité. Il aime bien connaître tous les commerçants.

— D'accord, alors.

Il mit les mains dans les poches de son jean et se balança sur ses talons.

— Alors je n'ai pas besoin de m'inquiéter en me demandant s'il joue les pères surprotecteurs ?

Yvette renifla.

— Je t'en prie. Mon père sait que je suis assez grande pour me débrouiller toute seule.

— Je vois.

Il se racla la gorge et baissa la voix pour ajouter.

— Je suis désolé d'être parti aujourd'hui. J'avais des choses à régler et…

— Jacob, dit-elle en levant une main pour le couper. Tu n'as pas besoin de t'expliquer auprès de moi. Tu es mon associé, pas un de mes employés. Tu fais ce que tu as à faire et pareil de mon côté. Tant qu'on se tient au courant de ce qu'on fait, tout ira bien.

— D'accord.

Ses lèvres formèrent une ligne fine comme s'il était en train de réfléchir à ce qu'elle venait de dire, mais avant qu'il puisse répondre, Claire déposa le plat de lasagnes au milieu de la table.

— Le dîner est servi, dit-elle. Asseyez-vous.

Elle jeta un coup d'œil à Yvette et Jacob.

— Vous deux, mettez-vous au bout à côté de Lin. Il a envie de faire connaissance avec notre nouvel habitant.

Évidemment. Yvette s'assit d'un côté de la table et Jacob prit place en face d'elle. Lin s'assit au bout. Le reste de la famille les rejoignit et Claire s'occupa de faire le service.

Tout le monde se mit immédiatement à bavarder. Olive et Daisy étaient à l'autre bout de la table et échangeaient des histoires sur leurs chiots respectifs. Faith, assise à côté de Jacob, intervint avec quelques anecdotes sur le démon qui lui servait de chien. Elle jeta un regard par-dessus son épaule et avisa son shih tzu qui était en train d'essayer de démonter les coussins du canapé. Elle sauta sur ses pieds en manquant renverser son verre de vin et se hâta d'enfermer le chien dans sa cage contre le mur. Le chiot geignit de façon pathétique avant de se mettre en demeure de mâchouiller sa couverture.

Faith revint à table et poussa un soupir théâtral.

— Ce chien veut ma mort.

— Peut-être qu'il lui faut des cours de dressage, dit Jacob.

— Ha ! Des cours de dressage. Si seulement j'avais eu cette idée avant, dit-elle sur un ton sarcastique.

— Xena a été suivie par trois éducateurs canins différents, en vain, expliqua Yvette à Jacob. On s'est mis à l'appeler le chien de l'enfer.

— Trois ? répéta-t-il.

— Trois, dit Lin en hochant la tête. Elle a aussi mangé deux fauteuils, un couvre-lit, trois chaussures de paires différentes, et un câble électrique qui était branché.

— C'est un miracle qu'elle ne se soit pas électrocutée, dit Faith. Tu vois pourquoi la cage est absolument nécessaire. Je ne sais pas comment Noel a fait pour avoir un ange alors que moi j'ai Satan incarné.

Elle désigna l'adorable chien bringé qui était blotti à côté de Daisy.

— Question de karma, j'imagine.

Noel releva les yeux de son assiette et secoua la tête.

— Ce n'est pas toi. Buffy était difficile aussi, au début. C'est juste qu'elle apprend plus vite, apparemment.

— Tu dois être plus douée en dressage, dit Faith. Peut-être que tu devrais prendre Xena.

— Oh que non !

Noel leva les mains dans un geste de refus.

— Je suis bien assez occupée comme ça entre Daisy, le chiot et Drew. Xena est toute à toi.

Faith haussa les épaules.

— On va devoir continuer à travailler là-dessus.

— Et à racheter des meubles, dit Lin en fronçant les sourcils.

— Eh, c'est de ta faute si Xena s'est retrouvée chez moi ! s'exclama Faith.

Elle enchaîna en expliquant comment Lin avait trouvé les deux chiots devant chez lui un jour, et comment elle et Noel n'avaient pas eu d'autre choix que d'en adopter un.

La conversation resta animée tout au long du dîner. Yvette écouta Jacob poser tout un tas de questions à son père sur la brasserie. Il voulait tout savoir sur comment il avait commencé, comment ils s'y étaient pris pour que ça reste une affaire florissante, et quels étaient ses plans pour l'avenir. Il semblait sincèrement intéressé et Lin était ravi de parler de l'affaire qu'il avait créée.

Et puis ce fut le tour de Jacob. Lin voulait tout savoir de Bayside Books, comment son père s'était lancé, le rôle que Jacob avait eu dans son expansion, et pourquoi il en était parti récemment.

Jacob resta silencieux un instant, une expression vide sur le visage. Et puis comme si on avait appuyé sur un interrupteur, il adressa un sourire chagrin à Lin.

— Ma place à Bayside Books était censée être temporaire depuis le début, jusqu'à ce qu'une nouvelle affaire soit solidement implantée. Une fois lancée, on était censés en faire une franchise. Mais…

Il haussa les épaules.

— Ce partenariat n'a pas fonctionné, alors me voici ici à la place.

— Tu ne voulais pas simplement rester travailler avec ton père ? demanda Lin.

Il n'y avait pas de jugement dans sa voix, juste de la curiosité. Aucun des enfants de Lin n'avait montré beaucoup d'intérêt à tenir la brasserie, alors Lin avait embauché Clay, un maître brasseur talentueux. Ce n'était que par chance que lui et Abby s'étaient retrouvés et mis ensemble. Maintenant, tout le monde partait du principe que quand le moment viendrait, Clay dirigerait la brasserie et les filles de Lin s'en partageraient les parts.

— Pas vraiment. Je voulais du changement, dit-il.

— Eh bien, Hollow Books est clairement très différent de la librairie de ton père, dit Yvette en levant son verre de vin pour porter un toast. J'espère que tu ne vas pas t'ennuyer ici, Jacob.

Son sourire chagrin se transforma en pur amusement.

— Pour l'instant, le verbe *ennuyer* n'est pas celui qui me viendrait à l'esprit pour décrire ma nouvelle situation.

Yvette se racla la gorge et détourna le regard, craignant de tourner rouge pivoine et de mourir de gêne si elle continuait à le regarder. Et elle avait déjà eu son quota pour la journée.

Faith pouffa de rire, mais elle se couvrit la bouche du poing et fit semblant de tousser. Elle se racla la gorge et se tourna vers Jacob comme si elle ne venait pas de s'afficher.

— Je pense à ouvrir un spa à Keating Hollow, et j'ai entendu dire que tu avais possiblement des conseils en la matière.

Yvette serra plus fort sa fourchette, avec un certain désir de la lancer sur sa sœur. À quoi est-ce qu'elle jouait ? Elle savait que c'était l'entreprise dont il venait de parler, celle qu'il avait montée avec son ex. Yvette était sûre à cent pour cent que Jacob n'avait pas envie de parler de son ex-fiancée ou de l'entreprise qu'il avait abandonnée.

— Peut-être, dit Jacob avec raideur.

Sa voix laissa transparaître une certaine rancœur.

— Ma partenaire s'occupait de tous les détails. J'étais juste là pour mon compte en banque… enfin, c'est ce qu'on m'a dit.

— La vache, souffla Yvette, incapable de s'en empêcher. C'est vraiment dégueulasse. Je suis désolée, Jacob. Personne ne mérite d'être traité comme ça.

Il prit une longue gorgée de vin.

— J'aurais dû faire preuve de davantage de discernement. Mon avocat avait essayé de m'en dissuader, mais j'ai laissé mes émotions dicter ma conduite. C'est ma faute et ça ne se reproduira plus.

— Ça peut être difficile de savoir à qui accorder sa confiance, dit Lin en hochant la tête. Il y a des fois où il faut faire confiance à ses conseillers, et des fois où il faut faire confiance à son instinct. Il te disait quoi, ton instinct ?

Jacob fixa son assiette. Quand il releva à nouveau la tête vers Lin, il dit :

— Je crois que mon instinct a été étouffé par d'autres facteurs.

Lin laissa un grand rire lui échapper.

— Je connais. Clairement, je connais ça. La prochaine fois, tu t'en souviendras.

— C'est ce qu'on pourrait croire, hein ?

Jacob croisa les yeux d'Yvette. Ils échangèrent un long regard et un nœud se forma dans le ventre d'Yvette. À en juger par les regrets qu'elle lisait dans ses yeux, il pensait qu'il avait fait une grosse bêtise au mariage d'Abby. Et même si elle était certaine que c'était probablement vrai, elle détestait devoir le reconnaître. Elle détestait penser qu'elle était une *bêtise*.

— Jacob, dit Faith en se tournant vers lui. J'ai cru comprendre que ta dernière entreprise était un spa. C'est exact ?

— Faith, protesta Yvette dans un murmure.

Sa sœur l'ignora et poursuivit.

— Ça m'aiderait vraiment si tu avais des conseils pour moi. J'ai toujours voulu ouvrir un spa de luxe. Keating Hollow n'en a jamais eu et j'aimerais changer ça.

Jacob se racla la gorge.

— Eh bien, c'est Sienna qui s'occup…

— C'était ta fiancée et ton associée, c'est ça ?

Faith se couvrit la bouche de la main.

— Oh… je suis désolée, balbutia-t-elle. Fais comme si je n'avais rien dit.

Un certain agacement se fit sentir dans le regard de Jacob. Mais il cligna des yeux et cela disparut. Il carra les épaules et quand il parla à nouveau, le businessman calme et froid qu'Yvette avait rencontré ce matin-là était de retour.

— Non, il n'y a pas à être désolée, dit-il à Faith. Bien sûr, je serais heureux de jeter un coup d'œil à ton plan de développement. Passe à la librairie quand tu seras prête et je regarderai ça avec toi.

— Vraiment ?

Le visage de Faith s'éclaira et elle lui adressa un grand sourire. Et puis elle posa sa main sur son bras et le serra.

— Tu es une vraie perle, tu sais ? Est-ce que demain c'est trop tôt ?

— Oui, intervint Yvette, agacée pour lui. Laisse-lui quand même une semaine pour s'habituer à la boutique avant de venir lui tirer les vers du nez, non ?

— Oh, d'accord. Bien sûr, dit-elle en serrant à nouveau le bras de Jacob. Je crois que je suis un peu surexcitée. Désolée, je ne voulais pas me montrer insistante.

— Ce n'est pas grave, dit-il.

Mais il jeta un regard vers Yvette et articula : *merci.*

Elle se contenta de hausser les épaules. Ce n'était pas comme si elle l'avait tiré d'affaire ; elle n'avait fait que lui faire gagner un peu de temps.

— Je vais affiner ce que j'ai déjà, mettre tout ça par écrit et je te montrerai ça la semaine prochaine, dit Faith.

Elle laissa un rire nerveux lui échapper.

— Avec un peu de chance, je n'aurai pas l'air trop bête.

Le regard de Jacob passa de Faith à Yvette et il pouffa doucement de rire.

— Quelque chose me dit que quand il s'agit d'affaires, les sœurs Townsend ont rarement, si ce n'est jamais, l'air bêtes.

— Eh bien, tu marques un point, là, dit Yvette. Notre père disait toujours qu'il y avait deux choses qu'on devait savoir faire : la vidange de notre voiture, et gérer la brasserie. Il disait que si on savait faire ça, on saurait tout faire.

Lin se mit à rire.

— C'est vrai, non ? Trois d'entre vous ont monté des affaires florissantes, et je suis sûr qu'il en ira de même pour le spa de Faith.

— J'espère, dit-elle en tordant sa serviette en papier entre ses mains. Parce que je pense très sérieusement à louer un local.

CHAPITRE 7

Jacob était assis au comptoir avec Faith Townsend et se demandait comment il s'était retrouvé jusqu'au cou dans une prise de décision pour un spa hypothétique. Il se fichait complètement que le revêtement des salles de massage soit en bois ou en pierre. Mais pour être franc, il savait exactement pourquoi il donnait à Faith Townsend son opinion sur la décoration : il était incapable de s'en empêcher. L'attrait d'une toute jeune entreprise, les possibilités, la nouveauté, tout ça était bien trop tentant. Ils avaient déjà parlé des stratégies, des fournisseurs et d'idées pour le marketing. Faith était une vraie éponge. Elle voulait son opinion sur tout, alors ce n'était pas surprenant qu'elle lui demande ce qu'il pensait de l'esthétique des lieux.

— Les deux me plaisent, dit-il. Pourquoi ne pas décorer les pièces différemment pour avoir la possibilité de différentes expériences ?

— Ça coûtera sûrement plus cher, dit Yvette.

Elle se tenait dans la cuisine, un verre de vin dans une main, un café dans l'autre. Ses cheveux sombres étaient attachés en une queue basse, et Jacob eut soudain une vision d'elle blottie sur un canapé, devant une cheminée, en plein débat amical avec lui sur la façon d'agrandir leur commerce. À sa grande surprise, cette idée lui plaisait. Il savait que s'il avait été sain d'esprit, il aurait dû se lever et prendre congé, mais au lieu de ça, il attrapa la bouteille de vin.

— Je vous ressers ? demanda-t-il à Faith et Yvette.

— Oui, s'il te plaît, dit Faith en lui tendant son verre.

Yvette regarda le sien et secoua la tête en fronçant les sourcils.

— J'ai déjà dépassé mon quota d'un verre et il faut que je conduise jusque chez moi.

— Oh, allez, Vette, dit Faith en pouffant de rire. Je suis sûre que Jacob pourra te ramener si tu es un peu pompette. Il sait déjà où tu habites.

— Tu ne viens pas de dire ça, protesta Yvette en la fixant.

Faith plaqua sa main devant sa bouche.

— Oups. On dirait que c'est moi qui ai bu un petit coup de trop.

Jacob reposa la bouteille de vin et dit :

— Peut-être que ça suffit pour tout le monde.

— Je pense que tu as raison.

Yvette ramassa les verres sur le bar et les amena jusqu'à l'évier.

— Je suis désolée, dit Faith.

Son sourire était bien trop grand pour être sincère.

— Ça m'a échappé.

— Ce n'est pas grave, dit Jacob. Je crois que c'est le bon moment pour prendre congé.

— Oh, non. Il est encore tôt, dit Faith.

— Non, dit Yvette en jetant un coup d'œil à l'horloge. Il est neuf heures passées et papa a besoin de se reposer.

Neuf heures passées ? Sérieusement ? pensa Jacob. Il aurait dû se rendre compte qu'il commençait à se faire tard. Noel et Drew avaient embarqué les filles et étaient partis environ une heure auparavant, et Lin s'était retiré sur le canapé avec Claire pour regarder un vieux film avec John Wayne. Il se leva et jeta un coup d'œil à Yvette.

— À demain ?

Elle traversa la cuisine et fit le tour du bar avant de répondre :

— Je te raccompagne.

— Bonne soirée, Jacob, dit Faith en agitant la main vers lui. Merci pour tes conseils. Ça m'aide vraiment.

— Je t'en prie, Faith. Ça m'a fait plaisir, dit-il.

— Ne l'encourage pas, murmura Yvette en glissant son bras sous le sien pour le tirer vers la porte.

— Pourquoi ? Tu ne penses pas que le spa soit une bonne idée ? lui demanda-t-il.

— Ce n'est pas ça. Pas du tout. C'est juste que maintenant tu ne vas plus pouvoir te débarrasser d'elle, et d'ici peu, tu te retrouveras à devoir lui donner ton avis sur le parfum des savons.

— J'ai entendu ! leur cria Faith avec bonne humeur. Et tu te trompes. Pour les parfums, j'ai déjà mon idée.

— C'est déjà ça, répondit Yvette, le regard taquin.

Jacob assista à cet échange entre les deux sœurs avec amusement et un petit peu de jalousie. Il n'avait pas eu de frères et sœurs quand il était enfant. Il avait deux demi-frères désormais, mais ils ne se voyaient que pour les rares réunions de famille et ils n'avaient jamais eu l'occasion de créer le lien qui existait si manifestement entre les sœurs Townsend. Cela lui serra un peu le cœur de se rendre compte de ce qu'il avait manqué.

— Bonne nuit, Jacob. Ça me fait plaisir que tu aies pu venir, dit Lin en se levant du canapé.

Il lui tendit la main.

— J'ai été ravi de pouvoir faire davantage connaissance.

— De même, dit Jacob en serrant sa main dans les deux siennes. Vous avez une maison charmante, et une famille adorable.

Il fit un signe de tête à Claire.

— Désolé si j'ai abusé de votre hospitalité.

— Pas du tout, dit Lin. Je ne suis pas si vieux que ça. Et puis, j'attends toujours que mon gendre me dépose des papiers dont j'ai besoin pour le verger.

Yvette se raidit.

— *Gendre ?* Je t'en prie, dis-moi que tu ne parles pas d'Isaac.

Lin grimaça.

— Désolé, Yvette. Ex-gendre. Isaac s'occupe toujours de la comptabilité de la ferme. J'ai besoin de certains formulaires pour une réunion demain. Il était censé me les amener après dîner.

— Il te faut un nouveau comptable, papa, dit Faith.

Il n'y avait plus aucune trace d'amusement chez elle, et elle regardait son père d'un air désapprobateur.

— Il ne peut pas continuer à se pointer ici comme ça. Ce n'est pas correct envers Yvette.

Lin se tourna vers Yvette avec une expression inquiète.

— C'est ce que tu veux, Châtaigne ? Je sais qu'on en a parlé, et…

— C'est bon, l'interrompit Yvette. Bien sûr que je ne veux pas que tu vires Isaac parce que notre relation est terminée. Juste… préviens-moi quand je risque de le croiser ici.

— Tu es sûre ? insista Lin.

— Bien sûr, dit-elle.

Mais ses poings serrés et sa mâchoire crispée laissaient voir que cette situation ne la laissait pas aussi zen qu'elle essayait de le paraître. J'ai juste besoin d'un peu de temps pour m'y faire, et ça m'aiderait si tu arrêtais de dire « gendre ».

— Ça n'arrivera plus, affirma Lin avec une mine résolue.

— Très bien alors. Bonne nuit, dit-elle. Papa, essaie de ne pas travailler trop dur.

Lin marmonna une réponse peu convaincue et Yvette tira Jacob vers la porte d'entrée. Ses mouvements étaient raides et elle maugréait dans sa barbe. Le mot « connard » attira l'attention de Jacob.

— Tu parles de ton ex ou des hommes en général, demanda-t-il pour essayer d'alléger un peu l'atmosphère alors que la porte se refermait derrière eux.

Elle laissa un petit rire surpris lui échapper.

— Tu sais, je n'en suis même pas sûre. Dans quel monde ça paraît juste qu'il se retrouve avec la moitié de la valeur de ma librairie et qu'il ait le droit de garder ma famille aussi ? Et moi, j'ai quoi ? Une maison que j'aimais avant, mais dans laquelle je ne supporte plus d'habiter, et un nouvel associé qui…

Elle le regarda et grimaça.

— Désolée. Ce n'est pas contre toi.

— On dirait que c'est peut-être un peu contre moi aussi, mais ce n'est pas grave. Je comprends tout à fait.

Elle s'arrêta au milieu de la terrasse et se tourna pour le regarder. Elle plongea ses yeux dans les siens et demanda :

— Ah oui, vraiment ?

Il hocha la tête et sentit la colère qu'il avait réprimée remonter du fond de son ventre. Il avait envie de réduire en miettes tous ceux qui l'avaient piétiné, qui l'avaient utilisé pour leurs propres bénéfices.

— Je n'étais pas marié, mais j'étais fiancé. Et disons

simplement que ma fiancée est partie avec tout ce qu'elle voulait, y compris mon témoin.

Yvette en resta bouche bée et le contempla, éberluée. Il sentit sa bouche s'assécher alors que la phrase qu'il venait de prononcer se rejouait dans sa tête. Pourquoi est-ce qu'il lui avait dit ça ? Il n'avait parlé à personne de Sienna et Brian. Pas même à son avocat qui s'occupait de la dissolution de l'entreprise qu'ils avaient créée ensemble et de la division de la maison sur la plage que Jacob avait achetée pour eux. Il n'avait simplement pas été capable de prononcer ces mots jusqu'à maintenant.

— C'est horrible, dit Yvette en posant une main légère sur son bras. Je suis désolée. C'est vraiment dégueulasse.

— Oui, pas plus que d'épouser une femme dont tu dis qu'elle est ta meilleure amie avant de te barrer avec un autre homme et de faire comme si rien n'avait changé à part la personne avec qui tu vis.

Une mèche de cheveux était tombée de son chignon impromptu. Il l'ôta de sa joue et la cala derrière son oreille.

— Je suis prêt à parier qu'Isaac est trop égocentrique pour se rendre compte à quel point ça te fait mal de le voir, sans parler de le voir avec son nouveau partenaire, ou quand il fait semblant de toujours faire partie de ta famille.

Les rayons argentés de la lune transperçaient les nuages venus du littoral et illuminaient le beau visage d'Yvette. Une petite moue perplexe s'était emparée de ses lèvres et elle leva les yeux vers Jacob.

— Tu sais, je crois que tu as raison. Je veux dire, il sait qu'il m'a fait du mal. Il s'est excusé plus de fois que je ne peux les compter. Mais il voudrait – et pour être franche, c'est le cas de tous les autres aussi – que je passe à autre chose. Tout le monde n'arrête pas de me dire de tourner la page et de le laisser être heureux. Et c'est ce que je veux. Vraiment. Nous étions réellement les meilleurs amis du monde. Je comprends qu'il ne m'a pas fait du mal volontairement, mais le truc, c'est que ça fait mal quand même. Je ne peux pas cicatriser plus vite, quand bien même je le voudrais.

— Je sais, dit-il doucement en caressant sa joue.

Le bruit d'une portière de voiture les fit sursauter tous les deux. Yvette recula vivement et fixa l'obscurité.

— Isaac, c'est toi ?

— Oui, aboya-t-il en sortant des ombres. Je suis venu pour voir Lin.

— Et ça fait combien de temps au juste que tu nous espionnais ? demanda Yvette, les mains sur les hanches.

Ses yeux étrécis n'étaient plus que deux fentes. Ça devait faire depuis qu'ils étaient sortis de la maison, sinon elle aurait entendu sa voiture arriver dans l'allée.

— Je ne vous espionnais pas, dit-il. Je rassemblais les papiers qui étaient tombés par terre dans ma voiture. Mais si j'avais été en train de vous observer, je te dirais que tu fais une grosse erreur en te précipitant comme ça avec ton *associé*. Franchement, Yvette ? Tu ne penses quand même pas que c'est une bonne idée ?

Yvette sentit sa mâchoire se décrocher et secoua la tête, incrédule. Jacob fit un pas en avant, rentrant exprès dans l'espace vital d'Isaac.

— Je suis quasiment certain que ce qu'Yvette fait ne te regarde plus. Peut-être que tu devrais garder tes opinions pour toi, tu ne crois pas ?

— Bien sûr que ça me regarde. Je suis son mari, dit Isaac en reculant pour se mettre à distance de l'autre homme.

— Ex-mari ! cria Yvette. Ex-mari, Isaac. On a tous les deux signé les papiers. Ils ont été postés. Tu ne peux pas faire comme si je t'appartenais juste parce que l'acte de divorce n'est pas encore arrivé dans ta boîte aux lettres. Arrête d'agir comme si tu avais quoi que ce soit à redire sur ce que je fais ou qui je vois.

— Qui tu vois ? répliqua Isaac, les yeux pleins de colère. Allez, Yvette. Ne sois pas grossière. Tu sais très bien que je veux juste te protéger.

Quel sale type condescendant, pensa Jacob. Il était sérieux ? Ses muscles se crispèrent involontairement, et il dut se retenir pour ne pas lui mettre une droite. S'il avait été plus jeune, il l'aurait peut-être fait. Mais l'âge lui conférait au moins une pointe de sagesse. La violence ne réglerait rien et ne ferait qu'aggraver la situation. Et puis Yvette s'en sortait déjà plutôt pas mal.

Elle traversa la cour et s'arrêta juste devant Isaac. Elle tremblait, de colère supposa Jacob, et elle s'avança pour dire :

— Ne me redis plus jamais quoi faire. Je n'ai que faire de ta protection, et je n'apprécie pas le ton condescendant que tu prends. Tu as abandonné tout droit d'avoir une opinion sur ce que je fais le jour où tu as fait ta demande de divorce.

— Yvette, dit-il en tendant la main vers son épaule.

Elle se dégagea vivement.

— Ne me touche pas. J'en ai fini ici.

Elle se tourna vers Jacob.

— Prêt ?

— Bien sûr, répondit-il, un peu surpris de la voir marcher jusqu'à sa voiture.

Sans un mot, il ouvrit la portière passager pour elle et ne put s'empêcher de décocher un sourire autosatisfait à Isaac alors qu'il repassait du côté conducteur.

— Désolée, dit-elle en secouant la tête dès qu'il se fut installé derrière le volant. Je suis tellement en colère, là, que je crois que ce ne serait pas une bonne idée pour moi de conduire.

— Pas de souci.

Il démarra le moteur et prit l'allée qui conduisait à la route principale. Yvette descendit la visière et poussa un soupir agacé.

— Il est toujours là, sous le porche, à nous regarder partir.

— Bien sûr, dit Jacob en lui souriant. Il est jaloux.

Elle leva les yeux au ciel.

— Oui, c'est ce que j'ai cru au début aussi, mais maintenant je crois que c'est juste son ego qui en a pris un coup. Je veux dire, franchement, il est amoureux d'un autre homme.

— Ce n'est pas juste son ego. Je te dis qu'il est jaloux. C'est évident.

Elle se tourna sur son siège et lui accorda toute son attention.

— Tu crois vraiment ?

— Yvette, il t'aimait, s'il t'a épousée. Ça n'a probablement pas changé juste parce qu'il s'est rendu compte qu'il était gay. Ce type est clairement jaloux. Qu'il le reconnaisse ou non, il déteste te voir avec un autre homme.

— Mmh.

Elle tapota ses lèvres d'un ongle peint en rouge. Et puis elle sourit et dit :

— Tant mieux. Il n'a qu'à souffrir un peu.

Ça fit rire Jacob.

— Exactement.

CHAPITRE 8

Yvette avait étonnamment bien dormi malgré sa dispute avec Isaac la veille. Jacob avait réussi à l'apaiser et il s'était montré un parfait gentleman en la déposant chez elle. Il avait proposé de passer la chercher le lendemain pour la conduire au travail, mais elle avait décliné pour ne pas le déranger.

À la place, elle s'habilla chaudement avec un jean et un pull et enfila ses bottes doublées de fourrure. Elle compléta sa tenue avec un gilet rouge, des gants gris et une écharpe assortie, et elle sortit son vélo du garage. C'était une matinée couverte et froide avec une petite bruine, mais rien qui ne soit au-dessus de ses forces. L'air froid lui piqua les joues tandis qu'elle dévalait les rues de Keating Hollow, et même s'il faisait gris et pluvieux, elle ne put s'empêcher d'admirer sa petite ville au charme désuet.

Des illuminations étaient accrochées aux lampadaires et la plupart des vitrines étaient encore décorées avec de la fausse neige et des messages de Noël. Elle savait que d'ici la fin de la semaine, tout cela aurait disparu, remplacé par les décorations pour le Festival des sorcières du Nouvel An. Et peu après, tout serait aux couleurs de la Saint-Valentin, avec des cœurs roses et rouges et des petits poèmes d'amour. Cette prise de conscience lui tira un gémissement.

Les habitants de Keating Hollow adoraient la Saint-Valentin. C'était impossible d'y échapper. C'était partout. Miss Maple se mettrait à servir des cupcakes en forme de cœur, avec des cœurs en chocolat infusés d'un sortilège d'amour, et la brasserie sortirait la fameuse bière Philtre d'Amour de Clay. Les restaurants feraient de la pub pour leurs menus spéciaux pour la Saint-Valentin et commenceraient à prendre les réservations. En général, tout était plein dans l'heure et ils se retrouvaient avec des listes d'attente avec des douzaines de personnes dessus. De son côté, Yvette mettrait des romances en vitrine, remplirait le magasin de roses, mangerait toute une cuve de chocolats au caramel et compterait les jours jusqu'au 15 février.

Il était encore tôt et à part le Café Incantation, la plupart des commerces de la Grand-Rue n'étaient pas encore ouverts. Yvette ne s'attendait pas à ce que quelqu'un soit à la librairie, mais quand elle gara son vélo devant, elle remarqua deux choses : la voiture de Jacob était déjà là, et la vitrine était animée.

Elle laissa un petit hoquet lui échapper et tourna son attention vers la vitrine. Les livres qu'elle y avait placés la veille étaient tous suspendus et se balançaient d'avant en arrière comme sous l'effet d'une douce brise. Dessous, sur le rebord de la fenêtre, là où elle avait créé un petit village et y avait ajouté des petits personnages en feutre, les créatures étaient rangées par deux et dansaient dans la rue. Il y avait là des petites sorcières, des loups-garous et des vampires.

— Il ne manque plus que des petites lumières et une lune d'automne et la vitrine sera complète, dit Jacob derrière elle.

Elle sursauta, surprise par sa voix.

— Ça fait combien de temps que tu es là ?

— Juste une minute.

Il leva vers elle un sac où était inscrit *Café Incantation*.

— Je nous ai pris des scones pour aller avec le café.

Elle regarda le sac.

— Tu ne vas pas me dire que tu as des tasses de café là-dedans.

Il afficha un large sourire.

— Non, mais j'ai des grains de café pour mettre dans la super machine à expresso qui est arrivée après ton départ hier soir. Brinn a laissé un petit mot avec le paquet sur le comptoir et j'ai trouvé ça ce matin.

— C'était rapide, dit-elle, à la fois impressionnée et encore une fois vaguement agacée qu'il ait commandé cette machine sans lui en parler.

Mais elle prit une grande inspiration et mit cette pensée de côté. Ils s'étaient mis d'accord sur le café. Il fallait qu'elle l'accepte.

— C'est toi qui as fait ça ? demanda-t-elle en désignant la vitrine.

— Oui, dit-il en l'observant avec attention.

À l'évidence, il jaugeait sa réaction. Il ajouta :

— J'ai vu ça ce matin et j'ai trouvé qu'il manquait quelque chose. Qu'est-ce que tu en penses ?

— C'est parfait, répondit-elle avec un grand sourire. Hier, je me disais qu'il me faudrait un sorcier ou une sorcière d'air pour m'aider à ajouter un petit truc spécial, mais tu étais déjà parti et… eh bien, je n'avais pas le temps d'appeler ma sœur et le don de Brinn est un peu trop brut pour ce que j'avais en tête. Qu'est-ce que tu disais sur la lune et les lumières ?

— La vitrine est super pendant la journée, mais si on y ajoute quelques bougies, alors ce sera vraiment génial quand il fera noir. Tu es une sorcière de feu, non ? Qu'est-ce que tu en dis ?

— N'en dis pas plus.

Yvette rentra dans la boutique. Après avoir fouillé dans son matériel de déco, elle trouva un paquet de petites bougies d'anniversaire et un morceau de bois rond qu'elle avait utilisé une fois comme base pour un sapin de Noël miniature. Elle revint à la vitrine et les passa à Jacob.

— Fais flotter le bois dans le coin gauche au-dessus de la ville et place les bougies pour qu'elles lévitent derrière les fenêtres des bâtiments.

— Ça marche.

Jacob lança les éléments en l'air. Les bougies s'alignèrent devant lui comme si elles attendaient ses instructions tandis que le morceau de bois partit sur le côté. Jacob claqua des doigts et chaque bougie alla se mettre pile là où il le fallait pendant que la fausse lune se mettait en place comme si elle avait lu dans les pensées d'Yvette plutôt que dans celles de Jacob.

Yvette se concentra d'abord sur la lune. Elle visualisa des braises rougeoyant à l'intérieur, et le bois se mit à diffuser une lumière orangée.

— Parfait.

— Est-ce que le feu est piégé à l'intérieur ? demanda Jacob en admirant sa réalisation.

— Oui, mais c'est une flamme magique alors elle est contenue. Aucun risque que le bois ne prenne feu.

Elle tourna son attention vers les bougies. Elle leva la main vers sa bouche en formant un poing et souffla un peu d'air sur la vitre. Une petite étincelle jaillit de sa bouche et vint virevolter autour de chaque bougie pour allumer la mèche. On aurait dit que c'était une luciole qui s'en était chargée.

Yvette se tourna vers Jacob.

— Qu'est-ce que tu en penses ?

— Tu as des idées lumineuses.

— C'est ce qui se passe quand tu traînes avec une sorcière de feu.

Elle lui fit un clin d'œil et puis ramassa le sac du Café Incantation qu'il avait laissé sur une étagère.

— Dis-moi qu'il y a une patte d'ours là-dedans.

— La magie, ça te donne faim ?

— Toujours, dit-elle en jetant un coup d'œil à l'intérieur du sac. Oh la vache ! s'écria-t-elle.

Elle sortit un biscuit qui avait la forme de la devanture de la librairie. Les mots *Hollow Books* étaient inscrits au-dessus d'une porte rouge très ressemblante à la vraie.

— J'hallucine, elles se sont déjà mises au travail pour nous. Est-ce que c'est Hanna qui a fait ça ?

— Oui. Vas-y, essaie, dit-il en se dirigeant vers le comptoir où il avait déjà installé la machine à expresso.

Yvette prit une petite bouchée et dès qu'elle referma les lèvres, les épices explosèrent sur sa langue et elle laissa un gémissement de plaisir lui échapper.

— Ça a été ma réaction aussi, dit Jacob en mettant en route le percolateur avec des gestes experts.

— C'est trop bon, c'est incroyable, dit Yvette en prenant une grande bouchée.

Elle était si accaparée par le pain d'épice qu'elle remarqua à peine Jacob déposer un latte devant elle. Elle lui adressa un signe de tête et prit une bonne gorgée pour faire passer le gâteau. Elle devait bien reconnaître que le latte était bon. Excellent, même.

— Tu avais raison, avoua-t-elle. Un café dans la librairie, c'est exactement ce qu'il nous fallait. Entre ces biscuits en pain d'épice et les autres gâteaux qu'ils nous feront, plus le café, on va avoir un sacré succès auprès des gens qui aiment bien feuilleter avant d'acheter.

Jacob leva son propre latte comme pour porter un toast et dit :

— C'est toi qui as eu l'idée des gâteaux sur mesure pour nous. Tu peux en être fière. Tu es pleine d'inspiration, ma nouvelle amie.

Mais Yvette secoua la tête.

— Non, c'est Hanna. Tout ce que j'ai fait c'est lui demander quelque chose de sympa pour la librairie.

Elle posa le latte sur le comptoir et se mordit la lèvre inférieure.

— J'ai quelque chose à te dire.

Il la guida vers un canapé rembourré et lui fit signe de s'asseoir. Quand elle fut installée, il s'assit à côté d'elle. Il sentait bon, une vague odeur boisée, et elle se demanda s'il habitait près des séquoias.

— Vas-y. Je suis tout ouïe.

— Eh bien, j'ai fait une bêtise. Une grosse bêtise. Et je te l'aurais dit avant normalement, mais je m'en suis rendu compte après ton départ hier soir, et le dîner chez mon père ne semblait pas le meilleur moment pour t'en parler.

— D'accord, dit-il en fronçant les sourcils, concentré sur elle. Grosse comment, ta bêtise ?

— Ça dépend de ta définition du mot « grosse », dit-elle.

— C'est sûr. Eh bien, dis-moi ce que c'est et on verra bien.

Il avait croisé les bras sur son torse, l'air très pro maintenant, et il la regardait avec un visage de marbre.

Elle avait envie de reculer sur le canapé ou de se racler la gorge, mais elle n'en fit rien. Elle ravala son anxiété et lâcha :

— J'ai commandé beaucoup trop de livres qu'on ne peut pas retourner... et après avoir payé les factures hier soir, notre cash disponible est dangereusement bas.

Il cligna des yeux. Et puis ses joues virèrent au rouge ce qui, supposa Yvette, trahissait son irritation.

— On ne peut pas les retourner ?

Elle hocha la tête.

— Les petits et micro-éditeurs n'ont pas de stock, ils ne font que de l'impression à la demande. Je... heu... oh et mince ! C'était Isaac qui passait toujours les commandes, je connaissais mal le logiciel et j'ai fait une connerie. Ça ne se reproduira plus. Tu peux me croire. J'apprends vite.

— Je connais les petits et les micro-éditeurs, dit-il.

— D'accord. Eh bien, donc, j'ai essayé de leur en renvoyer une partie, mais comme je m'y attendais, en vain. Alors j'ai mis au point un plan pour vendre ces livres.

Elle se pencha et essaya de dégager le plus d'assurance possible.

— Tu veux que je te l'expose ?

— J'ai hâte, dit-il en secouant la tête d'un air incrédule.

— Pour commencer, la vitrine est faite. Merci pour ton aide. Je crois qu'elle nous vaudra beaucoup d'attention.

— On peut espérer, dit-il en se renfonçant dans son siège tout en observant Yvette. Mais tu sais que le premier objectif d'une vitrine, c'est de faire entrer les clients dans la boutique. Ça ne se traduit pas automatiquement par des ventes du produit qui se trouve dans la vitrine.

— Exact. J'en suis bien consciente. C'est pour ça que la vitrine n'est que la première étape.

Elle sortit un flyer pour le Festival des sorcières du Nouvel An.

— Il y a ça qui se passe ce week-end et il y aura plein de touristes en ville. Noel dit que son auberge est complète et c'est aussi le cas pour l'Auberge du Livre et de la Pierre, la grande maison victorienne qui a été transformée en *bed and breakfast* il y a quelques années. Et il se trouve que Miranda Moon vit en Californie du Nord. Je pensais qu'on pourrait l'inviter à une séance de dédicace et en faire la publicité en ville. Peut-être demander à Hanna de faire des biscuits à l'image de l'emblème sur la couverture ?

— On est déjà mardi, dit Jacob.

Elle cligna des yeux.

— C'est ça ta réponse ? On est déjà mardi ?

Il regarda sa montre et hocha la tête.

— Ça nous laisse quatre jours grand max pour trouver l'auteure, signer un contrat, lui trouver une chambre…

— Je peux l'héberger, dit Yvette. J'ai la place pour ça. Et c'est gratuit.

— Bon, c'est déjà ça.

Il sortit son téléphone, passa un coup de fil rapide à une certaine Fran et se retrouva avec le numéro de Miranda Moon.

— Comment tu as fait ça ? demanda Yvette en inclinant la tête de côté pour l'observer. Tu as rencontré Miranda ?

Il hocha la tête.

— Oui. Je l'ai croisée une ou deux fois à des conférences. Et elle était amie avec mon ex. J'ai eu son numéro par notre ancienne organisatrice de mariage. Miranda était censée être une des demoiselles d'honneur.

Yvette poussa un gémissement.

— Tu déconnes.

Il eut un rire sans joie.

— Oh, je suis tout à fait sérieux. Laisse-moi lui passer un coup de fil et voir ce que je peux faire.

Cinq minutes plus tard, Jacob mit fin à l'appel avec un sourire triomphant.

— Miranda sera là vendredi après-midi. Elle passera le festival ici pour rencontrer des fans et dédicacer tous les livres qui lui tomberont sous le nez.

— Comment tu as fait ça ? demanda Yvette avec un rictus amusé. Elle ne te voyait pas alors ça ne peut pas être ton sourire charmeur ou tes demi-airs de beau gosse.

— Demi-airs de beau gosse ? répéta-t-il avec un grand rire. Tu ne trompes personne, Townsend. Je me souviens de samedi dernier.

Elle rougit.

— Laisse tomber. J'ai du travail. Je vais faire des cartes postales et des flyers pour tous les commerces des environs, et puis il faut qu'on en parle en ligne aussi.

Elle partit vers son bureau, mais s'arrêta au bout de quelques pas et regarda en arrière.

— Je suis désolée pour cette erreur. Ça ne se reproduira pas. Promis.

Il inclina la tête de côté et l'observa.

— Yvette, est-ce que tu penses que je t'en veux ?

— Oui, je suppose. C'est logique, non ? J'ai fait une énorme connerie et maintenant on se retrouve à galérer pour trouver comment vendre ces livres en trop au lieu de s'habituer à travailler ensemble et réfléchir à de nouvelles idées pour la librairie.

— Mais *c'est* une nouvelle idée, dit-il. Des dédicaces, notamment avec des auteurs locaux, c'est un gros boost, tant pour eux que pour nous. Je compte faire ça au moins une fois par mois à l'avenir. Et au fait, je ne suis pas en colère contre toi. Même pas un tout petit peu. Inquiet pour nos liquidités ? Oui. Mais on va s'en sortir. Je ne suis pas parfait et je ne m'attends pas à ce que tu le sois non plus. Tout le monde fait des erreurs. Les reconnaître, c'est ça le plus important. Et tu l'as fait, clairement, alors merci.

Il tendit la main pour qu'elle la serre, mais au lieu de ça elle jeta ses bras autour de lui et le serra fort contre elle.

— Holà, dit-il, pris au dépourvu.

Mais rapidement, il lui rendit son étreinte.

— Merci, dit-elle contre son épaule. Si c'est comme ça que tu gères les problèmes, je crois qu'on va faire une bonne équipe.

— Est-ce que ça veut dire que notre partenariat inclut des câlins de façon plus ou moins régulière ? Parce que je crois que je pourrais m'y faire, la taquina-t-il.

— Bien sûr, répondit-elle en pouffant de rire. Tant que tu m'approvisionnes en gâteaux et en lattes, ce sera avec plaisir.

— Non, Yvette, le plaisir sera mien, dit-il à son oreille.

Un frisson la parcourut des pieds à la tête.

CHAPITRE 9

Jacob passa la matinée à remplir les étagères avec le stock qui emplissait son futur bureau. Sa première mission fut de créer deux tables d'exposition pour la montagne de livres de Miranda Moon qu'Yvette avait commandés.

Il devait reconnaître qu'il avait été légèrement inquiet quand elle lui avait parlé de son erreur. Les librairies étaient connues pour naviguer avec peu de marge, et Hollow Books n'était pas une exception à la règle. Il pensait qu'il y avait des choses à entreprendre pour que leurs affaires décollent, mais s'ils ne faisaient pas attention, ils feraient faillite avant d'avoir pu essayer.

Mais le fait qu'elle lui en ait parlé immédiatement et qu'elle ait établi un plan pour faire quelque chose de ce stock en trop lui avait rappelé pourquoi il avait décidé de se mettre en affaires avec elle à la base. Quand il lui avait parlé au téléphone quelques semaines auparavant, il avait eu la sensation qu'elle était intelligente, passionnée et complètement investie : les trois qualités qui, selon lui, étaient nécessaires à tout entrepreneur pour réussir. Mais ce n'était pas la seule raison pour laquelle il avait décidé de parier sur Hollow Books. Sa tante avait été une influence décisive, tout comme son besoin de quitter la Californie du Sud au plus vite. Il y avait eu des tas de raisons de dire oui, et une seule de dire non. Les oui avaient gagné.

Si sa vie avec Sienna n'avait pas été réduite à néant, il ne se serait jamais vu investir dans un commerce tel qu'Hollow Books. Ça ne serait jamais plus qu'une petite librairie de campagne, et ça plus que quoi que ce soit d'autre en faisait un mauvais placement pour lui… jusqu'à ce que tout parte à vau-l'eau. Alors, il avait soudain eu le désir de quelque chose de simple. Quelque chose qui ait une signification… et pas juste pour les bénéfices qu'il pourrait en tirer.

Il se demandait simplement combien de temps il se satisferait de vivre dans une petite ville, à diriger un seul commerce, plutôt qu'à être en train d'imprimer sa marque dans le monde des affaires. Le temps le dirait, mais pour l'instant, il appréciait ses discussions avec son associée enflammée.

— Yvette, appela-t-il. Arrête de manger les biscuits. On a des livres à arranger.

Elle tenait un biscuit dans une main et une serviette en papier dans l'autre.

— Il faut bien que je les mange, sinon il n'y en aura plus. *Quelqu'un* n'arrête pas de les faire disparaître à chaque passage dans la réserve.

Il se mit à rire. Elle avait raison. Il ne pouvait pas s'en empêcher tellement ils étaient bons.

— Pose-le juste un moment. J'ai besoin d'un coup de main. Promis, je ne mangerai pas ta part.

Elle lui jeta un regard sceptique, mais posa le biscuit sur sa serviette et se tourna pour se laver les mains au petit lavabo, là où se trouverait leur futur café. Jacob contempla le biscuit presque intouché et songea sérieusement à le piquer avant qu'elle se retourne, mais il avait les bras pleins de livres et il avait vraiment besoin de son aide.

— D'accord, dit-elle. Qu'est-ce qu'il te faut ?

— Tu vois ces livres-là ? demanda-t-il en désignant une pile devant lui. Il faudrait que tu les empiles au milieu de cette table.

— D'accord. Et maintenant ? demanda-t-elle quand elle eut fini.

Il déposa la grosse pile de livres qu'il portait sur l'espace récemment libéré et lui expliqua comment il voulait disposer la table pour garantir que les produits soient bien visibles.

— Ça me va.

Elle se mit au travail et plaça les livres dans des positions diverses pour que les clients puissent voir les couvertures suivant différents angles. Quand elle eut terminé avec sa section, elle recula jusqu'à la porte et observa la table d'un œil critique.

— Il y a trop d'écriteaux. On devrait enlever l'une des bannières… celle à gauche. Et il faut décaler tous les livres à droite d'environ cinq centimètres. Là, voilà, dit-elle alors que Jacob obtempérait. Parfait.

Il prit un moment pour regarder la table de son point de vue et une fois que ce fut fait, il se trouva à nouveau impressionné par son sens du détail. Il n'était pas loin de penser que leur binôme était parfait. Il se demanda pourquoi elle avait été si abattue d'avoir commandé trop de livres. De ce qu'il en voyait, elle était exactement telle qu'il se l'était imaginée : intelligente, passionnée et investie. Elle n'avait pas besoin de s'inquiéter de son opinion. Elle était sacrément douée dans son métier.

Mais juste après une heure de l'après-midi, Jacob comprit pourquoi Yvette avait été si anxieuse de sa réaction. Il était en train de remplir les étagères quand nul autre qu'Isaac Santini entra dans la librairie. Il repéra immédiatement le présentoir de livres de Miranda Moon.

— C'est quoi, ça ? demanda-t-il en fixant Yvette.

— Un présentoir de livres, répondit-elle calmement. Tu devrais y jeter un œil. Moon écrit des romans drôles, romantiques et pleins d'esprit.

— Yvette, tu sais très bien que la librairie ne peut pas se permettre d'avoir autant de stock. C'est irresponsable. À quoi tu joues ? Tu as envie de faire faillite ?

Il prit un des livres et jeta un coup d'œil au dos. En grognant, il ajouta :

— Tu ne peux même pas les renvoyer.

Elle croisa les bras sur sa poitrine et le fusilla du regard.

— Tu voulais quelque chose à part me dire que je suis très mauvaise en affaires ?

— Ce n'est pas… commença-t-il.

Yvette lui prit le livre des mains et le reposa sur la table.

— Tu ferais mieux de partir. On n'a rien à se dire.

Jacob vint se placer juste derrière elle, prêt à l'appuyer au cas où elle déciderait qu'il fallait expulser son ex de la boutique.

— Je suis venu acheter un cadeau, dit-il avec un grand soupir. Bon sang, Yvette. Tu ne vas pas perdre des ventes juste parce que tu es en colère contre moi.

— On n'a pas besoin de ton argent, dit-elle en désignant la porte.

— À l'évidence, si, dit-il en contemplant le grand présentoir.

Yvette ouvrit la bouche pour protester, mais Jacob fut plus rapide.

— À vrai dire, Isaac, non. Et ce stock répond au nouveau plan de développement que nous sommes ravis de mettre en place. Désolé de ne pas t'en avoir fait part avant, mais comme la librairie ne t'appartient plus, on s'est dit que ce n'était pas nécessaire. Mais merci de te soucier de nous.

Il posa les mains sur les épaules d'Yvette, davantage par réflexe que pour la protéger. Mais en voyant les yeux d'Isaac étinceler de colère, Jacob sourit, satisfait d'avoir réussi à l'énerver.

— Maintenant, qu'est-ce que tu voulais ? Je suis sûr que Brinn sera ravie de t'aider à trouver ce qu'il te faut.

Isaac ignora sa question et se concentra sur Yvette.

— Je ne sais pas ce qui se passe entre vous, mais je sais que tu le regretteras quand ça se cassera la gueule. Et je ne serai pas là pour te ramasser à la petite cuillère.

Jacob sentit la peau d'Yvette chauffer à travers son gros pull. Il était certain que la condescendance d'Isaac avait réussi à allumer son feu intérieur. Mais au lieu de se déchaîner sur son ex, elle se tourna vers Jacob et posa une main sur son torse.

— Oh, si ça ce n'est pas mignon. Voilà qu'il s'inquiète pour moi. Qu'est-ce que tu en dis, Jacob ? Est-ce que je devrais m'inquiéter que tu ne me brises le cœur ?

Vu qu'ils avaient tous les deux décidé que leur relation devait rester sur le plan professionnel, c'était peu probable. Il secoua la tête.

— Non. Pas du tout.

— Tu vois ? dit-elle à Isaac. Tout va bien.

Et puis, sans avertissement, elle se tourna vers Jacob, se dressa sur la pointe des pieds, et colla ses lèvres aux siennes.

Il resta figé là une seconde à essayer de faire fonctionner son cerveau. Il n'était pas censé l'embrasser à nouveau. Mais il comprit vite que ce n'était qu'une mise en scène pour faire bisquer son ex, et il était partant pour ça. Il enroula ses bras autour de sa taille, entrouvrit ses lèvres et approfondit le baiser avec une passion visible. Elle avait un goût de pain d'épice et sa flamme intérieure vint le chatouiller, le réchauffant entièrement.

Isaac et la librairie semblèrent disparaître dans un nuage flou, il n'était capable de prêter attention qu'à la femme douce et souple entre ses bras. Le baiser se fit tendre et il lui sembla qu'il serait parfaitement satisfait que cet instant dure toujours. Et il aurait certainement duré, si l'ex d'Yvette ne s'était pas raclé la gorge.

Yvette recula, mais elle garda ses doigts crispés autour de sa chemise et leva son regard vers lui. Elle avait une expression douce et légèrement émerveillée. Il était indéniable que ce baiser avait retourné le sol sous les pieds de Jacob.

— Je crois que vous vous êtes fait comprendre, dit Isaac. Yvette, j'espère que tu sais ce que tu fais.

Il tourna les talons et quitta la librairie.

— Je crois qu'on vient de perdre un client, dit Yvette, les yeux pétillants de malice.

— Ça valait le coup, dit-il en fixant ses lèvres rosées.

Le tic-tac de l'horloge résonna lourdement dans la pièce silencieuse et ce fut comme si ce son avait rompu le sortilège qui les maintenait sous son pouvoir. Ils reculèrent tous les deux en même temps.

Yvette couvrit délicatement ses lèvres du bout des doigts et détourna le regard.

— *Incendie de bibliothèque !* murmura-t-elle. Je n'aurais pas dû faire ça.

— Faire quoi ? demanda-t-il en regrettant déjà de l'avoir lâchée. Faire enrager ton ex délibérément ou embrasser ton associé ?

Elle grimaça et croisa son regard à nouveau.

— T'embrasser. Nous... on ne devrait pas faire ça. Je suis désolée. Ça ne se reproduira pas.

Une vague de déception le submergea et il eut envie de dire que *lui* n'était pas désolé. Même pas un peu. Et que s'il en avait l'occasion, il le referait plutôt deux fois qu'une. Mais il garda le silence. Ils avaient convenu qu'entretenir une relation amoureuse ne serait pas une bonne idée. Elle avait déjà failli perdre sa librairie une fois quand son mariage s'était terminé. S'ils se mettaient ensemble, une fois que ça partirait en cacahuète, ils se retrouveraient dans la même situation. Et ça partirait en cacahuète. C'était ce à quoi étaient vouées les relations.

— Pas la peine de t'excuser, dit-il avec un sourire arrogant, en essayant d'agir comme si elle ne venait pas de secouer les fondations de son monde. J'ai été ravi de te donner un coup de main.

— J'imagine, oui, dit-elle en levant les yeux au ciel, amusée. Mais ne t'y habitue pas. Tu peux me croire ou non, mais je n'ai pas pour habitude d'embrasser n'importe qui. En temps normal, j'attends au moins jusqu'à la fin du premier rendez-vous.

— On a eu un premier rendez-vous... en quelque sorte, dit-il en haussant les épaules.

Elle cligna des yeux en le regardant. Mais ensuite, elle secoua la tête et pouffa de rire.

— Ça me fait de la peine de devoir te dire ça, Jacob, mais un coup d'un soir avec un inconnu rencontré à un mariage, ce n'est pas un rendez-vous.

— Ah bon ?

Il pressa sa main sur son cœur et fit mine d'être offensé.

— Mais c'est comme ça que je rencontre toutes mes petites amies.

— Pas étonnant que tu sois célibataire, dit-elle en riant.

— C'est bas, Townsend.

Il secoua la tête.

— Et ce dîner chez ton père ? C'était presque une *blind date*. Elle renifla et tapota son torse.

— Oh, mon pauvre petit. Quand tu auras trouvé une chouette fille et que tu auras envie de la garder, fais-moi penser à te donner quelques conseils. D'ici là, remettons-nous au boulot, d'accord ?

— Comme tu voudras, patronne, dit-il en volant le pain d'épice qu'elle avait laissé sur la table.

CHAPITRE 10

Le soleil s'était déjà couché quand Yvette revint à la librairie juste après cinq heures, et elle fut surprise de voir que la boutique était pleine de monde. Elle avait pris son après-midi pour aller à Eureka chercher les flyers et les cartes postales qu'elle avait commandés pour la séance de dédicace que Miranda Moon avait accepté de faire ce week-end. Quand elle était partie, il n'y avait qu'une seule personne dans la boutique : Shannon Ansell. Elle travaillait à une rue de là, chez Une Cuillerée de Magie, pour Miss Maple, la tante de Jacob. Et Yvette avait compris tout de suite que la rousse pulpeuse n'était pas là pour les livres. Elle était venue pour faire connaissance avec le nouveau célibataire le plus en vue de Keating Hollow.

Shannon avait passé une bonne vingtaine de minutes à jouer les groupies avec Jacob, à le féliciter pour le livre qu'il avait écrit et à s'agripper à son bras en insistant pour qu'il la guide dans la librairie, comme si elle ne pouvait pas trouver toute seule la section romans policiers. Après avoir vu Shannon caresser son torse pour la troisième fois, Yvette avait pris la fuite. C'était mieux que d'arracher les yeux de l'autre femme pour un homme qui, elle l'avait décidé, lui était interdit.

Yvette marcha jusqu'à la caisse où Brinn finissait une transaction. Elle sourit à la vieille dame de l'autre côté du comptoir.

— Bonjour, Miss Betty. Qu'est-ce qui vous amène aujourd'hui ? Vous cherchez d'autres livres de botanique ?

— Oh, non. J'en ai plein de ceux-là et mon jardin d'hiver se porte superbement. La laitue envahit tout.

Elle se pencha et baissa la voix.

— Cette fille qui travaille chez Miss Maple et n'a pas la langue dans sa poche, elle est passée dans notre salle de bingo et elle a dit que Keating Hollow avait un nouveau résident très appétissant, alors on a toutes voulu voir ce qu'on manquait.

Elle jeta un regard vers Jacob qui était entouré d'une demi-douzaine de retraitées. Elle s'éventa et ajouta :

— Oh, c'est un sacré morceau, hein ?

— Certainement, dit Brinn en faisant de son mieux pour rester diplomatique quant à son patron.

Yvette pouffa de rire et regarda le sac de livres que Brinn passait à leur cliente.

— Vous lui avez demandé de vous aider à choisir quelque chose ?

— Absolument. Il m'a dit qu'il fallait que je lise la nouvelle série de Miranda Moon, et puis bien sûr, j'ai pris quelques-uns des derniers titres de Nora aussi. On ne se trompe jamais avec la romance, surtout quand c'est un bel homme comme ça qui vous aide à choisir.

— Excellent. Merci d'être passée. J'espère que ça en valait la peine, dit Yvette.

— Oh, ma mignonne, vous n'avez pas idée.

Elle lui adressa un sourire carnassier avant de repartir vers

Jacob et son contingent de vieilles dames qui s'ébaudissaient devant lui.

Yvette se tourna vers Brinn, les yeux écarquillés, incrédule.

— Tu te rends compte ?

Brinn se mit à rire.

— Oui. Tu es déjà allée au bingo ? Ces dames passent leur temps à parler des beaux garçons de la ville.

— Non, je n'y suis jamais allée. Si j'avais su qu'elles seraient toutes gagas de Jacob, j'aurais commandé des petits fours pour qu'ils fassent connaissance.

— C'est une idée, dit Brinn en souriant à une autre dame du bingo.

Les bras de leur cliente étaient chargés de livres et quand Yvette l'aida à les déposer sur le comptoir, elle ne fut pas surprise de voir les quatre tomes de Miranda Moon parmi la pile. Jacob travaillait dur pour faire fondre leur stock.

Au bout d'une demi-heure, Yvette finit par avoir pitié de Jacob et décida d'aller le sauver des griffes de ses fans. Juste à temps. Alors qu'elle arrivait vers le petit groupe, elle aperçut Miss Betty passer son bras autour de la taille de Jacob. Il lui sourit avec patience, mais elle se pencha pour le serrer de côté et, mine de rien, fit glisser sa main pour lui peloter les fesses.

Il glapit et recula vivement, manquant renverser une rousse à la teinture toute fraîche qui se tenait à sa gauche.

— Betty, pour l'amour de Dieu, à quoi tu joues ? Tu vas nous le traumatiser, dit la rousse. Tu sais qu'on ne peut pas les tripoter en public comme ça. Ça les excite trop. Tu ne te rappelles pas ce qui est arrivé à Billy Fruh quand tu lui as fait ça il y a quelques années ? Sa zigounette s'est dressée direct, et tout le monde s'est mis à l'appeler Billy Frustré jusqu'à ce qu'il déménage à Eureka.

Elle tapota le bras de Jacob et lui adressa un sourire compatissant.

— On ne voudrait pas que Jacob se retrouve avec un surnom comme Jacobite juste parce que tu n'arrives pas à retenir tes mains magiques, n'est-ce pas ?

Jacob poussa un grognement audible.

— Tu vois, maintenant il est gêné, dit la rousse en jetant un regard appuyé vers son entrejambe. Cela dit, je ne vois pas vraiment d'ér…

— Très bien, mesdames, dit Yvette en se glissant entre Jacob et Miss Betty. Ça m'embête de jouer les rabat-joie, mais nous avons déjà dépassé l'heure de fermeture et Jacob et moi avons encore du travail avant de rentrer chez nous. Est-ce qu'il vous fallait encore quelque chose avant qu'on ferme ?

— Oh diantre. On ne voit pas le temps passer quand on flirte avec un joli libraire, dit Miss Betty. Mesdames, on ferait mieux d'y aller sinon George du bingo va nous annoncer portées disparues.

Les dames se mirent à s'agiter et à dire au revoir à Jacob tout en se dirigeant lentement vers la sortie. Quand la dernière fut enfin dehors, Yvette leur fit au revoir de la main et les remercia d'être passées avant de fermer la porte derrière elles et de tirer le verrou. Elle mit l'écriteau « Fermé », se tourna et jeta un regard à Jacob qui était assis sur un des fauteuils, un bras en travers des yeux.

Elle jeta un regard vers Brinn qui était en train de fermer la caisse et elles se mirent à rire toutes les deux.

— Je vous entends, dit-il.

Ça ne fit que les faire rire de plus belle.

— Je vous méprise, dit-il, mais Yvette entendait l'amusement dans sa voix.

Elle traversa la pièce et s'assit à côté de lui.

— Je suis désolée. On n'aurait pas dû rire.

Il abaissa le bras et la regarda.

— Pourquoi ? C'était super drôle.

— Tu as été agressé sexuellement par une femme de soixante-dix ans et quelques, et on n'a rien fait.

— Bien sûr que si. Tu les as fait sortir d'ici.

Il se redressa et se hissa sur ses pieds.

— Ne t'inquiète pas. Je peux me débrouiller.

Il commença à partir vers les bureaux, mais elle attrapa doucement son bras pour l'arrêter.

— Laisse-moi me racheter. Je t'invite à dîner ? On pourrait aller à la Lisière, ils ont des crustacés et on pourrait prendre une bouteille de vin ?

Il abaissa le regard sur la main d'Yvette, posée sur son bras. Et puis il releva la tête et dit :

— Est-ce que c'est un rendez-vous, le genre de rendez-vous qu'on n'est pas censés avoir l'un avec l'autre ?

Elle laissa aussitôt retomber sa main et secoua la tête.

— Vois ça comme un dîner d'affaires. On pourra réfléchir à des façons d'attirer la clientèle locale sans que tu te fasses molester par nos seniors.

Il pouffa de rire.

— C'est un argument de poids. D'accord, ça me va.

— Parfait. Laisse-moi juste aller chercher mes affaires et on pourra y aller.

Ils partirent tous les deux vers leurs bureaux et se retrouvèrent à l'entrée, leurs manteaux à la main. Yvette jeta un regard à Brinn.

— Est-ce que ça va ? Tu as besoin de quelque chose avant qu'on y aille ?

Elle leur fit signe que non.

— Tout va bien. Profitez de votre dîner. Je vais fermer comme d'habitude.

— Merci, dit Yvette. Bonne soirée.

— Bonne soirée, Brinn. Merci pour tout, ajouta Jacob.

— Pas de souci. À demain.

Une fois dehors, Jacob jeta un coup d'œil au vélo qu'Yvette avait laissé attaché à l'entrée.

— Tu ne vas pas rentrer comme ça.

— Pourquoi ça ? demanda-t-elle. Je n'habite pas si loin.

— Il y a trop de brouillard. Détache-le et je le mettrai dans mon coffre. Je te ramènerai chez toi après le dîner.

Elle regarda le brouillard qui s'amassait autour d'eux, consciente que ce serait encore pire plus tard dans la soirée.

— Oui, d'accord.

Une fois qu'ils eurent installé le vélo derrière, Jacob lui ouvrit la portière passager. Elle ne put s'empêcher de se sentir toute chose. Ça faisait longtemps que quiconque ne s'était pas conduit comme un gentleman avec elle.

— Merci, dit-elle en montant.

Il se hâta de passer de l'autre côté et quelques instants plus tard, ils descendaient la Grand-Rue.

— Donc, pour cette soirée qui n'est pas un rendez-vous… est-ce qu'on a des règles ? demanda-t-il en dirigeant la soufflerie du chauffage vers elle.

— Juste que c'est moi qui paie. C'est normal, vu que tu as dû supporter les dames du bingo.

— C'est la seule règle ? demanda-t-il en haussant un sourcil curieux.

— Eh bien, à part celles qui sont évidentes. Pas de mains baladeuses, de regards concupiscents ou de sous-entendus sexuels.

— Le flirt, c'est permis ? demanda-t-il en garant son véhicule juste devant la Lisière.

— Un peu de flirt, ça va, dit-elle en riant.

Il n'y avait pas de raison de transformer ça en dîner d'affaires ennuyeux. Après tout, elle appréciait vraiment leur badinage.

— Partager un dessert, qu'est-ce que tu en dis ? Est-ce que nos fourchettes peuvent se croiser ?

Elle renifla de rire.

— Maintenant, tu le fais exprès. Bien sûr, ta fourchette doit rester de ton côté de l'assiette, mais je veux bien partager ma crème brûlée avec toi.

— Ta crème. Intéressant, dit-il avec un petit sourire.

— Eh !

Elle pointa un doigt vers lui.

— J'ai dit, pas de sous-entendus sexuels.

— C'est toi qui as commencé.

Il sauta hors de la voiture et rejoignit son côté à petites foulées pour venir lui ouvrir avant même qu'elle ait eu le temps de défaire sa ceinture.

Elle prit la main qu'il lui tendait pour l'aider à descendre du pick-up. Quand ses pieds trouvèrent le sol, il resserra ses doigts autour des siens. Il ferma la portière et puis la conduisit vers le restaurant. Yvette baissa les yeux vers leurs doigts entrelacés. Elle savait qu'elle aurait dû retirer sa main, mais elle n'arrivait pas à en trouver la force. Son contact lui apportait du réconfort, un réconfort dont elle ne s'était pas aperçue avoir besoin jusqu'à cet instant.

Ils n'eurent pas à attendre longtemps avant d'être placés. Les soirs de semaine début janvier à Keating Hollow étaient presque toujours calmes, et c'était le cas pour cette soirée. Ils s'assirent l'un en face de l'autre et burent du vin en mangeant des acras de crabe tout en riant à cause des « minettes » du bingo qui étaient venues baver sur Jacob pendant presque une heure.

— Ça a dû être un sacré boost pour ton ego, dit Yvette en prenant une gorgée de vin.

— C'est sûr. Surtout quand tu t'es transformée en banshee et que tu as mis toutes tes concurrentes à la rue.

Yvette renversa la tête en arrière et explosa de rire. Elle n'arrivait pas à se souvenir de la dernière fois où elle s'était sentie aussi détendue, où elle s'était autant amusée alors qu'elle sortait avec un homme. Même si les problèmes entre elle et Isaac n'avaient commencé que quelques mois auparavant, cela faisait bien plus longtemps que ça qu'ils n'étaient pas sortis prendre du bon temps ensemble, passer une soirée centrée sur l'amitié, le rire et la simple joie.

Est-ce qu'ils s'étaient déjà autant amusés ensemble ? Elle savait que ça avait dû être le cas à un moment donné, mais elle n'arrivait pas à se souvenir d'une occasion du genre dernièrement.

— Tu sais, c'est vraiment chouette de passer du temps avec toi, dit Jacob en plantant sa fourchette dans la tarte aux myrtilles d'Yvette.

— Tu n'es pas trop mal dans ton genre non plus.

Yvette serra ses mains autour de son latte.

— Tu ne crois pas qu'on devrait parler de la librairie. Comment faire pour attirer davantage de clientèle locale ?

— Oui, bien sûr.

Il prit son café et se renfonça dans son siège.

— Qu'est-ce que tu dirais de faire des jeudis bingo ? On pourrait demander à Hanna de nous faire des cupcakes décorés comme des cartes de bingo.

Yvette sourit.

— Et tu ferais partie des récompenses ? Parce que tu sais qu'elles viendraient avant tout pour te voir faire des bonds devant les comportements inappropriés de Miss Betty.

Jacob grimaça et fut parcouru d'un frisson involontaire.

— Non, définitivement, non. Mais je peux rester et être charmant avec elles, tant que *toi* tu me protèges des mains baladeuses.

— Ça marche.

Elle leva sa tasse pour porter un toast.

— Et toi, alors, auprès de qui tu vas payer de ta personne ? demanda-t-il.

Elle haussa les épaules.

— Personne ne veut venir me baver dessus. Mais si on combine le club de lecture du mardi avec des dégustations de vin, je parie qu'on pourrait attirer chez nous un petit groupe d'adultes surmenés et en manque de sommeil. Et puis, il y a toujours la lecture du samedi après-midi. Les parents y amènent leurs enfants.

— Ça a l'air parfait. On va mettre ces trois activités sur l'emploi du temps avec au moins un auteur en dédicace par mois, et je pense que ça nous fera entre vingt à trente pour cent de croissance dans les six prochains mois.

— Tu es très optimiste, dit-elle sans se soucier de dissimuler son scepticisme.

Elle ne doutait pas qu'instaurer des rendez-vous réguliers à la librairie et des séances de dédicace aiderait à leur développement, mais elle ne pensait pas que ça aurait tout à fait l'impact qu'il espérait.

— Tu penses ? demanda-t-il, l'air d'y réfléchir.

Et puis il dit :

— Nan. On aura le café en place aussi.

— On va probablement devoir embaucher quelqu'un à mi-temps en plus, surtout que mon assistante, Dannika, est partie en congé maternité cette semaine, dit-elle en faisant déjà des calculs dans sa tête pour voir ce que ça donnerait au niveau du budget salarial.

— Voyons déjà comment on s'en sort sans cette dépense pour le moment. Je m'occuperai du café si toi tu t'occupes des ventes. Et si besoin, on peut demander à Brinn si elle veut bien faire quelques heures supplémentaires d'ici à ce que Dannika revienne.

— Ça marche !

Elle lui tendit la main pour qu'il la serre. Jacob la prit dans la sienne, mais au lieu d'une poignée de main traditionnelle, il la maintint dans une poigne légère et caressa le dos de sa main de son pouce.

Des frissons lui donnèrent la chair de poule le long de son bras, et elle ferma les yeux pour mieux apprécier cette douce caresse. Quand elle les rouvrit enfin, elle découvrit qu'il était en train de l'observer, les lèvres retroussées en une ébauche de sourire.

— Quoi ? demanda-t-elle.

— J'étais juste en train de me dire que j'aurais aimé te rencontrer avant qu'on devienne associés, parce que je ne suis pas sûr d'arriver à repartir ce soir quand je t'aurai raccompagnée chez toi.

La chaleur envahit Yvette et elle fut certaine d'avoir viré écarlate. Elle ouvrit la bouche, la referma, et se contenta de secouer la tête.

— Tu sais quoi, Yvette ? demanda-t-il d'une voix soudain râpeuse. Ta réaction me dit que tu n'as pas envie que je te laisse tranquille ce soir.

Elle se racla la gorge et secoua la tête.

— Tu n'es pas censé flirter avec moi, Jacob.

Il eut un rire de gorge. Ses yeux étaient restés plantés dans les siens.

— Je ne flirte pas, Yvette. J'essaie de te séduire.

Oh bon sang, pensa-t-elle alors que son corps s'embrasait et que le moindre centimètre carré de sa peau semblait réclamer son contact à nouveau. À contrecœur, elle lui retira sa main et dit :

— Tu ne suis pas les règles, Jacob. Tu te souviens de ce qu'on a dit ?

Il posa les coudes sur la table et se rapprocha.

— Je sais déjà que les règles vont être brisées. Ce n'est pas une question de « si »… c'est juste une question de « quand ».

Yvette se leva et le regarda de haut.

— Je ne suis pas vraiment du genre à ne pas respecter les règles.

Ça le fit rire.

— J'en doute vraiment.

— Tu verras.

Elle s'éloigna de la table, juste pour mettre un peu de distance entre eux. Jacob avait une tendance à l'attirer dans son orbite et elle se rendait compte que si elle ne faisait pas attention, elle oublierait toutes ses règles et se retrouverait dans une situation compliquée.

— Est-ce que tout va bien, Yvette ? demanda Wyatt, leur serveur, quand elle faillit lui rentrer dedans.

— Oui.

Elle sourit.

— Le repas était excellent. J'ai juste besoin d'un peu d'air. Mais comme tu es là, je vais en profiter pour régler.

— C'est déjà fait, dit-il.

— Quoi ?

Elle regarda par-dessus son épaule. Jacob l'observait depuis leur table. Il lui adressa un sourire triomphant et elle grinça des dents en secouant la tête. Elle reporta son attention vers Wyatt.

— D'accord. C'était super. Merci.

— Mais de rien. Revenez vite, les tourtereaux, d'accord ?

Il partit s'occuper d'une autre table avant qu'elle puisse le corriger. Bien sûr, il était parti du principe qu'ils étaient ensemble. Ils avaient passé la soirée à se tenir la main et à se faire les yeux doux.

Bon sang. C'était clair et net, elle était fichue.

Jacob apparut à côté d'elle et murmura :

— Prête à ce que je te ramène chez toi ?

— Oui, souffla-t-elle, consciente que sa voix donnait l'impression qu'elle mourait d'envie qu'il lui arrache ses vêtements.

Elle prit une inspiration et se força à répéter :

— Mais ne va pas te faire d'idées. La soirée s'arrête devant ma porte.

— Si tu le dis, Yvette.

Il referma ses mains autour des siennes et la conduisit à son véhicule. Il faisait franchement froid désormais et elle frissonna alors que la brume glaciale semblait pénétrer ses vêtements.

— Tu es gelée.

Jacob se hâta de la faire rentrer dans le pick-up et repassa de son côté. Quelques secondes plus tard, le chauffage était lancé à fond et il avait pris la direction de la maison d'Yvette.

— C'était un excellent dîner, dit-elle. Merci.

— De rien.

Il lui fit un grand sourire.

— Les plats étaient délicieux, et le vin encore meilleur, mais ce que j'ai préféré, c'était te faire rire. Tu t'illumines de l'intérieur, et je n'ai pas honte de te dire que c'est fascinant.

Est-ce qu'il venait vraiment de lui dire qu'elle était fascinante ? C'était un compliment incroyable. Sa première impulsion fut de ne pas le prendre au sérieux et de lui dire d'arrêter ses flagorneries, mais elle s'arrêta avant. Il n'y avait rien que de la sincérité sur son visage, et quand elle le regarda, elle sentit des papillons s'agiter dans son estomac. Elle appuya sa main contre son abdomen et dit :

— Merci. C'est peut-être le plus beau compliment qu'on m'ait jamais fait.

— Ce n'est que la vérité.

Un silence confortable s'installa entre eux pour le reste du trajet. Une fois garé devant chez elle, il descendit pour sortir son vélo et l'aida à le mettre dans le garage. Et puis il la raccompagna jusqu'à sa porte.

— Je suis navrée d'avoir à dire ça, mais je ne vais pas t'inviter à entrer ce soir, dit Yvette.

Les lèvres de Jacob frémirent et affichèrent un petit sourire.

— Ce soir ? Ça sous-entend que si je suis patient, j'ai toujours mes chances.

Ça la fit rire.

— Tu es coriace.

— Normalement, non, mais il y a des gens pour qui ça en vaut la peine.

Yvette se sentit se liquéfier de l'intérieur et elle se demanda comment elle allait pouvoir continuer à lui résister alors qu'il était si adorable.

— Ne t'inquiète pas, Yvette, dit-il en enlaçant sa taille pour la rapprocher de lui. Je te reçois cinq sur cinq.

— Ce n'est pas vraiment l'impression que tu donnes, dit-elle, le souffle court, et un peu perdue.

— Fais-moi confiance, je t'assure que si.

Il se pencha lentement pour amener ses lèvres à seulement quelques centimètres des siennes.

— Ça te dérange si je t'embrasse ?

Le regard d'Yvette se posa sur ses lèvres pleines et elle sentit ce qui lui restait de détermination l'abandonner. Plutôt que de répondre, elle anéantit la distance entre eux et l'embrassa, elle.

Ses bras se resserrèrent autour d'elle et il l'amena tout contre lui alors qu'il entrouvrait les lèvres, accueillant. Ce fut un baiser lent et minutieux, qui fit courir des étincelles dans tout le corps d'Yvette. Quand il la relâcha enfin, elle respirait fort et elle était tout à fait partie pour l'inviter à entrer en dépit de ses objections précédentes.

— Bonne nuit, Yvette, murmura-t-il à son oreille. À demain.

Elle resta sans voix tandis qu'elle le regardait repartir vers sa voiture, monter, et démarrer. Debout sous le porche, le froid la fit frissonner alors qu'elle fixait ses phares arrière et elle sut, sans l'ombre d'un doute, que d'une façon ou d'une autre, Jacob Burton lui briserait le cœur.

CHAPITRE 11

— Je crois que nous sommes prêts, dit Brinn en avisant la zone qu'Yvette avait installée pour Miranda Moon. Il ne nous manque plus que l'auteure et la file de lecteurs, et on sera parés.

Yvette s'appuya contre la caisse et prit une gorgée du latte que Jacob lui avait préparé tout en essayant d'ignorer son angoisse concernant le week-end à venir.

— Tu penses que les gens vont venir ?

Brinn leva les yeux au ciel l'air de dire « tu te fiches de moi ? », comme elle savait si bien le faire.

— Tu as déposé des flyers dans tous les commerces dans un rayon de cent kilomètres, tu as envoyé deux newsletters à tous les contacts de la librairie, tu as mis l'info partout sur les réseaux sociaux et tu es parvenue à faire parler de l'événement plusieurs fois sur la plus grosse station de radio d'Eureka. Si entre cette prise d'assaut des médias et le festival lui-même, on n'a personne, alors c'est que c'était impossible.

— Oh, waouh, s'écria Miss Betty en sortant du rayon romance, les bras chargés d'une pile de romances paranormales par Kristen Painter. C'est merveilleux. J'aime beaucoup la façon dont vous avez arrangé le présentoir avec des livres d'auteurs similaires. Je suis venue aujourd'hui parce que j'ai adoré ces livres de Miranda Moon que Jacob m'a recommandés. Je mourais d'envie d'en trouver d'autres pareils.

— C'est ce que nous aimons à entendre, dit Yvette avec un sourire en la déchargeant de son fardeau.

Brinn se glissa derrière la caisse et commença à saisir les achats de Miss Betty pendant qu'Yvette les empaquetait dans un sac en toile au logo de Hollow Books.

— Ne vous inquiétez pas pour la clientèle demain, dit Miss Betty.

Elle posa une main ridée sur le bras d'Yvette, se pencha, et lui chuchota :

— J'ai fait passer le mot à propos de votre bel associé en ville, et ces dames ont très hâte de faire sa connaissance. Tout le club littéraire d'Eureka compte venir. Elles n'ont pas pu résister quand je leur ai dit à quel point ses fesses étaient fermes.

— Bon, Miss Betty, vous savez que vous ne pouvez pas le toucher comme ça, n'est-ce pas ? dit Yvette, décidée à faire de son mieux pour régler ce problème de comportement le plus vite possible.

— Oh, je peux si j'ai son consentement, dit-elle en agitant une main négligente, comme si elle était persuadée que Jacob approuverait ses avances. Mon amie qui enseigne le yoga à la fac m'a tout dit sur les nouvelles règles. Tout est basé sur la communication maintenant.

Elle secoua la tête et pouffa de rire.

— Elle dit que je suis *déconstruite* maintenant. Je ne sais pas ce que ça veut dire, mais elle avait l'air de penser que c'était une bonne chose.

— C'est une bonne chose, confirma Yvette avec un rire.

Et puis elle déchanta en se rappelant que Miss Betty avait invité toutes ses amies à l'événement juste pour voir Jacob. Yvette posa une main sur son épaule.

— Écoutez, vous devriez peut-être avertir vos amies que Jacob ne sera pas là. Il doit partir le matin pour un rendez-vous d'affaires ce week-end.

— Oh non, s'écria Miss Betty en plaquant sa main devant sa bouche. Ça ne va pas. Pas du tout. Je viendrai quand même, bien sûr, mais il y a un tas de dames qui viennent juste pour un selfie avec Mr Beau Gosse.

Elle paya rapidement ses livres et prit son sac en disant :

— Merci. Il faut vraiment que j'y aille. On dirait que j'ai un million et demi de coups de fil à passer pour que mes copines ne soient pas déçues.

— Bonne chance, dit Yvette. Mais n'oubliez pas de leur dire de venir quand même pour avoir leur dédicace.

— Oh, bien sûr, dit-elle avec un hochement de tête décidé. C'est juste plus facile s'il y a de quoi se rincer l'œil dans la boutique.

Elle eut un rictus entendu et attrapa un livre avec un homme torse nu sur la couverture.

— Maintenant, il va falloir que je les allèche avec des pâtisseries et des loups-garous sexy.

— Miss Betty, dit Yvette en soupirant. Vous êtes… surprenante.

— On me le dit souvent, dit-elle avec un clin d'œil en reposant le livre sur une étagère. Ça fait tout mon charme. À demain.

Elle quitta la librairie d'un pas bien plus rapide qu'Yvette ne l'aurait cru possible.

— Elle fait une fixette, dit Brinn.

— Ça, tu l'as dit.

Jacob sortit la tête de derrière le rayon développement personnel.

— La voie est libre ?

— Oui, répondirent Brinn et Yvette en même temps.

Elles se mirent à rire toutes les deux. Il avait foncé à l'autre bout de la librairie à la seconde où ils avaient aperçu Miss Betty devant la vitrine. Jacob avait dit qu'il avait de la paperasse à finir avant de quitter la ville pour le week-end, mais Yvette n'était pas dupe. Ils avaient regardé les livres ensemble deux jours auparavant et s'étaient mis d'accord pour la prochaine commande. Il n'y avait rien de plus à faire à moins qu'il ne soit en train de travailler sur un nouveau plan de développement dont il ne lui aurait pas parlé. C'était juste qu'il n'avait pas le courage de se confronter à Miss Betty. Yvette ne pouvait pas lui en vouloir. Elle n'aurait pas voulu non plus devoir faire face à une telle sexualisation.

— Tu es prêt à partir ? lui demanda-t-elle.

— Oui.

Yvette se tourna vers Brinn.

— On sort dîner. Si jamais Miranda appelle ou arrive en avance ce soir, envoie-moi un texto. Je peux être là en cinq minutes.

— Ça marche. À demain. Bon voyage, ajouta-t-elle à l'intention de Jacob. Essaie de ne pas trop parader au sujet de la météo paradisiaque de Los Angeles.

— Je ne peux rien promettre, dit-il en guidant Yvette vers l'extérieur de la boutique.

Il la fit monter dans sa voiture, mais au lieu de se diriger vers l'autre bout de la Grand-Rue, vers la Lisière, il prit le chemin d'une rue résidentielle qui se fondait dans l'une des nombreuses routes de montagne qui entouraient Keating Hollow.

— Je t'en prie, dis-moi que tu n'es pas un psychopathe attendant le bon moment pour m'assassiner avec une hache, dit-elle en regardant la ville depuis les hauteurs.

— À la hache ? Non. Ça ne serait pas l'arme que je choisirais, dit-il avec un grand sourire.

— Très drôle.

La route se fit de plus en plus étroite et sinueuse au fur et à mesure qu'ils montaient et juste au moment où elle était certaine qu'il allait l'emmener tout en haut de la montagne, il tourna dans une allée invisible depuis la route et s'arrêta devant une belle maison moderne avec de grandes baies vitrées qui allaient du sol au plafond.

— Waouh, dit-elle. C'est *là* que tu habites ?

— C'est ce que prétend la rumeur.

Il descendit du véhicule qui était loin d'être aussi beau que la maison blottie contre le flanc de la montagne et rejoignit Yvette sur les marches qui menaient à la porte d'entrée.

— Je me suis dit que ce serait sympa de manger quelque chose de fait maison.

Depuis leur soirée à la Lisière, manger un morceau tous les deux après le travail était devenu une habitude. Ils avaient passé chacun de leurs après-midi à quadriller le secteur avec des flyers pour la dédicace, et tant qu'à être dehors, ils dînaient ensemble. Si bien que le fait qu'il la ramène chez lui voulait dire qu'il avait prévu quelque chose de particulier.

Cela voulait aussi dire que ça ressemblait terriblement à un rendez-vous amoureux. Elle aurait dû dire quelque chose. Elle aurait dû protester, mais elle n'en fit rien. Elle n'en avait même pas envie. Il lui plaisait trop et elle avait trop envie de passer une soirée avec lui avant qu'il quitte la ville.

Une fois à l'intérieur, Yvette se tourna et prit une brève inspiration en contemplant par la fenêtre la vallée couverte de séquoias. Le soleil s'était déjà couché, mais la nuit était suffisamment claire pour qu'elle voie les lumières de Keating Hollow en dessous ainsi que la lune d'argent qui se reflétait sur la rivière.

— C'est… incroyable, Jacob.

— C'est mieux maintenant que tu es là.

Elle se tourna avec un sourire ironique.

— Beau parleur.

— C'est la vérité.

Il la prit par la main et la tira vers la cuisine blanche et étincelante. Tout était moderne, flambant neuf. La maison était parfaitement assortie à Jacob. Il leur servit un verre de vin à chacun et, en lui passant le sien, il ajouta :

— Mais tu devrais la voir au matin. Certains jours, on voit jusqu'au Pacifique.

— Est-ce que vous êtes en train d'essayer de suggérer quelque chose, Jacob Burton ? demanda-t-elle en faisant le tour de l'îlot central de la cuisine pour venir se poster devant lui.

Ses yeux sombres étincelèrent de désir alors qu'il l'observait.

— Si c'était le cas, tu dirais oui ?

Oui. Le mot était sur le bout de sa langue. Au lieu de ça, elle répondit :

— Pas ce soir. J'ai une invitée à ramener chez moi.

— C'est vrai. On n'a qu'à se garder ça pour la semaine prochaine.

Il désigna la table d'un signe de tête.

— Assieds-toi. J'en ai pour une minute.

Elle haussa les sourcils, curieuse.

— Tu as réussi à prendre quelque chose à emporter ?

Ça le fit rire.

— Tu as vu un sac de nourriture dans la voiture ?

— Non.

— Eh bien tu as ta réponse.

Jacob ouvrit son immense frigo chromé et en sortit deux salades avec un mi-cuit de thon rouge.

— J'espère que tu aimes le poisson.

— J'adore.

— Super.

Il lui tendit une fourchette.

— Vas-y, attaque.

LE DÎNER FUT COMPOSÉ de thon mi-cuit, d'acras de crabe et, pour le dessert, d'une tarte aux myrtilles avec une montagne de chantilly. Yvette devait le reconnaître : il avait clairement été attentif au cours de la semaine qu'ils avaient passée ensemble. Après dîner, ils s'assirent devant le poêle pour parler du week-end qui arrivait. Ou plutôt, Yvette parla du week-end pendant que Jacob écoutait.

— Et toi ? Tu as dit que tu devais rentrer à Los Angeles pour régler des affaires là-bas. Est-ce que ça veut dire que tu vas devoir voir Sienna ? demanda Yvette.

La bonne humeur de Jacob se volatilisa instantanément et il fronça les sourcils.

— Oui. Elle insiste pour me voir avant qu'on finalise tout.

— Pourquoi ?

Il haussa les épaules.

— Aucune idée. Ça fait plus d'un an que je ne l'ai pas vue. Je suppose qu'elle veut essayer de s'absoudre de ses péchés, me forcer à la pardonner pour qu'elle n'ait plus besoin de se sentir coupable ou quelque chose du genre.

Yvette prit une gorgée de vin. Elle détestait l'ombre de jalousie qui l'avait soudain saisie, sans prévenir.

— Tu lui pardonnes ?

— Non.

— Oh.

Elle ne pouvait s'empêcher d'être curieuse par rapport à sa rupture. Elle connaissait le gros de l'affaire. Sienna était partie avec son meilleur ami quelques mois seulement avant la date à laquelle ils étaient censés se marier, mais à part ça, elle n'avait aucun détail. Est-ce qu'ils avaient été heureux ? Est-ce qu'il l'aimait vraiment ? Yvette ne pouvait l'imaginer envisager d'épouser quelqu'un qu'il n'aurait pas aimé de tout son cœur. Il n'était pas comme ça. Il mettait tout ce qu'il avait dans ce qui lui tenait à cœur.

— Écoute, est-ce qu'on peut parler d'autre chose ? demanda-t-il. Je n'essaie pas de cacher quoi que ce soit, mais c'est déjà suffisamment pénible que je doive la voir demain. Je n'ai pas envie de gâcher cette soirée en plus.

— Bien sûr.

Yvette ne voulait pas que le passé vienne gâcher leur soirée non plus. Elle tendit la main vers la sienne et entrelaça ses doigts avec les siens.

— Dis-moi comment tu as trouvé cette maison. Elle... eh bien, c'est tout à fait toi.

Il pouffa de rire.

— C'est logique. Je l'ai fait construire.

Elle se redressa et lui accorda toute son attention.

— Quoi ? Quand ?

— L'année dernière.

Il finit son vin et posa le verre sur une console.

— Tu sais que ma tante vit ici, n'est-ce pas ?

— Bien sûr. Tout le monde connaît Miss Maple, dit-elle.

— Oui, j'ai passé quelques étés avec elle quand j'étais gamin. Et de toute mon enfance, ces étés sont mon meilleur souvenir. Alors quand tout s'est cassé la gueule, Keating Hollow a été le seul endroit où j'ai eu envie d'être. J'ai regardé un peu ce qu'il y avait sur le marché immobilier, et puis j'ai fini par acheter ce terrain et faire construire. Je suis venu quelques fois pour vérifier comment ça se passait, mais pour l'essentiel, on a tout fait par téléphone ou email.

De sa main libre, il fit un geste autour d'eux.

— Qu'est-ce que tu en penses ?

— C'est superbe. La maison, la vue, les détails… et le propriétaire, finit-elle avec un sourire séducteur.

— Superbe, hein ? C'est un sacré progrès depuis « demi-airs de beau gosse ».

Ses yeux sombres étincelèrent alors qu'il se penchait vers elle, avec la claire intention de l'embrasser. Mais avant que ses lèvres puissent trouver les siennes, un bip signala qu'Yvette avait reçu un SMS.

Elle leva un doigt pour l'arrêter et sortit son téléphone.

— C'est Miranda. Elle est à dix minutes de Keating Hollow. Il est temps de revenir à la réalité.

— La réalité c'est nul, dit-il.

Mais il lui fit un clin d'œil et récupéra les verres de vin pour les emmener à la cuisine.

— Je suis bien d'accord.

Elle l'attendit à la porte et puis le suivit dans l'air froid de la nuit.

Dès qu'ils furent dans la voiture, Jacob prit sa main dans la sienne et la porta à ses lèvres pour embrasser délicatement le dos de ses doigts.

— Nos dîners vont me manquer ce week-end.

Elle sentit son cœur manquer un battement devant la tendresse dans sa voix.

— À moi aussi. Mais tu reviens lundi, non ?

Il hocha la tête et démarra.

— Bien. Tu n'auras qu'à venir chez moi, c'est moi qui cuisinerai cette fois.

— Ça me plaît, dit-il. Tu acceptes les requêtes particulières ?

— Ça concerne le menu ? demanda-t-elle.

Il rit de bon cœur.

— Non.

— Je me disais aussi. La réponse est non. Comme ça, on pourra tous les deux être surpris.

Il la regarda avec un grand sourire.

— On dirait que tu me connais depuis des mois et non pas quelques jours. Ça me plaît. Ça me plaît beaucoup.

— À moi aussi.

Mais elle avait nettement conscience que ça lui plaisait *trop*. Et elle ne savait pas comment gérer ça. Jusqu'à maintenant, ils s'étaient tenu la main, s'étaient embrassés et avaient beaucoup flirté. Dans ces circonstances, ils pouvaient toujours sauver la situation si ça tournait mal, mais s'ils allaient plus loin… Elle n'en savait rien.

Bientôt, Jacob se gara devant chez elle à côté de sa Mustang. Elle était retournée la chercher chez son père dans la semaine, mais comme Jacob la conduisait partout, elle n'avait pas eu à s'en servir une seule fois. Samedi, ce serait différent, et elle savait que ça allait lui manquer de ne pas voir Jacob à la première heure le matin.

Elle descendit de voiture et Jacob la suivit jusqu'à sa porte, mais au lieu d'entrer, elle se tourna vers lui.

— Qu'est-ce qu'on fait pour ça ?

— Pour ça quoi ? demanda-t-il avec hésitation.

— Ça, dit-elle en agitant une main entre eux. Toi, moi et cette relation qu'on est en train de démarrer.

— Heu, on reste comme ça et on voit où ça nous mène ? demanda-t-il.

Il avait l'air d'un lapin pris dans des phares, sans doute parce qu'elle avait utilisé le mot « relation ».

— Détends-toi, dit-elle en riant. Je ne suis pas en train d'essayer de définir quoi que ce soit ou de te demander de t'engager. C'est juste… on joue avec le feu, et on le sait tous les deux.

Le sourire sexy de Jacob réapparut aussitôt.

— Je sais que ça me plairait de jouer un peu avec le feu.

— Tu vois.

Elle appuya sa main contre son torse.

— C'est de ça que je parle. Combien de temps tu crois que ça va nous prendre avant qu'on franchisse les barrières qu'on a établies ?

Son sourire disparut et sa mine se fit sérieuse.

— Tu sais, Yvette, je ne peux pas répondre à ça. Et toi non plus. On peut tous les deux dire que notre relation est strictement professionnelle, mais je crois qu'il est assez net que ce n'est pas le cas. La seule vraie question est de savoir si on est assez courageux pour laisser la suite logique arriver.

— Eh bien, c'est franc, dit-elle.

Elle se sentait un peu submergée.

— Je ne sais pas ne pas être franc, dit-il en écartant une de ses mèches de cheveux de son épaule. Je ne sais pas pour toi, mais ce qui se passe entre nous, c'est le truc le plus facile, le plus naturel que j'aie jamais ressenti. Et même si je comprends et partage tes inquiétudes quant au fait que nous sommes associés, je ne suis pas certain que je puisse tourner le dos à cette histoire, sauf si c'est parce que tu ne veux pas de moi. Dis-moi ça, Yvette, et je te laisse tranquille.

Sa gorge s'asséCha et elle secoua la tête. Elle déglutit et répondit :

— Je ne peux pas te dire ça. Ça ne serait pas vrai.

— Là, tu vois ? On a tous les deux dit la vérité. Et si on partait juste du principe d'être francs l'un envers l'autre ? Je veux voir où ça nous mène, et je crois que toi aussi. On peut faire un pacte : si l'un de nous n'est plus intéressé, il doit le dire immédiatement. Je pense que tant qu'on communique clairement, tout est possible.

Il vivait au pays des merveilles. C'était clair et net. Aucune des relations amoureuses d'Yvette ne s'était terminée par une amitié. Malgré tout, elle hocha la tête. À trente-deux ans, il était temps de grandir un peu. S'il pouvait gérer ça, elle aussi.

— D'accord, ça me va.

Elle lui tendit la main pour qu'il la serre, mais il secoua la tête et l'embrassa à la place. Un baiser qui la laissa pantelante, un baiser qui signifiait *tu n'as pas intérêt à m'oublier pendant mon absence ce week-end.*

Quand il la lâcha enfin, les genoux d'Yvette s'étaient transformés en caoutchouc et elle était complètement hors d'haleine.

Quelqu'un commença à applaudir et cria :

— Whoo-hoo ! C'était une sacrée performance. Je vous mets dix sur dix.

Yvette et Jacob se retournèrent d'un même mouvement et aperçurent une femme vêtue d'une robe noire corsetée, de bottes à lacets, et d'un bracelet jonc en argent qui couvrait tout son avant-bras gauche.

— J'ai dit à cette écervelée de Sienna qu'elle faisait une

grosse bêtise, dit-elle en s'approchant de Jacob. Tu arrives à imaginer Brian embrasser comme ça ?

Jacob eut un rire étranglé et dit :

— Franchement, Miranda, ce n'est pas vraiment un truc auquel j'ai envie de réfléchir ni le genre d'images que j'ai envie d'avoir gravées dans la tête. Mais merci pour le compliment.

— De rien.

Elle se tourna vers Yvette.

— Bonjour, je suis Miranda. Tu dois être Yvette.

Yvette se reprit suffisamment pour tendre la main à l'auteure, mais Miranda la négligea pour la serrer dans ses bras.

— Je préfère les câlins, dit-elle à son oreille. Ravie de te rencontrer.

— De même, répondit Yvette.

Elle la lâcha, attrapa son petit sac de voyage et passa un bras sous celui de Jacob.

— Fais-moi entrer. Je gèle, là.

— Ça marche, dit-il. Tu as d'autres bagages, on peut t'aider ?

— Oui, c'est dans le coffre.

Elle jeta un coup d'œil par-dessus son épaule à Yvette.

— Tu veux bien être un amour et aller les chercher pour moi ?

— Bien sûr.

Yvette ouvrit sa porte d'entrée pour Jacob et Miranda et puis elle repartit vers l'élégante Mercedes noire avec laquelle l'auteure était arrivée. Le coffre était déverrouillé et quand Yvette l'ouvrit, elle poussa un gémissement. Il était plein à craquer. Elle n'avait quand même pas emmené tout ça pour passer deux nuits à Keating Hollow, si ?

Yvette revint dans la maison et les trouva dans le salon.

Miranda était assise sur les genoux de Jacob et le régalait de ses aventures lors de son dernier voyage à Paris.

— Il y avait ce beau serveur au café du coin et tu me connais, dit-elle en lui tapotant la joue. Je ne sais pas résister à un joli minois.

Yvette se racla la gorge.

— Heu, pardon, Miranda, mais tu as besoin de tout ce qu'il y a dans ton coffre ? Ou bien il y a un sac en particulier ?

— Oh, oui.

Elle fronça le nez et réfléchit.

— Ça fait un peu beaucoup, hein ?

Elle passa une main dans ses longs cheveux noirs et soupira.

— Tu sais quoi ? Tu n'as qu'à tout ramener. Je ne sais jamais qui j'aurai envie d'être en me levant.

— Qui tu auras envie d'être ? demanda Jacob.

Elle haussa les épaules.

— J'aime avoir le choix.

Il lui tapota la jambe.

— Laisse-moi me lever. Je vais aider Yvette.

— Tu es vraiment un gentleman, dit-elle, les yeux pétillants. Comment ça se fait qu'on n'ait jamais passé une nuit ensemble ?

— Parce que tu étais la demoiselle d'honneur de ma fiancée, dit-il en l'attrapant par la taille pour la dégager de ses genoux. Ça n'aurait pas été correct.

— Ah oui, dit-elle en hochant la tête. Et maintenant tu sors avec Yvette ? demanda-t-elle.

— Pas exactement, dit-il au moment même où Yvette lâchait :

— Oui, en effet.

— Oh, ça c'est intéressant, dit Miranda en applaudissant. J'ai hâte de voir ce que ça va donner.

Yvette comprit que Miranda attendait une grosse crise, qu'elle-même fasse une colère ou que Jacob prenne la fuite. Au lieu de cela, il marcha jusqu'à elle et dit :

— Alors on sort officiellement ensemble ?

— Oui. Tu ferais mieux de t'y habituer.

Il sourit.

— C'est déjà fait.

CHAPITRE 12

— Yvette ?

Miranda fit irruption dans la cuisine vêtue d'un déshabillé en satin et dentelle noir, d'une robe de chambre assortie, et de mules à talon bordées de fourrure. La seule touche de couleur était le rouge sur ses orteils vernis.

— Oui ?

Yvette prit une gorgée de sa tisane à la canneberge en s'émerveillant des efforts vestimentaires de l'autre femme.

— Est-ce que tu as du démaquillant pour les yeux ? On dirait que j'ai oublié le mien.

Yvette faillit s'étouffer avec sa tisane en retenant un rire. Elle avait oublié quelque chose ? Elle avait quatre valises, un sac à dos, et deux petits sacs en toile. Yvette se racla la gorge.

— Je pense. Je reviens.

— Merci.

Miranda se pointa devant la théière et demanda :

— Il en reste ?

Yvette hocha la tête.

— Oui, sers-toi.

Quand Yvette revint, elle trouva Miranda assise à table, les pieds sur une des chaises, une tasse devant elle. Elle lui tendit un flacon de démaquillant.

— Tiens.

— Merci.

Elle battit de ses cils chargés de mascara et fit un geste vers son visage.

— Ça aurait été compliqué sinon.

Yvette s'assit en face d'elle.

— Je peux imaginer.

Miranda prit une longue gorgée de tisane en observant Yvette. Et puis elle reposa sa tasse et se pencha vers elle en la fixant d'un regard intense.

— Il est fragile, tu sais.

— Qui ? demanda Yvette, surprise. Jacob ?

— Oui. Il t'a dit ce qui s'est passé ?

— En partie, répondit Yvette, mal à l'aise.

Elle ne connaissait pas cette femme. Et elle ne savait pas à quel point elle était proche de Jacob. Il avait obtenu son numéro facilement, mais elle n'était pas dans son répertoire à lui. Et quelle que soit la relation dans laquelle ils étaient en train de s'engager, elle était certaine qu'il n'apprécierait pas que quelqu'un s'en mêle, en particulier une amie de son ex, suffisamment proche d'elle pour avoir été une de ses demoiselles d'honneur.

— Alors tu sais qu'il a eu le cœur brisé, dit-elle en se renfonçant en arrière. Et qu'il a été trahi.

Trahi, oui. Elle était au courant. Le cœur brisé ? Yvette n'avait pas eu cette impression. Pas de façon spécifique. En colère, blessé, et désabusé, oui. Mais elle n'avait pas envisagé qu'il avait possiblement été dévasté par la trahison de Sienna.

— Je pense que Jacob préférerait qu'on ne parle pas de ça.

Miranda eut un petit rire sans joie.

— J'en suis certaine. Mais ce n'est pas ce qui va m'arrêter. Je suis son ange gardien, tu sais.

Yvette haussa les sourcils.

— Ah oui ?

— Oui. Il était sur ma liste avant qu'il rencontre Sienna. Je lui ai dit que ce n'était pas la bonne personne pour lui, mais il ne m'a pas crue.

Miranda était terriblement sérieuse et Yvette ne put s'empêcher de se demander si l'auteure pensait que les anges gardiens existaient vraiment, ou si elle se considérait juste comme une marieuse hors pair. Elle la fixa sans trop savoir que penser de cette femme excentrique.

— Pourquoi est-ce que tu me dis ça ?

— Parce que, Yvette, il est évident qu'il est épris de toi et je veux m'assurer que tu ne comptes pas piétiner son cœur comme Sienna l'a fait.

Ce fut au tour d'Yvette d'avoir un petit rire.

— Je peux t'assurer que son cœur n'a rien à craindre de moi. Pour tout dire, je suis à peu près certaine que c'est *moi* qui prends un risque, là.

L'expression de Miranda s'adoucit et elle recouvrit la main d'Yvette de la sienne. La lumière se refléta sur l'impressionnante collection de bagues argentées à ses doigts tandis qu'elle serrait doucement la main d'Yvette.

— Tu tiens à lui.

Bien sûr.

— On vient juste de commencer à sortir ensemble, dit-elle maladroitement.

Miranda pouffa de rire.

— De mon point de vue, ça a l'air beaucoup plus sérieux

que ça. Écoute, j'ai déjà commis une erreur avec Jacob. Je ne peux pas me permettre de recommencer. Je ne veux pas perdre mes ailes.

Elle lui fit un clin d'œil.

— Les anges n'ont pas un nombre infini de chances, tu sais.

— Heu, d'accord.

Yvette se demandait soudain si c'était une bonne idée d'héberger une inconnue qui ne semblait pas en pleine possession de ses facultés mentales.

— Il vaut probablement mieux que tu saches que Jacob est la seule raison pour laquelle j'ai accepté de faire cette dédicace à la dernière minute. Sans vouloir t'offenser, bien sûr.

— Non, je comprends.

Yvette avait été surprise que l'auteure dise oui en étant prévenue aussi tard. Mais maintenant qu'elle savait que Miranda se voyait comme une sorte de gouvernail dans la vie amoureuse de Jacob, elle comprenait mieux.

— J'ai senti qu'il avait rencontré quelqu'un. Quand je lui ai parlé, je l'ai senti dans son aura. Alors me voilà !

Elle leva les bras en l'air, comme si elle se tenait sur une estrade.

— Te voilà, répéta Yvette sans conviction.

— J'avais besoin de voir par moi-même s'il avait choisi intelligemment cette fois.

Yvette grinça des dents. Elle détestait être jugée si ouvertement.

— Ça ne te regarde pas vraiment. Comme je l'ai dit, Jacob et moi venons à peine de commencer à sortir ensemble.

— Je sais.

Son expression se fit sérieuse alors qu'elle examinait Yvette.

— Tout ce que j'essaie de dire, c'est que je sais que Jacob passe pour un séducteur plein d'assurance, mais c'est quelqu'un de bien plus profond que ça. Ne fais pas l'erreur de le prendre pour un type qui a juste envie de passer du bon temps. Il a un grand cœur et il mérite quelqu'un de bien. Quelqu'un qui n'a pas peur de son bagage émotionnel.

Quel bagage ? Une ex tarée ? Yvette était bien placée pour comprendre. Elle en avait un de son côté aussi. En tout cas, Isaac se conduisait comme s'il était dingue ces temps-ci. Elle ouvrit la bouche et la referma, sans vraiment savoir ce qu'elle devrait répondre à cette femme. Elle finit par décider que Miranda ne faisait que se conduire comme une amie protectrice et elle dit :

— On a tous des bagages, Miranda. Tu peux me croire. Ça ne me fait pas peur. Mais je pense que tu t'inquiètes trop vite. Ça ne fait qu'une semaine que Jacob et moi nous connaissons.

— Parfois, il n'en faut pas plus, Yvette, dit-elle avec un petit sourire.

Et puis elle déroula son corps de la chaise et monta à l'étage d'une démarche flottante.

Yvette eut du mal à s'endormir cette nuit-là. Et quand elle trouva enfin le sommeil, elle rêva de Jacob et d'une petite fille aux boucles brunes.

— Waouh, dit Miranda en regardant par la fenêtre la foule amassée devant la librairie. Ce sont toutes des sorcières ?

Elle était vêtue d'une robe courte en dentelle violette, de collants à rayures et de chaussures noires pointues. Pour compléter sa tenue de sorcière, elle avait un bijou en forme d'œil autour du cou et s'était maquillé les yeux de manière très sombre.

— Non, dit Yvette en pensant que l'autre était vraiment *too much*, mais exactement comme il le fallait. Certaines, oui. Mais la plupart sont juste là pour profiter des festivités.

Tous les commerces de la Grand-Rue avaient sorti le grand jeu pour le Festival des sorcières du Nouvel An à Keating Hollow. Les vitrines étaient enchantées pour impressionner les touristes, et les sorcières à l'intérieur exhibaient leurs dons magiques dans le but explicite d'inciter les visiteurs à la dépense.

Le festival était né d'une idée de Noel quelques années auparavant. Il ne se passait rien à Keating Hollow en janvier, et c'était dur pour l'économie locale. Mais maintenant, la ville était devenue une destination touristique prisée en janvier, et tous les commerces avaient vu leur premier semestre en profiter.

— Oh, regarde, il y a déjà des gens qui font la queue pour les dédicaces, s'écria Miranda. Oh, seigneur. Je suis tellement contente d'avoir dit oui.

Elle se hâta jusqu'à la table qu'Yvette avait préparée pour elle et commença à y disposer rapidement des marque-pages Miranda Moon, ainsi que des stylos, des décapsuleurs en forme de pentacle et d'autres goodies.

— Je vais ouvrir, dit Brinn. Prête ?

— Je crois, répondit Miranda. Allons-y.

Brinn ouvrit la porte et de dix heures du matin à quatre heures de l'après-midi passées, un flot continu de gens se présenta devant la table de Miranda en passant par le reste de la librairie. Miranda tint sans faiblir, et avec seulement deux changements de tenue. Juste avant midi, elle avait revêtu une robe comme celle de Glinda dans *Le Magicien d'Oz*, argentée des pieds à la tête. Et un peu après deux heures, elle s'était changée à nouveau. Sa dernière tenue consistait en une jupe de cuir et un corset avec des bas résille et des talons aiguilles de quinze centimètres, avec un décor en toile d'araignée. Elle s'était fait une queue de cheval haute et l'avait tressée, ce qui lui donnait un air carrément féroce.

— Et c'était le dernier livre de Miranda Moon, dit-elle en se levant, le sourire jusqu'aux oreilles.

Elle leva la main et étira les doigts, comme pour délier ses articulations.

— Je vais avoir mal au poignet demain. Je crois que je n'ai jamais dédicacé autant de livres.

— On a tout vendu ? hoqueta Yvette. Sérieusement ? Tout ?

— Tout. À moins que tu en aies planqué dans la réserve, dit-elle.

Yvette secoua la tête. Elle s'était occupée personnellement de ramener tous les livres dans l'espace de vente la veille, et elle s'était dit qu'elle pourrait demander à Miranda de dédicacer ceux qui resteraient pour les vendre en ligne.

— Waouh.

— Waouh, c'est le mot !

Une femme avec des cheveux blond platine les rejoignit derrière la table et ouvrit grand ses bras à Miranda. Elle était toute vêtue de blanc et flottait comme un ange.

— Kasey ! glapit Miranda. Tu as pu venir !

Elles s'enlacèrent en se balançant d'avant en arrière, toutes à leur joie. Quand elles se séparèrent, Kasey dit :

— Tu as fait un malheur, ma grande. Par la déesse, je n'arrive pas à croire que tu aies vendu tous ces livres.

Miranda étrécit les yeux.

— Comment tu sais combien il y en avait ? Est-ce que tu t'es faufilée ici plus tôt dans la journée sans venir me dire bonjour ?

— J'avoue ! répondit-elle avec un grand sourire. La file d'attente était si longue, on a décidé d'aller déjeuner en attendant. Il y a une super brasserie un peu plus loin dans la rue.

Kasey désigna deux autres femmes. L'une était petite et ronde avec des cheveux gris bien coupés, l'autre avait la peau sombre et de beaux cheveux frisés. Elles portaient toutes les deux des bottines bordées de fourrure, un jean et un pull chaud. À l'évidence, Miranda et Kasey étaient les deux fashionistas du groupe, tandis que leurs amies préféraient se faire plus discrètes.

— Vous êtes là toutes les trois !

Miranda se précipita vers les deux autres et les étreignit rapidement. Avec un grand sourire, elle se tourna vers Yvette et dit :

— Yvette, voilà mes trois meilleures amies : Kasey Willis, Leann Viking et Georgia Exler. Ce sont toutes des auteures aussi.

— Eh bien, bonjour.

Yvette tendit la main à chacune des trois femmes. Dès que Miranda les avait présentées, elle avait reconnu leurs noms et savait ce qu'elles écrivaient.

— C'est vraiment un plaisir d'avoir autant d'auteures talentueuses dans ma librairie. Bienvenue chez Hollow Books.

— J'adore la décoration de la vitrine, dit Kasey. Vous croyez qu'on pourrait faire quelque chose pour ma prochaine sortie ?

— Certainement, dit Yvette. Ça vous intéresserait de venir dédicacer ici ?

Le sourire de Kasey s'élargit.

— Carrément. Et mes copines aussi, dit-elle en désignant Leann et Georgia. On pourrait faire un tir groupé ou…

— Allons dans mon bureau regarder le planning, dit Yvette.

Elle se tourna vers Miranda.

— Tu n'as besoin de rien ? Quelque chose à boire ? À grignoter ?

— Brinn s'en est déjà chargée.

Miranda salua ses trois amies de la main avant de se tourner vers deux adolescentes qui tenaient des exemplaires usés de ses livres précédents.

— Regarde, Miranda a des fans, dit Kasey.

— La romance paranormale est très populaire par ici, dit Yvette. Pour des raisons probablement évidentes.

— J'imagine, dit Leann en tapotant ses boucles grises. Et c'est pour ça qu'on est venues toutes les trois jeter un coup d'œil à votre librairie. Je vais être franche, la boutique elle-même laisse un peu à désirer.

Yvette haussa les sourcils et fit de son mieux pour ne pas fusiller l'autre femme du regard. Comment pouvait-on ne pas adorer ce cottage victorien ? Yvette était instantanément tombée sous le charme des parquets anciens, des étagères encastrées et des superbes moulures la première fois où elle avait visité les lieux.

— Vraiment ? Qu'est-ce qui pourrait améliorer les choses d'après vous ?

— Un stand avec mes livres permettrait vraiment de donner un coup de jeune, répondit-elle avec un sourire taquin. Non, c'est ultra charmant ici et je suis incroyablement jalouse de Miranda.

Les deux autres auteures se mirent à rire et Yvette pouffa en les conduisant à son bureau.

— Je vois. Eh bien, il ne nous reste plus qu'à changer ça.

— Vraiment ? demanda Leann. Juste comme ça ?

— Juste comme ça, dit Yvette. On prévoyait déjà d'ajouter des événements. Ce que j'aimerais faire, c'est mettre en valeur votre prochain titre et vous faire venir pour des dédicaces durant l'une des nombreuses fêtes de la ville. Qu'est-ce que vous en pensez ?

— Oui, dirent les trois auteures à l'unisson.

Yvette sentit ses entrailles faire un petit looping. Les trois auteures en face d'elle avaient un public considérable, et elle savait qu'elle était en train de mettre en place quelque chose d'énorme pour la librairie. Elle ouvrit son calendrier, attrapa un stylo et dit :

— Excellent. Il n'y a plus qu'à vous trouver une place sur le planning.

CHAPITRE 13

L'assistante de Norm ouvrit la porte du somptueux bureau et fit signe à Jacob d'entrer.

— Norm arrive tout de suite.

— Merci, Penny.

Jacob traversa le bureau et alla se placer devant l'immense baie vitrée qui donnait sur la ville. Au loin, le soleil se réfléchissait sur l'océan Pacifique, d'un bleu incroyable. À une époque, Jacob avait aimé la Californie du Sud. Le soleil, le surf, le tourbillon d'opportunités de carrière, tout cela le faisait vibrer. Maintenant, il ne ressentait plus rien.

Tout ce qu'il voulait, c'était retourner à sa maison sur la colline, avec le brouillard qui s'élevait de la côte nord pour venir se perdre dans les séquoias. Cela ne faisait que deux semaines environ qu'il vivait à Keating Hollow, mais dans sa tête, le changement de paradigme avait eu lieu un an auparavant. La petite ville avait commencé à s'insinuer en lui… ou bien était-ce Yvette qui l'avait conquis ? Il voyait son visage dans sa tête et il fut clair que Los Angeles appartenait à son passé désormais.

— Jacob, dit Norm d'une voix joviale en entrant dans le bureau. Juste à l'heure, comme toujours.

— Je fais de mon mieux.

Jacob avança vers son avocat, qui était aussi un ami de la famille, en tendant la main. Norm la prit dans les deux siennes et la serra chaleureusement.

— Tu as fait bon voyage ?

Jacob haussa les épaules.

— Oui. Tu sais pourquoi je suis là ? Je croyais que les papiers étaient déjà en ordre.

Norm fronça les sourcils.

— Malheureusement, non. Miss Teller nous a juste dit qu'elle avait besoin de te voir en personne avant de signer quoi que ce soit. Normalement, on devrait pouvoir tout finaliser une fois cette réunion passée.

— D'accord.

Jacob se passa la main dans les cheveux. Il ne croyait pas, même pas une seconde, qu'il serait enfin libéré de son ex à la fin de cette journée. Mais il fallait bien qu'il essaie. Il était plus que prêt à tourner la page.

— Quand est-ce qu'elle arrive ?

— Elle est déjà dans la salle de réunion à l'autre bout du couloir, dit Norm. Elle t'attend.

Jacob prit une grande inspiration et hocha la tête.

— Très bien. Finissons-en alors.

— Parfait. Rappelle-toi juste, si elle essaie de changer les termes des accords, ne t'engage à rien. Dis-lui juste que tu as besoin de voir ça avec ton conseiller légal. D'accord ?

Il laissa échapper un reniflement de dérision et dit d'une voix chargée d'amertume :

— Pourquoi voudrait-elle changer quoi que ce soit ? Elle a déjà obtenu tout ce qu'elle voulait.

— Sauf toi, dit Norm.

— Elle ne veut pas de moi. Tu peux me croire.

Jacob carra les épaules.

— Ne t'inquiète pas, Norm. Je ne lui promettrai rien de plus que ce sur quoi nous nous sommes déjà mis d'accord.

— Parfait. Allons-y.

Jacob suivit son avocat dans la salle de réunion. Quand ils entrèrent, il entendit Sienna pousser un petit hoquet. Il tourna son regard vers elle et se demanda comment il avait pu penser qu'elle était la plus belle femme du monde. On ne pouvait nier qu'elle était jolie. Ses longs cheveux sombres étaient lisses et brillants, comme toujours. Son maquillage était impeccable, tout comme son tailleur pantalon cousu par un grand couturier.

L'avocat de Sienna se leva et marcha vers Norm.

— Miss Teller voudrait s'entretenir seule à seul avec Mr Burton avant que nous passions à la suite.

Norm jeta un coup d'œil à son client.

— Est-ce que ça te convient, Jacob ?

Il haussa vaguement les épaules. Il s'y était attendu. Elle ne voudrait pas que les avocats entendent les conneries qu'elle allait essayer de lui mettre sur le dos.

— Je suppose.

— Merci, Jacob, dit-elle depuis son siège à la grande table de réunion.

Il ne lui répondit pas.

— Je serai juste devant la porte, dit Norm avant de suivre l'autre avocat dans le couloir.

Jacob tourna son regard vers son ex-fiancée.

— De quoi il s'agit ?

Elle leva la tête vers lui, et sa lèvre inférieure trembla.

— Je pensais…

Elle poussa un soupir.

— Je crois qu'on devrait apaiser les tensions entre nous.

Jacob secoua la tête.

— Ce qui s'est passé, c'est de l'histoire ancienne, Sienna. Tout ce que je veux, c'est vendre la maison et ne plus rien avoir à faire avec ton entreprise. Tout…

— Notre entreprise, dit-elle d'une petite voix.

— Notre entreprise, répéta-t-il. Tu te fiches de moi. L'Institut Enchanté n'a jamais été à moi. Tu n'as pas suivi une seule de mes suggestions, tu ne m'as jamais demandé mon avis. Tout ce que tu voulais de moi, c'est que je signe les chèques. Eh bien, tu as ce que tu voulais. L'Institut Enchanté est à toi. Tout ce que tu as à faire, c'est commencer à rembourser le capital, *sans intérêt*, un an après que tu auras commencé à faire des bénéfices. Tu as ton rêve de financé, mon meilleur ami, et la moitié de la plus-value sur la maison que *j'ai* achetée pour nous. Qu'est-ce que tu veux de plus de moi ?

Elle fixa le dossier sur la table et Jacob commença à se demander si elle avait fini par trouver une conscience.

— Rien, Jacob, dit-elle d'une voix tremblante. Je ne veux rien de toi.

Il serra les poings et réprima son désir de mettre un coup dans quelque chose.

— Alors qu'est-ce qu'on fait là, Sienna ?

— Je…

Elle détourna le regard, le visage pâle.

Il se rapprocha et agrippa le dossier d'une des chaises alors qu'il la regardait vraiment pour la première fois depuis qu'il était entré dans la pièce. Sous la lourde couche de maquillage, il remarqua les cernes sous ses yeux et une nouvelle ride d'inquiétude qui barrait son front. Elle avait le regard fatigué et le teint cireux en dépit de ses efforts pour le cacher.

— Sienna ? demanda-t-il, soudain inquiet. Est-ce que tu es malade ?

Elle releva la tête vers lui, des larmes dans les yeux, et secoua la tête.

— Non.

Son cœur se mit à battre à toute allure sous le coup de l'inquiétude. Soit elle mentait, soit il y avait quelque chose qui allait sérieusement de travers. Il avait déjà vu Sienna pleurer par le passé. Elle n'hésitait pas à utiliser ses larmes comme une arme pour obtenir ce qu'elle voulait. Mais il n'avait pas l'impression que c'était le cas cette fois. Il l'avait vue jouer cette scène suffisamment de fois pour savoir que cette situation était différente. Quelle qu'en soit la raison, elle était vraiment bouleversée.

Jacob fit le tour de la table et tira une des chaises. Il s'assit, se pencha en avant et plongea ses yeux dans ceux de Sienna, pleins de larmes.

— Qu'est-ce qu'il y a, Si ? Qu'est-ce qui s'est passé ?

Les larmes coulaient plus fort désormais et elle secoua la tête en essayant désespérément de les éponger.

— Je suis désolée. Ce n'est... tu ne mérites pas ça.

Elle avait raison. Il ne méritait pas ça. Mais il avait tenu à elle à une époque et il ne pouvait simplement pas la laisser comme ça alors qu'elle était si visiblement bouleversée. Il prit délicatement l'une de ses mains dans les siennes.

— Quoi que ce soit, tu sais que tu peux me faire confiance. Je suis là.

Elle lui adressa un sourire tremblant et lâcha :

— Parce que je t'ai forcé à venir.

— Ça n'a plus d'importance. À l'évidence, tu avais tes raisons. Dis-moi juste ce que tu voulais me dire, non ? Je ne vais pas bouger de là tant que tu ne l'auras pas fait.

Elle baissa les yeux sur le dossier devant elle avant de revenir vers lui.

— Je, heu… je te dois une explication.

Sienna lui devait bien plus que cela, mais il avait renoncé à toute forme de réparation des mois auparavant.

— Ça n'a plus d'importance. Je veux juste tourner la page, Sienna.

— Je sais.

Elle hocha la tête et lui retira sa main. Elle prit son élégant sac à main noir sur la table et commença à fouiller dedans. Elle trouva un mouchoir et tamponna ses yeux gonflés.

— Il faut que tu saches pourquoi je suis partie.

Il ouvrit la bouche pour protester, mais elle leva la main pour le faire taire.

— Je t'en prie, Jacob. Il faut que ça sorte.

— D'accord.

Il se renfonça dans sa chaise et la regarda se lever et aller se poster devant la fenêtre. C'est là qu'il remarqua qu'elle avait l'air différente. Sa silhouette avait changé. Elle n'était plus frêle comme une tige, dans le genre mannequin. Elle était désormais plus ronde, avec plus de courbes. Sa beauté artificielle avait été remplacée par quelque chose de plus réel et plus accessible.

— Tu as… changé, dit-il avant de pouvoir s'en empêcher.

Elle tourna un œil circonspect vers lui.

— En bien ou en mal ?

— En bien. Plus…

Le mot qui lui venait était « humaine », mais même à ses propres oreilles, c'était méchant.

— Je ne sais pas… plus authentique, je suppose ? Comme si tu étais plus à l'aise avec toi-même.

De l'émotion passa dans les yeux de Sienna avant qu'elle les ferme et dise :

— Un an, ça peut vraiment changer quelqu'un.

— Je suppose, dit-il.

Il étrécit les yeux.

— En quoi as-tu changé, Sienna ?

Elle se mordit la lèvre inférieure et appuya sa main contre son ventre.

Jacob avait fini de parler, il était déterminé à attendre qu'elle trouve enfin le courage de lui dire pourquoi elle l'avait forcé à quitter Keating Hollow.

L'aiguille des minutes émit son clic sur l'horloge murale, presque assourdissante dans le silence. Enfin, Sienna lui tourna le dos, regarda la ville et dit :

— Je n'ai jamais voulu te faire de mal.

Il réprima un soupir agacé.

— Est-ce que ce n'est pas toujours ce que les gens disent, après avoir fait du mal à quelqu'un ?

— Oui.

Elle hocha la tête, toujours face à la fenêtre.

— J'aurais simplement pu rester.

Elle jeta un coup d'œil par-dessus son épaule.

— C'est ce que ma mère m'a dit de faire, tu sais ?

— Ça ne me surprend pas, répondit Jacob.

Janice Teller adorait l'idée que sa fille unique entre dans la famille Burton. Elle avait dit à Jacob une fois qu'elle avait toujours su que sa fille avait le potentiel de faire un bon mariage. Jacob avait été vexé pour sa fiancée. Sienna Teller n'avait pas besoin de faire un *bon mariage.* Elle était diplômée et avait l'intelligence pour exceller dans n'importe quel domaine. En d'autres mots, elle n'avait sûrement pas besoin de Jacob ou de l'argent de sa famille pour faire son chemin.

— Est-ce que Brian a réussi à se faire bien voir d'elle ?

Elle se tourna et lui fit face, les mains jointes devant elle.

— Je n'ai pas envie de parler de Brian maintenant.

— Pourquoi ça ? rétorqua Jacob. C'est à cause de lui que nous sommes dans cette situation.

— Non, ce n'est pas lui ! cria-t-elle. C'est à cause de moi. Tu n'as pas encore compris, Jacob ?

Il se leva, vibrant de colère.

— Je comprends, Sienna. Tu m'as utilisé et puis tu t'es barrée avec mon meilleur ami, me faisant passer pour un abruti.

Elle blêmit à nouveau et secoua la tête.

— Je n'ai jamais voulu que ça se passe comme ça.

— Tu l'as déjà dit.

Il passa à l'autre bout de la pièce, il avait besoin de mettre le plus de distance possible entre eux.

— Dis-moi juste ce que tu voulais me dire, Sienna. Quoi que ce soit, je suis sûr que ça ne changera rien entre nous.

— Tu peux me croire, Jacob. Ça change tout, dit-elle d'une voix forte et pleine de certitude.

Il se tourna vers elle, gelé de l'intérieur, et il la contempla. Elle leva le menton et dit :

— Si je suis partie, c'est parce que j'étais enceinte.

Jacob cligna des yeux en se demandant s'il avait bien entendu. Et puis son regard tomba sur sa taille, comme à la recherche d'une preuve. Il n'y avait rien à voir bien entendu. Elle l'avait quitté plus d'un an auparavant. Si elle avait gardé l'enfant, elle aurait accouché depuis plusieurs mois déjà.

Un enfant.

Le mot tourna dans sa tête. Son enfant ? Ou celui de Brian ? Un frisson glacé s'empara de lui. Il se racla la gorge.

— Tu l'as gardé ?

Elle recula, comme s'il l'avait giflée.

— Bien sûr que je l'ai gardé. Tu sais à quel point je voulais avoir des enfants.

— Je croyais aussi que tu voulais m'épouser, mais ce n'est pas ce qui s'est passé, si ?

C'était mesquin, mais les mots étaient sortis tout seuls de sa bouche. Sienna grinça des dents. Quand elle parla à nouveau, sa voix était basse, à peine audible :

— Combien de fois tu veux que je m'excuse ?

Il poussa un gros soupir.

— Je ne veux pas que tu t'excuses. Je veux que tu signes les accords et que je puisse continuer à vivre ma vie.

— Mais c'est ça, Jacob. Tu ne peux pas continuer à vivre ta vie. Pas comme tu le penses, dit-elle.

— Et pourquoi ça ? Tu as L'Institut Enchanté, Brian, et un enfant…

Sa voix mourut sur le dernier mot. N'avait-elle pas dit qu'elle était partie parce qu'elle était enceinte. Ils avaient été ensemble, avaient couché ensemble jusqu'au dernier moment avant qu'elle ne mette soudain fin à leur histoire. Son cœur accéléra et la pièce se mit soudain à tourner autour de lui.

— Est-ce que tu es en train de dire que l'enfant pourrait être le mien ?

Elle le regarda pendant quelques secondes avant de hocher la tête.

— Jacob, je suis désolée de ne pas te l'avoir dit avant…

— J'ai un enfant ? beugla-t-il, fou de rage devant cette nouvelle trahison. Tu étais enceinte de moi et tu ne me l'as jamais dit.

— Je ne savais pas…

— Bien sûr que tu savais ! Tu as dit que tu étais partie parce que tu étais enceinte. Bon sang, Sienna. J'avais le droit de savoir. J'aurais dû être présent tout au long de la grossesse.

J'aurais dû être là à la maternité. Comment as-tu pu me cacher ça ? Comment ?

Son visage rougit et elle baissa la tête pour fixer ses mains jointes.

— Je suis tellement désolée, Jacob.

— Je n'ai pas besoin de tes excuses, Sienna. Je n'en ai jamais eu besoin. Tout ce que je voulais, c'était de l'honnêteté.

Il la fixa, complètement vidé, et il se rendit compte qu'il ne ressentait absolument rien pour la mère de son enfant. Une grande tristesse le submergea. Quel gâchis. Tout ce qu'il voulait, c'était une épouse qu'il pourrait aimer, choyer, et qui serait sa partenaire. Et un jour, une famille à lui. Dix-huit mois auparavant, il pensait avoir tout ce qu'il voulait. La femme à qui il faisait face lui avait tout volé, y compris son enfant.

— Je...

Elle crispa une de ses mains autour de sa gorge.

— Je ne savais pas. Je pensais... Ça faisait deux mois que j'étais avec Brian à ce moment-là. Tu partais tout le temps travailler pour Bayside Books et on ne se voyait presque jamais. J'étais persuadée que le bébé était celui de Brian. Quand je lui ai dit, il m'a avoué qu'il m'aimait depuis toujours. Et je... eh bien je crois que c'était pareil pour moi depuis le début. Tu sais, il était avec quelqu'un d'autre quand toi et moi nous sommes mis ensemble. Je pensais qu'ils se marieraient, alors j'ai débuté quelque chose avec toi. Je t'aimais. Vraiment, Jacob. Je...

Il la fusilla du regard.

— Je n'ai pas envie d'entendre ça, dit-il d'une voix plate. La dernière chose que je veux entendre, ce sont les détails de ta liaison avec Brian. Tout ce qui m'importe en ce moment c'est comment tu peux savoir que cet enfant est le mien si tu étais si persuadée que Brian en était le père.

— Brian n'arrêtait pas de dire qu'elle te ressemble et il a demandé un test sanguin.

— Elle ? demanda-t-il dans un murmure, avec l'impression que son cœur allait exploser.

— Oui, elle.

Sienna sourit doucement et ajouta.

— Elle s'appelle Skye.

— Skye, dit-il, juste pour sentir ses lèvres prononcer ce nom.

Il ferma les yeux et essaya de se représenter ce à quoi elle pouvait ressembler. Mais avant de trop s'investir, il fallait qu'il ait la certitude que Skye était sa fille.

— Et quel est le résultat du test ?

— Son groupe sanguin c'est B. Brian et moi sommes tous les deux O.

Un voile de tristesse se peignit sur son visage.

— Le médecin a dit qu'il était impossible que ce soit la fille de Brian.

Jacob sentit sa respiration s'arrêter alors que la réalité le rattrapait avec la violence d'une enclume. *B*. C'était son groupe sanguin. À moins que Sienna ait couché avec une troisième personne à l'époque, Skye était son enfant, sans l'ombre d'un doute. Il n'avait pas envie de demander et n'avait pas envie d'entendre la réponse, mais il n'avait pas le choix.

— Est-ce qu'il y a eu quelqu'un d'autre ?

Elle fronça les sourcils.

— Comment ça ?

— Est-ce que tu as couché avec quelqu'un d'autre à part moi et Brian ? Y a-t-il une possibilité que Skye ne soit pas de moi ?

— Seigneur, Jacob. Non. Bien sûr que non. Pourquoi tu me poses une question pareille ?

Il la fixa d'un air neutre.

— Mmh, on se demande en effet, Sienna.

Elle ouvrit la bouche pour protester, mais la referma aussitôt et baissa la tête pour fixer ses pieds.

— Je suppose que c'est mérité.

Il ne pouvait pas dire le contraire. Toutefois, quoi qu'elle ait fait, ça n'avait plus d'importance désormais. Jacob venait d'apprendre qu'il avait une fille. Il marcha jusqu'à Sienna, leva très délicatement son menton avec deux doigts pour la regarder dans les yeux.

— Quand est-ce que je peux la voir ?

CHAPITRE 14

Le lundi matin arriva, sombre et maussade, mais Yvette dansait dans son bureau, les mains en l'air, pour fêter les chiffres atteints durant le week-end. Elle venait de finir d'ajouter les ventes qu'ils avaient faites pendant les dédicaces et était sur un petit nuage en découvrant qu'ils étaient bien partis pour faire le meilleur mois depuis l'ouverture de la librairie. Elle avait hâte que Jacob arrive pour partager la bonne nouvelle avec lui.

Rien que l'idée de revoir son visage après qu'il eut été absent tout le week-end faisait faire de petits loopings à son ventre. Et même si elle était à peu près sûre que Miranda délirait avec ses histoires d'ange gardien, Yvette espérait qu'elle avait raison en lui disant que Jacob craquait pour elle, car il était clair qu'elle-même était tombée folle amoureuse.

La sonnette de la porte résonna et Yvette passa aussitôt dans le magasin, s'attendant à voir Jacob. Ils avaient encore dix minutes avant d'ouvrir, et c'était le jour de congé de Brinn. Mais au lieu du grand brun ténébreux qui lui servait d'associé, elle trouva Hanna Pelsh debout à côté du percolateur, en train d'arranger de nouveaux biscuits sur le présentoir.

— Hanna ! Tu n'as pas besoin de faire ça.

Yvette se précipita et prit sa place.

— Tu me rends déjà un fier service en me livrant ces gâteaux. Je ne vais pas te demander de les disposer en plus.

Hanna haussa les épaules.

— Je ne savais pas si tu étais déjà là.

Yvette avait donné une clé aux Pelsh pour qu'elles puissent avoir plus de souplesse quant à leurs horaires pour livrer les pâtisseries. Comme Brinn était en congé, il n'y avait personne et Hanna avait ouvert.

— Merci. Tu es vraiment adorable, mais je peux m'occuper du reste.

— Bien sûr.

Hanna sortit de derrière le comptoir et regarda autour d'elle.

— Je n'arrive pas à croire que tu aies déjà tout rangé. J'ai entendu dire qu'il y avait plus de monde ici qu'à la brasserie ce week-end.

Yvette afficha un grand sourire.

— C'était samedi. On a eu du monde hier, mais bon sang, la séance de dédicace, c'était un vrai succès. Prépare-toi. On va commander deux fois plus de biscuits pour celle du mois prochain.

— Parfait. Je dirai ça à ma mère.

Elle partit vers la porte.

— Dis bonjour à Jacob et Brinn pour moi.

— D'accord.

La sonnette retentit à nouveau alors qu'elle sortait et Yvette se retrouva à parcourir la librairie en se demandant quoi faire. Brinn était restée tard la veille et elles étaient parvenues à tout ranger en un temps record. Et comme Yvette savait qu'elle serait seule dans la boutique jusqu'au retour de Jacob, elle était venue tôt pour s'occuper des comptes.

Elle se retrouva devant la porte d'entrée à regarder la rue déserte, attendant de voir arriver la voiture de Jacob. Mais aucune lumière n'émergeait à travers la pluie et elle soupira, retourna la pancarte qui annonçait que c'était ouvert et se dirigea vers la partie café.

Armée d'un latte et de quelques biscuits, Yvette se mit à la caisse et ouvrit le dernier livre de Jovee Winter, un conte de fées revisité.

Yvette prit son smartphone et soupira. Pas de coup de fil. C'était la fin de l'après-midi et la météo avait continué à se dégrader. Le tonnerre grondait au-dessus d'elle et la pluie s'était transformée en déluge. Elle s'était attendue à ce que Jacob revienne avant midi, mais jusqu'alors, il n'y avait pas eu signe de lui. Et après lui avoir envoyé deux messages sans obtenir de réponse, elle commençait à s'inquiéter.

Le téléphone de la librairie sonna et Yvette bondit.

— Hollow Books, Yvette à l'appareil.

— Salut, c'est moi, dit sa sœur Noel.

La déception l'envahit et elle se laissa tomber sur le tabouret derrière le comptoir.

— Qu'est-ce qui se passe, frangine ?

— Faith est là. On se demandait si tu voulais nous rejoindre pour le dîner. J'ai fait une tarte.

— De la tarte pour le dîner ? demanda Yvette.

— Oui. Aux myrtilles. Il y a de la chantilly dans le frigo.

Yvette se redressa, soudain inquiète.

— Qu'est-ce qui ne va pas ?

— Rien. Faith a rencontré quelqu'un, répondit Noel d'une voix pleine de jubilation.

Yvette jeta un coup d'œil à l'horloge.

— Je serai là dans vingt minutes.

— Parfait.

Elle raccrocha. Yvette remit le téléphone sur le chargeur, heureuse d'avoir de quoi la distraire. Au moins, elle ne serait pas seule chez elle à attendre que Jacob appelle. Elle nettoya rapidement le coin café qui n'avait été utilisé que deux fois ce jour-là et puis ferma la caisse. Elle jeta un dernier regard à la boutique avant d'enfiler son manteau et son chapeau et de fermer derrière elle.

Le vent mordant transperça son jean et son manteau. La pluie tombait en rideaux horizontaux. Normalement, Yvette aurait simplement marché jusqu'à l'auberge de sa sœur, mais ce soir-là elle sauta dans sa Mustang pour parcourir les deux rues qui la séparaient de sa destination. Rien qu'en traversant du parking jusqu'à l'auberge de Keating Hollow, elle se retrouva trempée, avec une envie désespérée d'une tasse de café brûlant.

— Noel, appela-t-elle en se glissant derrière la réception.

La porte de l'appartement de Noel s'ouvrit en grand et Faith, sa plus jeune sœur, émergea sur le seuil. Elle était superbe avec des traits anguleux, particuliers, et de grands yeux verts. Yvette avait toujours pensé que Faith aurait été parfaite comme mannequin à Paris, mais elle s'était satisfaite de rester là, à Keating Hollow, à faire des petits boulots tandis qu'elle finissait sa formation de masseuse thérapeute. Elle tenait deux grandes tasses. De la vapeur montait de celle qui se trouvait dans sa main gauche, et elle la tendit à Yvette.

— Tiens. Ça va te faire du bien.

Une odeur de whiskey irlandais lui monta aux narines et

elle porta la tasse à ses lèvres pour en prendre une longue gorgée.

— Oh merci. Tu es une déesse.

— Il était temps que tu t'en aperçoives, dit Faith en tirant Yvette dans l'appartement de Noel.

Yvette jeta un coup d'œil au salon bien rangé et aperçut Noel installée sur le canapé, les pieds calés sous elle, une couverture autour des épaules. Elle s'était à nouveau teint et coupé les cheveux. Ils lui arrivaient désormais aux épaules avec des mèches plus longues et elle avait choisi un blond vénitien qui allait parfaitement avec son teint. Des quatre sœurs, Noel était celle qui changeait tout le temps de look.

— Je suis là, dit Yvette. Où est la tarte ?

Ça fit rire Noel.

— Dans la cuisine. Tu as faim comme ça ?

— Oui. Je n'ai pas déjeuné ce midi.

— Pourquoi ? demanda Noel en fronçant les sourcils. Il ne devait pas y avoir tant de monde que ça à la librairie. Keating Hollow est une ville fantôme depuis que cet orage a commencé.

— Non, il n'y avait presque personne, dit Yvette. C'est juste que je n'avais personne pour m'aider aujourd'hui, alors je ne suis pas sortie déjeuner. C'est le jour de congé de Brinn.

— Et Jacob ? Il n'était pas là ? demanda Faith en se laissant tomber sur le canapé à côté de Noel.

— Non. Il n'est toujours pas rentré, je suppose.

Yvette s'assit dans l'un des fauteuils et regarda autour d'elle.

— Où sont Olive, Daisy et Drew ?

— Olive dort chez sa grand-mère aujourd'hui et Daisy et Drew se font une soirée père-fille, dit Noel dont le regard s'était fait tout doux. Oh là là.

Elle serra une main contre son cœur.

— Les filles, ça a failli me tuer. Ce matin, Daisy et moi étions dans la cuisine en train de préparer le petit déjeuner quand Drew est arrivé. On s'est dit bonjour et puis soudain, comme ça, Daisy a demandé si elle pouvait emmener Drew dîner et aller voir un film.

— Waouh, Noel. On dirait que Daisy a des vues sur ton homme, dit Yvette avec un clin d'œil exagéré.

— C'est net, dit Noel d'une voix sérieuse. Ces deux-là… des fois, je jurerais que si Drew et moi sommes ensemble, c'est juste parce qu'il est complètement gaga d'elle.

Faith posa sa tasse sur la table basse et regarda Noel droit dans les yeux.

— Et tu voudrais qu'il en soit autrement ?

— Certainement pas, répondit-elle avec un grand sourire. Mais bon sang, à quel moment j'aurai droit à un dîner et un film, moi ?

— Tu lui as demandé ? contra Yvette.

Elle haussa les épaules et Yvette prit ça pour un non. Elle se mit à rire.

— Ta fille est vachement plus douée que toi. Peut-être que tu devrais prendre des notes.

— Peut-être, grommela Noel.

Mais au frémissement de ses lèvres, on voyait bien qu'elle était amusée.

— Elle est juste si mignonne, c'est impossible de résister. Tu sais quand c'était, la dernière fois qu'il lui a dit non ?

— Quand ? demanda Faith qui s'était perchée au bord du canapé.

— Jamais.

Noel se leva en laissant sa tasse sur la table.

— Je reviens avec la tarte. Double dose de chantilly pour

tout le monde ? demanda-t-elle en dirigeant sa question vers Yvette.

— C'est oui pour moi, répondit celle-ci. Faith ?

Mais avant que leur petite sœur puisse répondre, Noel se mit à rire.

— Tout le monde sauf Faith. Il faut qu'elle impressionne son homme.

— Que je l'impressionne, ha ! C'est ce qu'on verra.

Faith rejeta ses longs cheveux blonds derrière son épaule avec insolence.

— C'est lui qui va devoir m'impressionner.

— OK, attendez un peu, dit Yvette. De qui on parle, et où est-ce que tu l'as rencontré ?

— Ne bouge pas de là, dit Noel en levant la main. Il nous faut de la tarte pour ça.

Elle se tourna vers Faith.

— Tu ne dis pas un mot jusqu'à ce que je revienne avec de la tarte.

— Seulement si tu me mets de la chantilly en plus. J'ai de la place pour ça sur mes hanches.

Faith désigna sa silhouette longue et fine de la main.

— Sans blague, marmonna Yvette. Je ne pense pas avoir eu cette allure-là depuis le collège.

— On ne peut pas toutes être des pin-up avec des courbes canon, si ? rétorqua Faith, bien décidée à ne pas se laisser faire.

Yvette lui sourit.

— Je suppose qu'on a toutes nos croix à porter.

— OK, ça suffit toutes les deux.

Noel se tourna vers Faith et pointa Yvette du doigt.

— Ne la laisse pas te tirer les vers du nez, ou je balance votre part de tarte à toutes les deux.

— Même pas en rêve, dit Faith en se renfonçant contre les coussins du canapé.

Yvette resta bouche bée en contemplant Noel.

— Ça ne se fait pas. La tarte, c'est sacré.

— Tout comme les potins sur le nouvel arrivant à Keating Hollow.

Avec un sourire satisfait, elle fila dans la cuisine.

Yvette tourna son attention vers sa plus jeune sœur, le cœur soudain battant.

— Est-ce qu'elle parle de Jacob ?

Pour autant qu'elle le sache, Jacob était le petit nouveau en ville. Faith secoua la tête.

— Non. Elle parle de l'entrepreneur que j'ai pris pour construire mon spa. Mais attendons qu'elle revienne. Tu sais qu'elle ne fait pas des menaces en l'air avec sa tarte.

— Tu as déjà un entrepreneur et il y a quelque chose entre vous ? demanda Yvette sans se soucier du fait qu'elle n'était pas censée poser de questions jusqu'à ce que sa part de tarte soit devant elle.

Elle était persuadée qu'elle pouvait l'emporter contre Noel si celle-ci essayait de mettre ses menaces à exécution.

— Quoi ! Non. Bien sûr qu'il ne se passe rien.

Faith secoua la tête, mais Yvette avait bien remarqué la lueur dans ses yeux.

— Oh la vache, dit-elle en prenant une brève inspiration. Tu l'as dans la peau.

— Je t'en prie. Je viens à peine de le rencontrer, protesta Faith en levant les yeux au ciel. Je sais que *toi*, tu vas vite en besogne, mais je préfère prendre mon temps et admirer un peu le paysage d'abord… si tu vois ce que je veux dire.

Yvette soupira. Elle voyait exactement ce que voulait dire sa sœur. Sa relation avec Jacob était nouvelle, rapide, et très déroutante. Et maintenant elle se trouvait dans cette situation pénible où elle ne savait pas où il était ni ce qu'il faisait et elle n'était pas sûre qu'il soit légitime pour elle d'être inquiète ou agacée. Est-ce qu'elle avait le droit de s'attendre à des explications de sa part ? Elle le pensait, mais ça ne faisait qu'une semaine qu'ils sortaient ensemble… Elle était presque certaine que la plupart des gens ne verraient pas les choses comme elle.

— Oui, je crois que tu n'as pas tort. Prendre son temps, ça a ses avantages, dit Yvette.

Elle aurait voulu avoir suffisamment de volonté pour y aller doucement avec Jacob. Au lieu de ça, elle avait déjà vérifié trois fois qu'il n'y avait pas de nouveau message sur son téléphone depuis qu'elle était arrivée chez sa sœur.

— En parlant d'apprécier le paysage, dit Faith. Waouh, j'ai vu Jacob ce matin, et même sous une montagne de fringues, il est tellement canon que c'est un miracle qu'il ne soit pas entré en combustion spontanée.

— Tu as vu Jacob ? lâcha-t-elle. Où ça ?

— Au Café Incantation. Il venait de rentrer de Los Angeles et il a dit qu'il lui fallait de quoi tenir jusqu'en haut de la montagne. Je ne sais pas trop ce qu'il voulait dire par là.

— Il a une maison dans les hauteurs, répondit Yvette.

Elle se sentait complètement abattue. Elle n'avait pas arrêté de se dire qu'il n'avait pas encore dû arriver, mais Faith l'avait vu tôt dans la journée. Cela voulait dire qu'il aurait eu le temps de l'appeler, au moins pour lui dire qu'il était bien arrivé. Mais il ne l'avait pas fait. La boule dans sa gorge grossit et alors que Noel leur amenait des assiettes qui débordaient de tarte et de chantilly, Yvette sentit sa colère monter de seconde en seconde. Jacob était rentré et l'avait ignorée toute la journée. *Pourquoi ?*

— OK, il est temps de tout nous balancer, frangine, dit Noel en leur tendant une assiette à chacune. On veut tous les détails.

Faith prit sa fourchette et attaqua la tarte. Juste avant d'enfourner un monticule de tarte et de chantilly dans sa bouche, elle dit :

— Je suis plus ou moins tombée sur lui alors qu'il était sous la douche.

— Quoi ? dit Yvette en laissant tomber sa fourchette.

— Quelle douche ? demanda Noel en étrécissant les yeux. Pas celle d'ici, j'espère ?

Faith secoua la tête.

— Non, pas ici. Bon sang, Noel, qu'est-ce que tu penses de moi ? Que je traîne dans les hôtels et que je m'immisce dans les chambres des gens dans l'espoir de pouvoir mater ?

— Si tu n'es pas tombée sur lui dans sa chambre d'hôtel, alors où ? demanda Yvette dont la curiosité était piquée.

Faith reposa la tarte et sortit une clé.

— Dans mon nouveau spa.

— Quoi ? s'écrièrent les deux sœurs en se précipitant vers elle, les bras tendus.

— Je n'arrive pas à y croire, murmura Yvette à son oreille. Tu es vraiment en train de faire ça.

— Oui, répondit Faith, rayonnante. Il n'y a qu'un seul souci, et on est en train de le régler.

— Et le souci, c'est… ? demanda Yvette.

— Mon artisan vit dans mon espace de travail, ou en tout cas, il y dort de temps en temps, et il se lave dans ma douche, *sans moi*, dit Faith. Et ça, c'est inadmissible.

— Il est vraiment super canon, Yvette, intervint Noel. Si je n'avais pas déjà Drew, je serais en train de me battre pour lui avec Faith. Tellement il est beau.

— Je te souhaite bon courage, dit Faith en reniflant. Je fais du sport. Je crois que j'aurais facilement le dessus.

Noel regarda sa sœur de haut en bas et hocha la tête.

— Tu sais, je crois que tu n'as pas tort. Tu peux garder ton artisan, et moi je garde le shérif adjoint.

— Bon, maintenant que c'est réglé, j'attends toujours que tu nous racontes, pour cette histoire de douche, dit Yvette.

— Il est énorme, dit Faith, les yeux écarquillés.

Elle étendit les mains, à trente centimètres l'une de l'autre.

Yvette cligna des yeux. Et puis elle explosa de rire.

— Tant mieux pour toi. Tu comptes faire quelque chose de cette information ?

Le sourire de Faith refléta sa malice.

— On verra. Une fois que le spa sera *fini*.

— Je porte un toast à ça, dit Noel en levant son verre de vin. Mélanger les affaires et le plaisir, une fois que le travail est terminé.

— Santé ! dirent Faith et Yvette à l'unisson.

— Mais essaie de commencer quand il sera habillé, au début, ajouta Yvette.

Faith renifla.

— Je ferai de mon mieux.

CHAPITRE 15

Jacob se gara devant Hollow Books et coupa le moteur. La matinée était sombre et maussade, tout comme la veille, et s'accordait parfaitement à son humeur. Son rendez-vous avec Sienna le samedi précédent l'avait complètement déstabilisé. Il était passé par le panel d'émotions le plus divers possible, de l'émerveillement à la rage la plus complète.

Il ne parvenait toujours pas à comprendre comment Sienna avait pu ne pas envisager d'au moins le prévenir qu'il était peut-être le père de Skye, et maintenant il avait manqué les six premiers mois de sa vie. Comment avait-il fait pour ne pas voir à quel point elle était égoïste pendant qu'ils étaient ensemble ? Par moments, il ne savait plus si c'était contre elle ou contre lui-même qu'il était le plus en colère, en colère d'avoir été si aveugle.

Après la révélation, il avait demandé à voir Skye, mais Sienna avait refusé en disant que le bébé était avec sa mère et Brian à Aspen, où ils s'apprêtaient à ouvrir un autre Institut Enchanté. Il avait failli réserver un vol, mais Sienna avait montré les crocs et l'avait convaincu qu'il valait mieux qu'il prenne quelques jours pour digérer la nouvelle. Elle lui avait dit de rentrer chez lui et de s'habituer à l'idée, et que la semaine suivante elle viendrait à Keating Hollow pour lui présenter sa fille.

Ce n'était pas ce qu'il voulait, mais quand Sienna lui avait dit qu'elle ne voulait plus jouer et le lui avait prouvé en signant les accords, il n'avait pas eu d'autre choix que de lui accorder le bénéfice du doute. Qu'est-ce qu'il pouvait faire d'autre ? Prendre un avion pour Aspen en plein hiver et aller sonner de porte en porte jusqu'à ce qu'il les trouve ? Il aurait pu, mais c'était lui qui serait passé pour un fou avec un tel scénario.

À la place, il avait passé son dimanche à faire de la randonnée sur le mont Écho pour essayer d'accumuler suffisamment de fatigue physique pour endormir son esprit également. Ça n'avait pas fonctionné. Il n'avait pas fermé l'œil de la nuit et quand il était arrivé à Keating Hollow en ce lundi matin, il avait un mal de tête infernal. Après avoir pris quelques aspirines et un café noir où il avait ajouté un trait de whisky, il était allé tout droit au lit. Quand il s'était réveillé tard dans la soirée, son mal de crâne avait disparu, mais sa rage ne faisait que commencer. Et même si ce n'était pas la meilleure façon de gérer le fait qu'il était père, il avait passé la nuit à finir la bouteille de whisky.

Maintenant, il avait la gueule de bois et il fallait qu'il trouve comment faire face à Yvette. Il n'avait pas fait exprès d'ignorer ses appels, il avait juste coupé son téléphone parce qu'il ne voulait rien voir du reste du monde.

La porte d'entrée s'ouvrit et Yvette vint se planter devant la portière passager de sa voiture. Il abaissa aussitôt la fenêtre.

— Qu'est-ce qui se passe ? demanda-t-il.

— C'est ce que j'allais te demander. Est-ce que tout va bien ?

Ses beaux yeux sombres étaient inquiets.

— Oui, dit-il.

Il ravala une grimace : il venait de lui mentir de but en blanc.

— J'étais en train de finir un appel, j'arrive.

Yvette parcourut l'habitacle du regard, sans aucun doute à la recherche du téléphone qui était toujours rangé dans sa console. Comme elle ne le trouva pas, elle hocha la tête et dit :

— D'accord.

— J'arrive, je te suis, dit-il.

— Bien sûr.

Il y avait un certain agacement dans sa voix devant la façon dont Jacob la traitait. Il se rendit compte qu'il était en train de tout faire foirer quand elle se tourna et retourna dans la librairie.

Il baissa la tête un moment et prit une grande inspiration. Il fallait qu'il prenne sur lui et qu'il arrête de se comporter comme un connard égoïste. Il était évident qu'elle s'était inquiétée pour lui et elle ne méritait pas d'être traitée comme si ses émotions n'avaient aucune importance. C'est juste qu'il n'était vraiment pas prêt à parler de sa fille alors qu'il ne l'avait même pas encore rencontrée.

Jacob sortit son téléphone, l'alluma, et fronça les sourcils devant la douzaine de messages qui l'attendaient. Ça allait devoir attendre. Il fallait qu'il parle à Yvette.

La librairie était un agréable refuge en ce froid matin de janvier, et Jacob se sentit aussitôt mieux. Il y avait un feu dans la cheminée dans l'espace café et l'arôme du café frais combiné à l'odeur habituelle des livres le fit se sentir davantage chez lui qu'il ne l'avait jamais été dans sa maison moderne sur la colline.

— Bonjour, dit Brinn.

Elle se trouvait près de la table de devant où elle arrangeait un nouvel arrivage de livres. C'était la table où ils avaient disposé le surplus de livres de Miranda Moon la semaine précédente.

— Bonjour, Brinn.

Il fronça les sourcils en regardant la table. Elle était couverte des derniers best-sellers du *New York Times*.

— Qu'est-ce que vous avez fait des livres de Miranda Moon ?

Brinn afficha un grand sourire.

— Tout est parti. Tu te rends compte ? Le week-end a été incroyable. Je sais qu'Yvette meurt d'envie de tout te raconter.

— Tout est parti ?

Il cligna des yeux.

— Comment c'est possible ?

Il avait pensé qu'ils se vendraient bien, mais même si Miranda était une auteure appréciée des lecteurs de romance paranormale, elle n'était pas non plus mondialement connue.

— Le festival a été un grand succès cette année, et les gens sont venus des villes alentour, dit Brinn. On était épuisées quand dimanche est arrivé.

— J'imagine, dit-il en se dirigeant vers le percolateur.

Après s'être servi la plus grande tasse possible, il partit à la recherche d'Yvette.

Elle était assise à son bureau, concentrée sur son ordinateur. Elle portait des lunettes à monture noire, et ses longs cheveux châtains étaient noués en un chignon tenu en place par un crayon. Il s'appuya à l'encadrement de la porte et se contenta de la regarder. Il s'imagina défaire son chignon et faire passer ses doigts dans ses cheveux soyeux. Elle était superbe à sa manière sans prétention. Classe et réelle, et tout ce qu'il n'avait jamais compris qu'il voulait.

— Tu comptes rentrer ? demanda-t-elle en se renfonçant dans son fauteuil.

— J'admirais la vue, répondit-il avec aisance, désireux d'oublier les événements du week-end, même si ce n'était que pour quelques instants. Tu es superbe aujourd'hui.

— Vraiment ?

Elle haussa un sourcil, un éclair d'agacement dans le regard.

— Alors que toi, tu as l'air d'avoir passé ton week-end à faire la fête, et c'est pas juste l'apparence mais l'odeur aussi.

— Quoi ?

Il leva la main à sa bouche et souffla dedans avant de renifler. Il y avait indéniablement une vague odeur de whisky. Il gémit.

— Tu t'es bien amusé ? demanda-t-elle.

— Non. Plutôt l'inverse pour tout dire.

Il attrapa une des chaises de bureau et s'assit en face d'elle.

— Écoute, Yvette, je suis désolé de ne pas être venu hier. J'aurais dû appeler.

— Tu as l'impression que je t'en veux parce que tu n'es pas venu travailler ? demanda-t-elle froidement.

— Eh bien…

Il avait visiblement mis les pieds dans le plat avec ses excuses ratées, et il ne savait pas trop comment arranger les choses.

— Je suppose que tu m'en veux de ne pas t'avoir rappelée. Mais je t'avais aussi dit que je serais là lundi, donc j'aurais au moins dû te prévenir que ce n'était pas possible.

— Et pourquoi ça ?

Elle croisa les bras sur sa poitrine et lui jeta un regard soupçonneux.

— Tu as été retenu à Los Angeles, peut-être ? C'était bien, de revoir Sienna ?

La mention de Sienna raviva cette rage désormais familière qui avait pris possession de ses entrailles et il eut envie de lui grogner dessus, de lui dire que ce qu'il avait fait ne la regardait pas. Ils étaient associés et rien de plus. Mais ce n'était pas tout à fait vrai, n'est-ce pas ? Il n'aurait pas dit qu'Yvette était sa petite amie, mais vendredi, ils avaient décidé qu'ils sortaient officiellement ensemble. Cela voulait dire au minimum qu'Yvette était une amie, et peut-être bien davantage encore. Pour autant, elle n'avait pas à lui faire passer d'interrogatoire sur ce qu'il faisait avec son ex. Il lui avait déjà dit qu'il allait là-bas pour régler certains papiers.

— Pour tout dire, non, ce n'était pas bien de revoir Sienna, dit-il d'une voix grinçante en essayant d'ignorer la douleur qui le transperçait à la pensée de sa fille qu'il n'avait pas encore rencontrée. Mais elle a signé les papiers, alors au moins je peux dire que c'est réglé.

L'agacement d'Yvette fut soudain remplacé par de la sollicitude.

— Alors c'est fait. Est-ce que ça va ?

Non. Même pas un peu, pensa-t-il. Mais il savait ce qu'elle voulait dire. Elle parlait du fait que cela scellait définitivement la fin de sa relation avec Sienna. Et de ce point de vue-là, il allait très bien. Il se fichait complètement de L'Institut Enchanté et il avait même gagné un peu d'argent grâce à la plus-value sur la maison, même s'il avait dû la partager avec Sienna.

— Oui, ça va.

— Tu es sûr ? demanda-t-elle. Le jour où j'ai signé mes papiers de divorce, j'avais l'impression que ça allait. Et puis je suis rentrée chez moi me manger un litre de glace avant de vider une bouteille de vin.

Il se força à sourire et se pencha.

— Ça fait longtemps que c'est terminé, Yvette. J'ai fait ma paix avec ça il y a des mois de cela. Hier, je ne me sentais pas super bien, et j'ai juste pris un peu de whisky pour m'aider à dormir.

— Un peu ? L'alcool suinte par tes pores, Jacob.

Il pouffa de rire.

— Désolé. Ça ne se reproduira plus.

Elle eut l'air sceptique, mais sembla décider d'accepter son explication telle quelle plutôt que de continuer à insister.

— Bon, alors ce n'était pas le meilleur week-end de ta vie, mais c'est fini maintenant et tu peux passer à autre chose.

— Voilà, acquiesça-t-il, tout en étant parfaitement conscient qu'il ne pourrait pas passer à autre chose tant qu'il n'aurait pas rencontré sa fille et obtenu un droit de garde.

Il n'en avait pas parlé avec Sienna, mais si elle pensait qu'il allait se contenter de rester à l'arrière-plan et jouer les pères absents, elle se mettait le doigt dans l'œil.

— Tu veux que je te raconte notre week-end ? demanda Yvette avec un sourire.

— Oui, dit-il.

Il n'avait plus besoin de se forcer à sourire maintenant qu'ils ne parlaient plus de sa vie privée.

— J'ai entendu dire que ça a été un sacré succès.

— Tu n'as pas idée.

Elle se redressa sur sa chaise et joignit les mains. Elle irradiait de joie, comme un phare dans la nuit.

— C'était la folie, commença-t-elle.

Elle se lança dans un récit détaillé du week-end et termina en disant :

— On a déjà fait plus ce mois-ci que n'importe quel autre mois depuis l'ouverture de la librairie. Et j'ai déjà trois autres auteures de prévues pour faire des dédicaces cette année, et il y en a trois autres qui sont sérieusement intéressées. Je crois qu'on a vraiment mis le doigt sur quelque chose, non ?

Devant son regard pétillant de joie, il fut submergé de l'envie de la soulever dans ses bras, de la faire tournoyer dans le bureau et de plaquer un long baiser victorieux sur ses lèvres délicieuses. Mais maintenant qu'il était au courant de l'existence de Skye, il ne pouvait pas continuer à brouiller les cartes avec elle. Il ne pouvait pas se lancer dans une relation qu'il savait condamnée d'avance puisqu'il allait devoir retourner vivre à Los Angeles, Aspen, où Dieu sait où Sienna avait décidé d'emmener leur fille. Parce qu'une chose était certaine : sa place était là où était Skye.

— C'est sûr, Yvette. Ton idée a vraiment fonctionné. Félicitations.

Il lui adressa un sourire chaleureux, content de savoir qu'au moins, quand il quitterait la ville, Yvette n'aurait pas à s'inquiéter de perdre Hollow Books. Il avait déjà décidé qu'il deviendrait son bailleur de fonds et la laisserait gérer la librairie à sa guise. Il était clair qu'elle en était parfaitement capable.

— Notre idée, dit-elle.

Et puis elle lui tendit le calendrier et les chiffres mis à jour pour cette première moitié du mois.

Au premier coup d'œil, il sut qu'il avait pris la bonne décision. Avec un peu de temps, elle transformerait Hollow Books en une librairie indépendante de première catégorie, et il n'aurait pu être plus fier de faire partie de ce projet, même si ce ne serait bientôt que de loin.

CHAPITRE 16

Yvette avait été hors d'elle en sentant l'odeur de whisky qui collait à Jacob. Mais alors qu'elle s'était recluse dans son bureau, la colère avait reflué pour laisser la place à de la tristesse. S'il s'était réfugié dans le whisky, on pouvait supposer que c'était parce qu'il avait été perturbé de revoir Sienna. Et si cela l'avait perturbé, c'était probablement parce qu'il tenait toujours à elle. Et comment aurait-elle pu lui en vouloir ? Il y avait toujours des moments où ça lui faisait mal de voir Isaac avec son nouveau partenaire, et le partenaire en question n'avait pas été son meilleur ami à elle.

En voyant sa mine dévastée quand elle lui avait posé une question sur Sienna, elle avait décidé de le laisser tranquille. Un chapitre de sa vie venait de se terminer et il avait parfaitement le droit de prendre son temps pour gérer les émotions qui en découlaient.

Une fois qu'ils s'étaient mis à parler du succès de la librairie, le nuage gris qui planait au-dessus de sa tête avait tout bonnement disparu. Ils avaient planifié des stratégies marketing pour les prochains événements, parlé de façons de mieux gérer la foule pendant les dédicaces, et réfléchi à des idées de décor pour la vitrine.

À la fin de la journée, Yvette rejoignit le bureau de Jacob.

— La Lisière ?

— Hein ? demanda-t-il en relevant la tête de son ordinateur.

— La Lisière, ça te dit ? Ou bien on pourrait aller à la brasserie. J'ai entendu dire que le nouveau chef avait mis un gâteau sans farine au menu. Noel dit que c'est divin.

— Oh, je vois.

Il fronça les sourcils.

— Je suis désolé, Yvette. Je ne suis toujours pas au mieux de ma forme. Je crois que je ferais mieux de passer mon tour.

Il ferma son ordinateur et le mit dans sa sacoche en se levant.

— Demain, on pourra regarder les chiffres du café ensemble pour voir ce que ça a donné sur la première semaine.

— D'accord, pas de problème.

Elle s'écarta alors qu'il passait devant elle pour rejoindre la porte d'entrée. Elle le suivit, mais s'arrêta à la caisse pour le voir quitter la librairie sans un regard en arrière. Un éclair de douleur transperça son cœur et elle pressa sa main contre sa poitrine.

Après un début chaotique, ils avaient passé une bonne journée à discuter de leurs plans pour l'avenir de la librairie. Elle avait eu l'impression que sa présence l'aidait à se sentir mieux après son week-end stressant, mais la façon dont il avait pris congé laissait entendre autre chose. Elle soupira et s'appuya à une des étagères en se demandant quand elle retiendrait la leçon. Elle l'avait intéressé pendant une semaine... et maintenant ? Qui savait ? Mais elle refusait d'aller au-devant d'un nouveau cœur brisé. C'était le signe qu'elle s'était bien trop investie et il était temps de faire face à l'inévitable. Ils étaient destinés à être associés et rien de plus.

— Tu peux y aller, Brinn. Je vais fermer ce soir, dit-elle.

Brinn releva la tête, surprise, et lissa ses longs cheveux soyeux.

— Tu es sûre ?

Yvette jeta un coup d'œil à l'autre femme et se sentit jalouse de sa jeunesse et des possibilités qui s'étendaient devant elle. Brinn venait d'obtenir son diplôme et était revenue à Keating Hollow. Elle avait expliqué à Yvette qu'elle avait essayé de vivre en ville et qu'elle avait su avec certitude qu'elle voulait revenir là… pour de bon. Yvette ne savait pas pourquoi, mais elle pouvait s'identifier à cette histoire. Elle était revenue là après la fac elle aussi, sauf qu'elle avait ramené Isaac avec elle et ils avaient commencé leur vie à deux.

Qu'est-ce qui se serait passé si Yvette ne s'était pas mariée ? Est-ce qu'elle serait tout de même là, dans cette librairie, avec un gros faible pour son associé ? Elle en doutait. C'était Isaac qui l'avait encouragée à ouvrir son propre commerce à la base. Elle lui en était reconnaissante parce qu'elle ne pouvait s'imaginer faire quoi que ce soit d'autre.

— Oui, je suis sûre. Sors avec tes copines, ou demande à Rhys de t'inviter. Tu as bien le droit de t'amuser un peu.

Ça fit rire Brinn.

— Rhys ? Sérieusement ? On a grandi ensemble. Ma mère le gardait et elle a des photos de nous ensemble dans la baignoire. Je crois que j'avais deux ans et lui quatre. Je suis certaine qu'on ne pourra jamais dépasser cette honte.

Yvette rit à son tour.

— OK, alors peut-être pas Rhys. Mais il y a d'autres garçons mignons en ville. Alors va en trouver un, que je puisse vivre un peu par procuration.

— Yvette ? demanda Brinn en sortant de derrière la caisse. Est-ce que ça va ?

— Bien sûr, dit-elle avec un grand sourire, même si elle avait envie de se rouler en boule et de faire comme si le reste du monde n'existait pas.

Elle avait besoin de panser ses blessures et d'accepter que toutes ses rêveries d'un avenir avec Jacob avaient été réduites à néant.

— Je veux juste que tu t'amuses un peu pour changer. C'est quand la dernière fois que tu es sortie avec Hanna ?

Elle haussa les épaules.

— C'était avant Noël. On n'a pas chômé depuis.

— Eh bien, va la chercher et allez donc danser ce soir. Comme ça demain, tu pourras tout me dire sur le beau gosse que tu auras rencontré.

— Tu sais quoi ? dit Brinn en riant. Je crois que c'est ce que je vais faire.

Elle serra la main d'Yvette dans la sienne.

— Et toi, tu sais ce que tu devrais faire ?

— Regarder *Les Ensorceleuses* pour la vingtième fois en me gavant des chocolats de Miss Maple ?

— Tu devrais aller à la brasserie et inviter Rhys à sortir.

— Rhys ? Tu déconnes. Il est trop jeune pour moi, dit Yvette en secouant la tête.

— Mais non.

Brinn leva les yeux au ciel.

— Il est au milieu de la vingtaine. Allez, Yvette, tu n'es pas si vieille que ça.

— Un peu quand même, marmonna-t-elle.

Elle jeta un regard aigu à Brinn.

— Pourquoi Rhys ?

Un sourire malicieux s'empara des lèvres de son employée.

— Parce que Rhys est le plus joli garçon de la ville et si Jacob en entend parler… eh bien, un peu de jalousie ne lui ferait pas de mal pour qu'il se bouge un peu le derrière.

Yvette fixa Brinn, bouche bée. Et puis elle renversa la tête en arrière et éclata de rire. Quand elle eut enfin repris son souffle, elle dit :

— Tu sais, je crois que tu as peut-être une idée, là.

Brinn hocha la tête.

— On fait une bonne équipe.

Yvette n'avait pas pris au sérieux la suggestion de Brinn, mais une demi-heure plus tard, elle se trouvait quand même assise au bar en train d'observer le bel homme qui travaillait à la brasserie. Il lui tournait le dos et elle voyait les muscles qui se tendaient sous son tee-shirt. *Il doit faire de la muscu*, pensa-t-elle. C'était impossible d'avoir ce genre de corps sinon. Aucun des autres serveurs n'avait cette silhouette juste en trimballant des caisses de bière. En plus de quoi, il avait des cheveux sombres, des yeux sombres, et une paire de fesses sur laquelle la plupart des femmes salivaient.

Malheureusement, Yvette n'était pas la plupart des femmes. Elle avait aussi connu Rhys pour la plus grande partie de sa vie et ne l'avait jamais vu autrement que comme un ami. L'idée de l'inviter à sortir avec elle juste pour faire bisquer Jacob était hors de question. Elle n'aimait pas jouer avec les gens. Tout ce qu'elle voulait, c'était une pinte dans laquelle noyer son chagrin.

Rhys fit glisser une bière brune vers elle.

— Quelque chose à dîner ?

— Oui, je pense que je vais prendre...

Un grand fracas résonna dans le bureau de son père. Yvette fut sur ses pieds en moins de deux et suivit Rhys à toute allure. Il ouvrit la porte et ils trouvèrent Lincoln Townsend étendu par terre. Une chaise en bois était renversée, un pied cassé.

— Papa !

Le cœur serré de peur et d'émotion, Yvette bouscula Rhys pour passer et s'agenouilla au côté de son père. Sa peau était grise et moite, froide sous ses doigts.

— Appelle une ambulance.

Rhys prit le téléphone du bureau et composa le numéro.

Yvette saisit le poignet de son père et y trouva un pouls faible.

— Il est en vie, dit-elle. Mais il respire mal et sa peau... Par la déesse, souffla-t-elle. On dirait qu'on est en train de le perdre.

Rhys relaya ces informations à l'opérateur du 911 tandis qu'Yvette tenait la main de son père, sans avoir la moindre idée de ce qu'elle pouvait faire pour l'aider. Des larmes emplirent ses yeux et elle murmura :

— Tu n'as pas intérêt à nous lâcher maintenant. Il faut encore que tu mènes Noel à l'autel quand Drew se décidera enfin à officialiser les choses. Et Faith, elle n'a pas encore rencontré la personne qu'il lui faut. Il faut que tu sois là pour cuisiner l'heureux élu.

Les paupières de Lin battirent et il cligna quelques fois des yeux avant d'arriver à faire le point sur elle.

— Et toi ? murmura-t-il.

Elle sourit à travers ses larmes, alors que la violence de son soulagement lui faisait tourner la tête.

— Quoi, moi ?

Il se racla la gorge.

— Je ne vais nulle part tant que tu n'auras pas rencontré la personne qu'il te faut.

Ça fit rire Yvette.

— Je préférerais, en effet, et puisque j'en suis à poser mes exigences, on n'a qu'à dire qu'il me faudra bien quarante ou cinquante ans, d'accord ?

— Toujours raisonnable, hein ?

Il essaya de rouler sur le côté, mais il grimaça et serra son bras gauche.

— Tu es blessé, dit-elle.

— Juste contusionné.

Il essaya de s'asseoir en utilisant son bras droit, mais Rhys se pencha au-dessus de lui et posa une main légère sur son torse.

— Restez tranquille, Lin, dit-il doucement. L'ambulance arrive. Laissez-les vous examiner avant d'empirer les choses.

Son père commença à protester, mais Yvette intervint :

— Papa, je t'en prie.

Elle ne savait pas si c'était la peur dans sa voix ou l'effort que cela lui demandait de lutter contre Rhys, mais Lin arrêta de se débattre et reposa la tête contre le plancher. Rhys retira son sweater, en fit une boule, et le plaça sous sa tête.

— Ne vous inquiétez pas, Lin. Ils seront là d'une minute à l'autre.

Accroupie, Yvette sortit son téléphone et composa le numéro de Noel.

— Auberge de Keating Hollow, Noel à l'appareil. Que puis-je faire pour vous ?

— C'est Yvette. Il y a eu un accident. Papa est tombé.

— Papa est tombé ? hurla Noel dans le combiné. Où ? Quand ? Comment il va ?

— Dans son bureau, il y a tout juste une minute, je ne sais pas. L'ambulance arrive. Tu peux nous retrouver aux urgences et appeler Faith et Abby ?

— Ce n'est pas la peine de… aïe, dit Lin en se frottant la poitrine.

Les méninges d'Yvette tournaient à toute allure. Est-ce que c'était une crise cardiaque ? Est-ce qu'il fallait qu'elle lui fasse prendre une aspirine ?

— Ce n'est pas la peine qu'elles viennent aux urgences, finit Lin.

Rhys pouffa de rire.

— Bien sûr. Vous ne pouvez pas vous attendre à faire ce genre de scène sans que toutes les sœurs Townsend viennent faire la queue pour vous expliquer comment prendre soin de vous.

— Ça, je sais bien, grommela Lin.

— Yvette, tu es toujours là ?

Noel avait quasiment hurlé dans le téléphone.

— Oui. Je garde juste un œil sur papa. Qu'est-ce que tu disais ?

— Je disais que je les appellerais et j'ai demandé comment il allait. S'il râle à cause de l'ambulance, c'est bon signe.

Cela tira un petit rire triste à Yvette.

— Oui, tu as raison. Il râle. Alors ça ne peut pas être si grave que ça, hein ?

— Tout à fait. Je te retrouve aux urgences dès que possible.

— Sois prudente. Je vais monter dans l'ambulance avec lui.

Juste alors qu'elle disait ça, elle entendit le hurlement perçant des sirènes couvrir tout le reste.

— Ils sont là. J'y vais.

Yvette s'ôta du chemin alors que les ambulanciers déboulaient. Ils vérifièrent les fonctions vitales de Lin, lui donnèrent de l'oxygène et le mirent sur une civière en un temps record.

— Est-ce que ça va aller ? demanda Yvette en suivant la civière.

— On espère, répondit Vinn Cantor.

C'était quelqu'un de gentil et cela faisait plus de dix ans qu'il faisait ce travail à Keating Hollow. Il était dans l'unité de Ferris Eros depuis cinq bonnes années. À moins que l'un d'eux soit malade ou en vacances quand quelqu'un appelait une ambulance, c'était Vinn et Ferris qui venaient.

Les deux ambulanciers hissèrent Lin à l'intérieur. Vinn grimpa avec lui tandis que Ferris tendait la main à Yvette.

— Montez. On est presque prêts à partir.

— Merci.

Yvette s'installa contre le mur tandis que Vinn bouclait la civière en place et vérifiait à nouveau les signes vitaux de Lin. Celui-ci le regarda en clignant des yeux. Le masque à oxygène qui lui couvrait le visage l'empêchait de parler normalement.

Yvette prit la main de son père dans la sienne. Elle se pencha vers lui et dit :

— Tu as toujours eu un goût pour les grandes scènes dramatiques.

Lin pouffa légèrement de rire et serra sa main. Quand Vinn eut terminé, il releva la tête et croisa le regard d'Yvette.

— Je ne laisserai rien lui arriver.

Elle avait envie de lui dire qu'il avait intérêt, son père était respecté et aimé de toute la ville, mais elle tint sa langue, consciente que c'était la peur qui la ferait parler. À la place, elle dit :

— Merci, Vinn. On apprécie tous votre aide.

— Je ne fais que mon travail, dit-il doucement, mais il hocha la tête et inclina son chapeau.

— Rête d'aguer ma fille, marmonna Lin sous le masque à oxygène.

Yvette fronça les sourcils en le regardant.

— Quoi ?

Le regard de Lin passa de Vinn à Yvette puis à Vinn à nouveau. Ce dernier se mit à rire.

— Il m'a dit d'arrêter de draguer sa fille.

— Papa…

Yvette secoua la tête avec exaspération.

— Il est juste gentil avec moi parce que… eh bien, à l'évidence, c'est une situation qui fait peur.

Mais elle décida de voir le fait qu'il essaie de la protéger de l'ambulancier célibataire comme un signe qu'il allait s'en sortir. D'ailleurs, en l'observant, il lui sembla que ses couleurs revenaient.

— Je me tiendrai bien, Mr Townsend. Vous n'avez pas de souci à vous faire, dit Vinn.

Il ne regardait pas Lin mais fixait Yvette en parlant. Son sourire s'élargit, révélant une fossette inattendue sur sa joue gauche.

Quelque chose changea en Yvette et elle commença à voir Vinn sous un autre jour. On ne pouvait nier qu'il était bel homme. Ses yeux d'un bleu profond, combinés à cette fossette, auraient poussé n'importe quelle femme à lui prêter attention et à s'asseoir bien droit. Si on y ajoutait son désir de prendre soin de sa communauté, il semblait carrément irrésistible.

Pourquoi Yvette n'avait-elle jamais porté les yeux sur lui auparavant ? Elle connaissait la réponse à cette question. Il avait bien sept ou huit ans de plus qu'elle, et elle avait été mariée pendant une décennie. Si Vinn l'invitait à sortir, dirait-elle oui ? La semaine précédente, sa réponse aurait été non. Mais maintenant ? Peut-être.

Elle secoua la tête. Est-ce qu'elle était vraiment en train de s'imaginer sortir avec l'ambulancier alors qu'ils conduisaient son père à l'hôpital ? Est-ce qu'elle était si désespérée de trouver quelqu'un. *Pathétique*, pensa-t-elle.

— Qu'est-ce qui ne va pas, Yvette ? lui demanda Vinn.

— Rien. Je suis juste inquiète pour mon père.

Elle serra plus fort la main de Lin et passa le reste du trajet à éviter le regard de Vinn.

CHAPITRE 17

Yvette saisit la main de Noel quand elle aperçut l'oncologue de leur père s'avancer vers elles. Comme Lin était toujours son patient, on l'avait appelée pour qu'elle l'examine. Yvette et Noel se levèrent en même temps. Faith n'était pas encore arrivée et Abby était toujours en voyage.

— Dr Sims, dit Yvette alors que le médecin les rejoignait. Comment va-t-il ?

— Est-ce que c'est le cancer ? demanda Noel.

— Oui et non, répondit le Dr Sims en agitant une main pour les inviter à se rasseoir.

Une fois qu'elles furent installées, elle tira une chaise et s'assit en face d'elles.

— Cette crise a été causée par une grave déshydratation. Il semble qu'il se soit évanoui. Nous l'avons mis sous perfusion et nous allons le garder en observation pour la nuit, mais je pense qu'il va s'en sortir avec juste quelques bosses et contusions.

— Pas d'os cassés ? demanda Yvette.

Elle s'inquiétait qu'il ne se soit fait une fracture en tombant.

— Pas d'os cassés, confirma le Dr Sims. Nous avons fait des radios et tout va bien de ce côté-là. Il a quelques dommages musculaires, alors il va avoir un peu mal dans la semaine qui vient, mais ça va guérir.

Yvette poussa un soupir de soulagement, mais Noel se pencha en avant, les mains agitées.

— Est-ce que ça veut dire qu'il va devoir recommencer son traitement ?

Le Dr Sims fronça les sourcils à cette question.

— Recommencer ?

— Oui, dit Noel en hochant la tête. Vous avez dit que cette crise était due au cancer sans l'être. Est-ce que ça veut dire que la dernière série de traitements n'a pas marché aussi bien que nous l'espérions ?

Le Dr Sims se racla la gorge.

— Est-ce que vous pensiez qu'il avait arrêté son traitement ?

— Oui, dirent Yvette et Noel en même temps.

Les deux sœurs se regardèrent et puis Noel se tourna vers le médecin et expliqua :

— Il nous a dit qu'il en avait fini avec les traitements pour l'instant. Est-ce que c'est faux ?

Le médecin ferma les yeux et marmonna quelque chose d'inintelligible. Et puis elle secoua la tête et dit :

— Votre père a commencé une nouvelle série de chimiothérapie il y a trois semaines. C'est probablement la raison pour laquelle il s'est évanoui : il a reçu une dose de chimiothérapie hier. Je lui ai dit qu'il ne devrait pas travailler pendant au moins deux ou trois jours après le traitement. Mais apparemment, il est retourné à la brasserie. Est-ce exact ?

— Oui, dit Yvette. C'est là qu'il s'est évanoui.

— À partir de maintenant, je ne lui autorise que six heures

de travail par semaine, et seulement à la brasserie. Pas de travail au verger. Et il faut qu'il boive de l'eau. Pas de bière. Aucun alcool. Des jus de fruit, d'accord, mais pas de soda. Vous voulez que je le note quelque part.

— Oui, dit Yvette.

Elle savait que si elle avait un papier du docteur à montrer à sa bourrique de père, ça lui donnerait un peu plus de légitimité quand il refuserait tout net de faire ce qu'elle lui demandait.

Le médecin écrivit quelque chose sur un papier. Quand elle releva la tête, elle dit :

— Écoutez, nous savons toutes les trois que Lin fera ce qu'il voudra. Mais essayez de l'empêcher de se surmener, et faites en sorte qu'il s'hydrate. Et tant que vous y êtes, faites-lui manger des plats bien caloriques. Je serais plus rassurée s'il reprenait les dix kilos qu'il a perdus depuis son diagnostic.

— Dr Sims, demanda Noel, est-ce que vous pouvez nous dire où on en est au niveau du traitement ? Est-ce que ça a empiré ? Est-ce qu'on doit se préparer ?

Yvette retint son souffle tandis qu'elle attendait la réponse du médecin. Elle ne savait pas si elle pourrait supporter d'entendre que son état s'était aggravé.

— Les chiffres sont bons, mais pas assez pour qu'on interrompe le traitement. Je suppose qu'il faudra au moins encore deux ou trois séries avant qu'on arrive aux chiffres qu'il nous faut. Pour répondre à votre question, en ce moment, il n'empire pas. Et s'il fait attention à lui, je pense qu'il pourrait facilement faire des progrès. Mais s'il continue à s'épuiser, il risque de faire une infection, et ça serait catastrophique. Je ne peux assez insister sur l'importance pour lui d'y aller doucement dans les mois qui viennent.

— Si c'est si important que ça, dit Yvette, est-ce que c'est une bonne idée de le laisser travailler à la brasserie ? Je connais mon père et il aime vraiment pouvoir tout gérer. Je ne suis pas sûre qu'il puisse se limiter à six heures.

Le Dr Sims sourit.

— Je comptais lui en donner dix à la base, mais comme on en a parlé auparavant, j'ai conscience de sa tendance à se surmener. C'est pour ça qu'on passe à six. Quant à ne pas travailler du tout, je pense qu'aller à la brasserie lui donne un but et le sentiment de faire partie de la communauté. Et ce sont des choses importantes pour sa santé mentale. Il faut juste qu'on parvienne à lui faire davantage écouter son corps.

— Vous êtes retorse, dit Noel avec un regard admiratif. J'aime beaucoup ça.

Yvette se mit à rire.

— Le Dr Sims ne laisse pas ses patients faire n'importe quoi, c'est sûr.

Le médecin pouffa de rire et se releva.

— Je fais de mon mieux. Si vous êtes prêtes, vous pouvez aller voir votre père. Dites-lui que je lui passe le bonjour et que j'ai trahi son petit secret. Avec l'autorisation qu'il a signée au début, vous et vos sœurs avez accès à tout son dossier médical. Alors n'hésitez pas à me poser des questions ou à me demander des explications.

Noel et Yvette se levèrent à leur tour. Elles remercièrent toutes les deux le médecin pour sa franchise avant de passer dans la chambre de leur père.

Elles le trouvèrent assis dans le lit, en train de boire quelque chose qui ressemblait terriblement à un chocolat chaud.

— À qui tu as fait les yeux doux pour avoir ça ? demanda Noel.

— La jolie infirmière brune qui passe tout le temps pour vérifier ma perfusion.

Yvette s'avança et s'assit au bord du lit. Il avait repris des couleurs et il avait l'air en bien meilleure forme que depuis des jours. Comment avait-elle pu être aussi aveugle, comment avait-elle pu ne pas remarquer à quel point il avait l'air malade et épuisé ?

— Comment tu te sens, papa ?

— Mieux avec ça, dit-il en désignant le chocolat chaud. Mais j'aurais pu me passer du petit tour en ambulance.

— Oui, à ce propos… commença Noel.

Lin la coupa :

— Ta sœur a craqué sur un des ambulanciers.

Noel cligna des yeux.

— Faith a craqué pour Vinn ou Ferris ?

Lin pouffa de rire tandis qu'Yvette se demandait s'ils s'en rendraient compte si elle prenait la fuite dans le couloir.

— Non, pas Faith, dit Lin. Yvette.

— Jacob est ambulancier ? lâcha Noel.

— Jacob ? demanda Lin. Jacob Burton ?

— Heu…

Noel jeta un coup d'œil à sa sœur et rougit en articulant *désolée.*

— Tu ne te lances pas dans quelque chose avec Jacob, si ? demanda Lin, de l'inquiétude dans la voix. Tu es sûre que c'est une bonne idée, Châtaigne ?

— Non, papa, je ne me lance dans rien du tout avec lui, répondit-elle.

Ce n'était pas vraiment un mensonge puisqu'elle avait pris la décision de ne pas aller plus loin avec lui.

— Tu as raison, ce serait une mauvaise idée.

— Bien, bien, dit-il d'une voix absente. Je ne veux pas te voir souffrir à nouveau.

Elle ne savait pas trop ce qu'il voulait dire par là, mais elle décida qu'il valait mieux ne pas lui demander. Elle non plus n'avait pas envie de souffrir à nouveau.

— Je parlais de Vinn, dit son père. Il flirtait avec elle. Ils nient tous les deux, mais je ne suis pas aveugle.

Yvette jeta un regard à Noel, l'air de dire « il perd la boule ».

— Une hallucination due à la déshydratation.

Noel haussa les sourcils et jeta un regard aigu à sa sœur.

— Vinn ? Vraiment ?

Yvette se contenta de secouer la tête.

— Non. Il était juste gentil avec moi parce que papa s'était évanoui et que j'étais en panique.

Elle se tourna vers son père.

— On a parlé avec ton médecin, papa.

Il fixa le plafond et soupira.

— Je m'en doutais.

Noel alla s'installer de l'autre côté du lit, en face d'Yvette.

— On sait que tu es toujours sous traitement. Pourquoi tu nous as fait croire que c'était terminé ?

Il grinça des dents, visiblement mal à l'aise devant l'interrogatoire que ses deux filles aînées lui faisaient subir.

— Je voulais juste être un peu tranquille. C'est tout. C'est Claire qui m'amène aux rendez-vous.

— D'accord, dit Yvette. C'est bien, mais tu ne crois pas qu'on devrait être informées de ton suivi médical ?

Sa voix sembla peinée et vexée à ses propres oreilles, et elle aurait voulu pouvoir ravaler ses mots. Il n'avait pas besoin qu'on le culpabilise alors qu'il était à l'hôpital. Elle voulait juste qu'il fasse attention à lui.

— Je suis adulte, Yvette, dit-il.

— Je sais, papa. Mais tu te rends compte à quel point j'ai eu peur aujourd'hui quand tu t'es effondré à la brasserie ? Je n'étais pas au courant que tu avais fait de la chimio hier. Si j'avais su, j'aurais au moins compris ce qui se passait. Au lieu de ça, j'étais persuadée que c'était une crise cardiaque… ou pire. Tout ce que je demande, c'est que tu nous tiennes au courant. Si tu ne veux pas qu'on vienne avec toi à tes rendez-vous médicaux ou qu'on s'en occupe, tu peux nous dire de dégager. Mais au moins, tiens-nous au courant de ce qui se passe.

Il regarda ses deux filles. Yvette voyait à sa mine légèrement agacée qu'il avait envie de leur dire de dégager, là tout de suite, mais comme il était Lin Townsend et qu'il aimait ses filles plus que tout au monde, il hocha la tête :

— Admettons.

Noel sourit.

— Merci. Encore une chose.

Il gémit.

— Quoi ?

— Ton médecin nous a dit que tu te surmenais, et que tu n'avais droit qu'à six heures de travail par semaine, dit-elle.

Lin étrécit les yeux.

— J'étais juste déshydraté.

— C'est ce qu'on nous a dit, répliqua Yvette. Le Dr Sims a dit que si tu ne prends pas soin de toi, tu risques de développer une infection. Et tu peux me croire, papa, on ne va pas laisser ça arriver. Alors tu as droit à six heures à la brasserie. C'est tout. Et on va demander à Clay et Rhys de te tenir à l'œil.

— Je peux juste tout leur laisser et rester à la maison dans mon fauteuil, non ? rétorqua-t-il d'une voix pincée, les yeux brillants de colère. Vous pouvez embaucher une infirmière pour tout faire à ma place et je passerai le reste de ma vie coincé devant la télé. Ça existe toujours, les séries à la con que votre mère regardait ? Peut-être que je vais enfin comprendre l'intérêt de ces machins.

— Nan, papa, tu n'as pas besoin de regarder des soapopéras. Il y a Netflix maintenant. Tu devrais essayer *The Walking Dead.* Ça a beaucoup de succès.

— Pourquoi je ferais ça ? Je vis déjà comme un mort-vivant.

Yvette dut réprimer un rire devant ses exagérations.

— Noel se moque de toi, papa. Personne ne veut que tu passes tes journées devant la télé.

— Ah bon ?

Il la fusilla du regard.

— Parce que c'est ce qui va se passer si j'arrête de travailler à la brasserie. Il n'y a pas grand-chose à faire dans le verger en hiver, et je n'ai rien d'autre à faire. Pourquoi vous croyez que j'ai proposé de remplacer Clay ?

— Tu peux quand même travailler six heures, dit Yvette sans conviction.

Elle se sentait très mal pour son père. Elle comprenait enfin à quel point c'était frustrant pour son père d'être malade. Ce n'était pas juste qu'il devait se battre contre la maladie, c'était tout le reste. Voir ses filles jouer les infirmières, être mis sur le banc de touche à la brasserie, devenir un spectateur de sa propre vie.

Il renifla.

— Super.

Yvette croisa le regard de Noel. Aucune d'elles ne savait quoi dire. Yvette aurait tellement voulu pouvoir tout arranger d'un simple coup de baguette magique. Et, peut-être pour la première fois de sa vie d'adulte, elle se sentait complètement impuissante.

CHAPITRE 18

Yvette ferma à peine l'œil de la nuit. Elle avait été épuisée après avoir passé la soirée avec son père à l'hôpital, mais à chaque fois qu'elle s'assoupissait, elle le revoyait, inconscient, par terre dans son bureau, le visage grisâtre. Sauf que dans ses rêves, il ne se réveillait pas.

Elle se leva à cinq heures, peu désireuse de revivre le même rêve encore et encore. Et même si son corps était perclus de fatigue, elle sortit de chez elle à six heures moins cinq et se dirigea droit vers le Café Incantation.

Vingt minutes plus tard, armée du meilleur café de la ville et de deux pattes d'ours, elle entra dans l'hôpital et marcha tout droit jusqu'à la chambre de son père. Normalement, ce n'étaient pas les heures de visite, mais personne ne l'arrêta ou ne dit quoi que ce soit quand elle passa devant le bureau des infirmières.

Elle trouva son père assis contre ses oreillers, en train de zapper d'une chaîne à l'autre pour les infos du matin.

— Bonjour, dit-elle, avec une bonne humeur forcée.

Il tourna la tête vers elle et un sourire sincère retroussa ses lèvres.

— Qu'est-ce que tu fais là si tôt, Châtaigne ?

— J'apporte le petit déjeuner à mon papa préféré.

Elle posa le café et les viennoiseries sur le chariot à côté de son lit.

— Je me suis dit que ça serait probablement meilleur que ce qu'ils servent ici.

Il prit la tasse de café et inhala son arôme profond.

— Tu es désormais officiellement ma fille préférée.

Elle leva les yeux au ciel.

— Tu es facile à corrompre.

— Ce n'est pas faux.

Il fourra une des pattes d'ours dans sa bouche, avec la jubilation d'un jeune enfant.

Elle prit une gorgée de café et attendit qu'il finisse la viennoiserie. Quand il eut terminé, elle dit :

— Tu es de bien bonne humeur ce matin.

— Et pourquoi ne le serais-je pas ? Ils vont me laisser sortir d'une minute à l'autre.

Il prit une gorgée de café et poussa un soupir satisfait.

— Tu sais t'y prendre pour revenir dans mes bonnes grâces, hein ?

Cette déclaration tira un petit rire surpris à Yvette.

— On dirait, acquiesça-t-elle en s'asseyant au bord du lit. Écoute, papa, je crois que je te dois des excuses.

Il attrapa l'autre patte d'ours, mais lui jeta un regard perdu avant de mordre dedans.

— Pourquoi ?

— Pour t'avoir traité comme un gamin, lâcha-t-elle. Pour être allée parler à ton médecin sans toi. Et surtout, pour ne pas t'avoir écouté pendant tous ces mois où tu nous as dit que tu avais besoin de faire autre chose que juste traîner à la maison. Nous… c'est juste que je veux que tu ne sois plus malade.

Il attrapa sa main.

— Moi non plus je ne veux plus être malade, mon cœur, mais les choses sont ainsi et il faut que je fasse avec. C'est à moi de me battre.

— Bien sûr, mais tu n'es pas obligé de le faire seul. On est toutes là pour toi.

— Je sais, dit-il simplement. Mais vous ne pouvez pas juste établir des règles pour moi et espérer que la maladie s'en aille comme ça. Je me suis renseigné. Je suis parfaitement conscient que c'est le genre de cancer avec lequel je risque de devoir vivre jusqu'à la fin de ma vie. Et si je dois vivre, alors ce ne sera pas derrière un écran de télé à regarder la fausse vie d'autres gens.

— Je comprends tout à fait, dit-elle en hochant la tête.

Si quiconque avait essayé de la tenir à l'écart de son commerce, cette personne en aurait pris pour son grade.

— Et je pense que tu devrais passer autant d'heures que tu le veux à la brasserie.

Lin la regarda d'un air soupçonneux.

— Qu'est-ce qui s'est passé ? À en juger par la conversation d'hier soir, j'étais assez persuadé qu'on allait se disputer encore et encore à ce sujet. Qu'est-ce qui a changé ?

Yvette se pointa du doigt.

— Moi. D'abord, je n'ai pas arrêté de rêver de toi, inanimé, par terre. Ensuite, je me suis rendu compte que si quelqu'un essayait de me tenir éloignée de la librairie parce que je suivais un traitement, ça risquait de leur coûter très cher. C'est important que tu aies un but dans la vie, à part nous tes enfants. Je suis désolée qu'on ait essayé de te prendre ça.

Il haussa ses sourcils broussailleux.

— Vous avez essayé ? Comment ?

— On a plus ou moins convaincu ton médecin que tu n'y allais pas vraiment doucement au travail et c'est pour ça qu'elle a réduit ton nombre d'heures.

— Tout ça… c'est vrai, dit-il en riant.

Ses yeux pétillèrent et il demanda :

— Tu sais quoi, Yvette ?

— Non ?

— Je ne comptais pas obéir de toute façon, alors ça ne change pas grand-chose. Je travaillerai quand je veux, et je ferai plus attention à prendre soin de moi, mais c'est tout ce que je peux promettre.

— C'est tout ce qu'il me faut.

Yvette se pencha pour l'étreindre. Il la serra dans ses bras, bien au chaud, pour un de ses célèbres câlins.

— Merci, ma petite chérie, murmura-t-il à son oreille.

— Pour quoi ? demanda-t-elle.

— D'aimer ton vieux papa suffisamment pour te pointer ici avant l'aube avec des pâtisseries du café des Pelsh. Qu'est-ce que tu en penses ? On s'y arrête en repartant, quand tu me ramèneras chez moi ?

— Définitivement. Plus de caféine et plus de sucre, c'est la réponse à tout.

— C'est ce que je me disais, répondit-il en hochant la tête.

— Bonjour, Miss Townsend, dit l'infirmière qui entra dans la chambre avec un porte-bloc.

Elle se tourna vers Lin.

— Vous êtes prêt à ce qu'on vous enlève la perf ?

— Vous n'avez pas idée à quel point, répondit-il.

— Parfait.

Elle lui tendit une pochette cartonnée.

— Là-dedans, vous trouverez les instructions du Dr Sims

pour poursuivre votre rétablissement. N'oubliez pas de vous hydrater.

— Oui, Madame. J'y penserai. Et si j'oublie, je suis sûr que mes filles sont sur le pied de guerre pour décider laquelle d'entre elles viendra s'occuper de moi.

— Il n'y a pas à se poser la question, papa, dit Yvette. J'ai le sentiment d'avoir déjà été nominée pour remplir ce rôle prestigieux.

— Le ciel nous vienne en aide, dit-il.

Alors que l'infirmière quittait la pièce, il tapota le lit à nouveau pour que sa fille le rejoigne.

— Assieds-toi.

Elle obéit et attendit. Il lui fallut un moment pour s'exprimer, mais quand il le fit, il alla droit au but.

— Je sais que tu vois Jacob Burton.

— Comment tu… qui te l'a dit ?

Son père rabattit une des mèches d'Yvette derrière son oreille.

— Personne, mon cœur. Mais il est venu ici la nuit dernière parce qu'il te cherchait. Ça m'a mis la puce à l'oreille.

— Attends, quoi ? Jacob est venu ici ? demanda-t-elle.

— En personne.

Elle en resta stupéfaite. Après la façon dont il l'avait rembarrée la veille, elle pensait qu'il n'essaierait pas de la revoir.

— Tu m'as menti à propos de lui. Pourquoi, Yvette ?

Elle jeta un regard à son coriace de père et haussa les épaules.

— Parce que je ne voulais pas te décevoir, je suppose.

Il prit une brève inspiration.

— Pourquoi irais-tu penser une chose pareille ? Tu as le droit de sortir avec un garçon de temps en temps.

— Oui, mais mélanger les affaires et le plaisir, ça s'est toujours mal terminé pour moi. On aurait pu croire que j'avais retenu la leçon, mais…

— Personne ne retient jamais la leçon en ce qui concerne les affaires de cœur, dit-il en lui tapotant la main. Oublie tout ce que j'ai dit sur ton choix de sortir avec Jacob Burton. C'est quelqu'un de bien, pour autant que je puisse en juger, et il aurait bien de la chance si tu décidais qu'il est digne de toi.

— C'est quelqu'un de bien, dit Yvette tristement. Je crois juste qu'il n'est pas intéressé par le fait d'être quelqu'un de bien avec moi.

Lin pouffa doucement de rire.

— Ce n'est pas ce qu'il m'a semblé quand il a débarqué ici hier soir parce qu'il te cherchait. Je suppose que je pourrais me tromper…

Il haussa les épaules.

— Mais je ne me trompe pas.

L'infirmière revint avec un fauteuil roulant avant qu'Yvette puisse ajouter quoi que ce soit.

— Alors, prêt à filer d'ici ?

— Vous n'avez pas idée, dit Lin en s'installant dans le fauteuil roulant. Ma fille va prendre la suite.

Il se tourna vers Yvette.

— Allons-y. Il y a une ou deux autres pattes d'ours qui n'attendent que moi.

CHAPITRE 19

Un soleil lumineux se leva en ce jeudi matin, une occurrence rare pour Keating Hollow en janvier. Jacob se tenait sur sa terrasse, emmitouflé dans une veste et une écharpe, avec au cœur une langueur qu'il n'avait pas connue depuis des années. Peut-être pas depuis qu'il était lycéen et qu'il était tombé amoureux de Mary Jean Hopkins, la nouvelle élève arrivée d'Austin, au Texas, qui avait déménagé là après le divorce de ses parents.

Il ne pouvait s'empêcher de souhaiter qu'Yvette soit à côté de lui, à admirer cette incroyable vue sur les séquoias. Il l'imaginait avec une telle netteté, blottie contre lui, souriante, en train de discuter de quelque chose qu'un client avait dit. Les deux derniers jours passés à travailler avec elle avaient été de la pure torture. Elle avait été polie et enjouée comme à son habitude, mais également distante, comme si elle avait déjà accepté que quoi qu'il se soit passé entre eux était déjà terminé.

Jacob détestait cela. Il avait envie de foncer dans son bureau et de tout lui dire, de lui expliquer qu'il venait d'apprendre qu'il avait une fille et que si sa vie n'avait pas pris un tel virage, il serait en train de la courtiser et de prier pour qu'elle tombe amoureuse de lui. Mais il n'en ferait rien. À quoi cela aurait servi, à part le faire se sentir mieux, lui ? Lui balancer ses problèmes ne ferait qu'empirer les choses.

Son téléphone vibra, le tirant de ses pensées. Il baissa les yeux et vit que c'était Yvette. L'artisan qui devait percer une fenêtre dans son bureau était arrivé et elle avait besoin de son avis. Jacob ferma les yeux et marmonna un juron. Il avait complètement oublié cette histoire de fenêtre. Ce n'était plus la peine maintenant qu'il avait décidé qu'il ne pouvait pas rester à Keating Hollow, mais il n'avait pas encore eu le courage de le dire à Yvette. Il voulait d'abord parler à Sienna ce week-end pour avoir une meilleure idée de ce qu'elle prévoyait pour le futur.

Je serai là dans dix minutes, répondit-il.

Le point vert qui indiquait qu'elle était en train de répondre s'alluma avant de disparaître. Il attendit que sa réponse s'affiche, mais rien ne vint. Jacob remit le téléphone dans sa poche, sortit ses clés, et partit vers sa voiture. Il était temps de prendre le taureau par les cornes…

— YVETTE ? appela Jacob en frappant à la porte de son bureau.

Comme il n'obtenait pas de réponse, il entrebâilla la porte et jeta un coup d'œil à l'intérieur. La pièce était vide. Il était déjà passé dans son bureau à lui, mais il n'y avait signe ni d'elle ni de l'entrepreneur.

— Elle n'est pas là, dit Brinn derrière lui.

Jacob se retourna pour faire face à la jeune femme qui était en train de s'occuper d'un client quand il était entré dans la librairie.

— Elle m'a envoyé un SMS il y a tout juste un quart d'heure.

Brinn hocha la tête.

— Elle a reçu un appel de l'école de sa nièce et elle est partie là-bas en panique. Apparemment, ils n'ont pas réussi à joindre Noel alors ils ont appelé Yvette.

Il se sentit glacé de l'intérieur en se rappelant la fillette passionnée qu'il avait rencontrée chez les Townsend le soir où il était allé dîner chez eux.

— Quelque chose ne va pas avec Daisy ?

— Je crois, mais je n'ai pas les détails.

— Merci, Brinn.

Il sortit son téléphone et envoya un texto à Yvette pour lui demander si tout allait bien. Il ne s'attendait pas à ce qu'elle réponde immédiatement, mais la réponse s'afficha aussitôt.

Non. Tu peux venir à l'école ? Daisy et moi avons besoin d'une voiture.

J'arrive.

Sans y réfléchir davantage, il se précipita hors de la boutique et sauta au volant. L'école n'était qu'à deux rues de là, et quand il se gara devant, là où Yvette et Daisy l'attendaient, il comprit tout de suite pourquoi elle avait besoin qu'il vienne les chercher. Le vélo d'Yvette était appuyé contre le mur du bâtiment et Daisy tenait une serviette gorgée de sang au-dessus de son œil gauche. Elle pleurnichait tandis qu'Yvette essayait de la rassurer.

Jacob fit le tour du véhicule en courant et les aida à monter. Une fois de retour derrière le volant, il jeta un coup d'œil à Yvette.

— Les urgences ou le guérisseur ?

— Le guérisseur. J'ai déjà appelé Gerry et elle pense pouvoir la recoudre sans problème et s'occuper de ses hématomes, dit Yvette.

Elle avait un bras passé autour de sa nièce et la consolait doucement.

— Ça marche.

Il démarra et prit la direction du centre-ville.

— Merci d'être venu, dit-elle. Je ne suis pas venue en voiture aujourd'hui, alors je n'avais que mon vélo et Noel est à Eureka où elle avait des courses à faire.

— Pas de souci, dit Jacob. Je suis ravi de pouvoir rendre service.

— Tata, dit Daisy avec un petit gémissement.

— Oui, ma puce ? répondit Yvette d'une voix pleine de tendresse.

— Ma tête me fait très bobo.

— Je veux bien te croire, la rassura Yvette. Mais on ne va pas loin et Gerry va arranger tout ça très vite, comme s'il ne s'était rien passé. Sois courageuse pour moi encore un peu, d'accord ?

— D'accord.

La voix de la petite était si faible et pathétique que Jacob aurait voulu pouvoir la soulever dans ses bras et la protéger de tout ce qui aurait pu la blesser.

— Qu'est-ce qui s'est passé ? demanda-t-il.

— Je suis tombée, dit Daisy, la lèvre tremblante.

Les yeux d'Yvette se firent sombres et orageux alors qu'elle ajoutait :

— Elle a eu de l'aide.

La colère embrasa son ventre et Jacob dut lutter pour garder un visage neutre.

— J'espère qu'il...

— Elle, corrigea Yvette.

— Désolé. J'espère qu'*elle* s'est excusée.

— Pas encore, répondit Yvette avec un soupir. Mais ses parents ont été appelés et je suis sûre que l'école gérera ça comme il faut. Sinon, ils auront affaire au clan Townsend.

Pas juste au clan Townsend, pensa-t-il. Même s'il savait qu'il ne se montrait pas rationnel, il ne pouvait s'empêcher de se sentir responsable après avoir vu la fillette blessée si traumatisée. Si Yvette ou sa sœur avaient besoin de lui, il serait là. Ce n'est qu'alors qu'il se rappela qu'il projetait de quitter la ville très bientôt.

Il fronça les sourcils et secoua la tête. À quoi est-ce qu'il pensait ? Il ne faisait pas partie de leur famille. Aucune d'elles n'allait apprendre à compter sur lui en cas de coup dur. La seule raison pour laquelle il les emmenait chez le guérisseur en cet instant, c'est parce qu'il lui avait envoyé un texto pile au bon moment. Il fut envahi par une tristesse soudaine, sans trop savoir pourquoi. Tout ce qu'il savait, c'est qu'en cet instant, il appréciait de se sentir utile.

La guérisseuse Gerry les attendait quand ils arrivèrent à la clinique. Elle emmena Daisy et Yvette dans l'une des salles d'examen sans leur faire remplir aucun formulaire. Jacob s'assit et attendit.

Yvette et Daisy réapparurent quarante-cinq minutes plus tard. La petite fille avait des points de suture au-dessus de l'œil gauche et une zone de peau jaunie qui laissait imaginer la taille impressionnante du bleu qu'elle aurait.

— Jacob ? Tu n'étais pas obligé de nous attendre, dit Yvette.

Il se leva et reposa le magazine qu'il feuilletait.

— Bien sûr que si. Je n'allais pas te laisser rentrer à pied.

Elle lui adressa un sourire reconnaissant et prit la main de Daisy dans la sienne.

— D'accord, merci. On est prêtes. Il faut juste qu'on passe

chercher une potion chez Herbes et Charmes pour aider à faire passer son mal de tête. Ça ne te pose pas de problème ?

— Bien sûr que non.

Une fois qu'Yvette eut réglé la facture de la guérisseuse, Jacob les conduisit là où elles devaient aller avant de les ramener à l'auberge. Noel les attendait dehors et elle serra Daisy dans ses bras, en la couvrant d'attentions et en s'excusant de ne pas avoir été là.

— Tata Vette et tonton Jacob se sont bien occupés de moi, dit Daisy avec une petite bouille courageuse.

Jacob croisa le regard amusé d'Yvette. Elle haussa les épaules comme pour dire « qu'est-ce qu'on peut faire ? ».

— Ah oui ?

Noel rabattit une mèche derrière l'oreille de Daisy.

— C'est bien. Ils doivent beaucoup t'aimer.

Daisy hocha la tête et dit :

— On peut aller à l'intérieur ? Ma tête me fait encore mal.

— Bien sûr, mon cœur, dit Noel en l'embrassant sur le dessus du crâne. Va te mettre au lit, je te rejoins tout de suite.

Daisy disparut par la porte qui menait aux appartements privés de l'auberge. Dès que la porte se fut refermée, Noel enlaça Yvette.

— Merci infiniment de t'être occupée d'elle. Si elle avait dû m'attendre…

— Mais ça n'a pas été le cas, dit Yvette. Et ça va aller. Gerry a dit de la rappeler pour qu'elle t'explique comment t'assurer qu'il n'y a pas de traumatisme crânien et comment s'occuper des sutures.

— Oh, ma déesse. Un traumatisme crânien ? répéta Noel.

— Gerry dit qu'elle ne pense pas qu'elle en ait un, mais elle veut que tu fasses quand même attention au cas où il y aurait des symptômes.

Yvette lui tendit le sac qu'elle tenait toujours.

— Ça, c'est la potion pour la migraine. Gerry a dit qu'elle pouvait la prendre avec un petit quelque chose à manger quand elle en aura besoin.

— D'accord.

Noel hocha la tête et essuya une larme solitaire sur sa joue.

— Désolée, j'étais tellement inquiète quand l'école a appelé et dit qu'elle s'était cogné la tête. Ça m'a rendue folle de ne pas être là.

— Je sais, dit Yvette. Rappelle-moi ce soir pour me dire comment elle va, d'accord ?

— D'accord.

Noel se tourna vers Jacob.

— Merci pour ton aide. C'est vraiment gentil de ta part.

— De rien, répondit-il en essayant de dissiper l'impression qu'il était un intrus dans cet épisode familial.

Noel se rapprocha et l'enlaça à son tour. Elle le serra dans ses bras avec force et dit :

— Tu es quelqu'un de bien, Jacob Burton. Je crois qu'on a de la chance que tu sois venu à Keating Hollow.

Il se recula avec un sourire embarrassé, sans trop savoir quoi répondre.

— Daisy t'attend, intervint Yvette. Vas-y, on ne va pas te retenir plus longtemps.

— D'accord.

Sur un signe de la main, elle rentra chez elle.

Jacob et Yvette étaient en train de monter en voiture quand un SUV avec les mots *Shérif – Keating Hollow* inscrit sur les portières se gara juste à côté d'eux. Drew en sauta et courut vers la maison. Jacob l'entendit appeler « Daisy ! » juste avant que la porte se referme.

— Il est vraiment dingue de cette gamine, hein ? fit remarquer Jacob.

— C'est net. C'est une enfant facile à aimer, dit Yvette. Et elle l'adore lui aussi. Mon cœur manque d'exploser à chaque fois que je les vois tous les trois ensemble. Ça a été tellement dur pour Noel quand son premier mari est parti. Il lui a fallu un moment avant qu'elle laisse Drew se faire une place, mais heureusement, elle a fini par le faire. Ils sont faits l'un pour l'autre.

— On dirait, oui, dit Jacob en se rappelant les avoir vus ensemble au mariage de Clay et Abby.

L'amour évident entre eux avait presque été insupportable à regarder pour lui qui avait juré de ne plus s'intéresser aux femmes. Mais maintenant, quand il les voyait ensemble, il se surprenait à souhaiter éprouver ce genre de passion. Ce n'était pas quelque chose qu'il avait eu avec Sienna. Et maintenant, il commençait à se demander pourquoi à une époque, il avait pensé que ça pouvait coller entre eux.

— Je meurs de faim. Tu veux aller déjeuner ? demanda Yvette.

La question le surprit, mais il se reprit rapidement et dit :

— Bien sûr. Bonne idée. Où tu veux aller ? À la Lisière ?

Elle secoua la tête en désignant sa jupe. Il y avait des taches de sang dessus, à l'endroit où Daisy s'était agrippée à elle.

— Il faut que je me change avant qu'on retourne à la librairie. Je me disais qu'on pourrait déjeuner chez moi. J'ai des pâtes que je peux faire réchauffer.

— Parfait.

Une énergie nerveuse emplit Jacob quand il se gara devant chez elle cinq minutes plus tard. La dernière fois qu'il avait été seul avec elle dans cette maison, ils avaient passé la nuit ensemble. Il la connaissait à peine alors, et il avait été incapable de se décoller d'elle. Qu'allait-il se passer maintenant qu'il semblait bien être à moitié tombé amoureux d'elle ?

Yvette le conduisit à l'intérieur. Le salon était meublé d'un canapé blanc et de fauteuils assortis. Des meubles en bois peint d'un turquoise délavé éclairaient la pièce et lui donnaient un air de maison de ville côtière. C'était marrant, il ne s'en était pas aperçu la dernière fois.

Elle lui fit signe de s'asseoir au bar dans la cuisine et se mit en demeure de réchauffer leur déjeuner.

Mais au lieu de s'asseoir, il fouilla dans son frigo et y trouva une bouteille de vin blanc. Sans lui demander, il lui en versa un verre et le lui tendit.

— Tu as l'air d'en avoir besoin.

Elle prit le verre et laissa échapper un petit rire.

— Je fais si peur que ça ?

— Non, dit-il avec un léger sourire. Tu es magnifique. Ce sont tes yeux qui te trahissent. Qu'est-ce qui ne va pas, Yvette ?

Des larmes emplirent instantanément ses beaux yeux bruns et elle secoua la tête.

Oh mince, pensa-t-il. Instinctivement, il la prit dans ses bras.

— Qu'est-ce qu'il y a, Yvette ? Quoi que ce soit, je suis là.

— C'est juste… je ne sais pas.

Les larmes coulaient sur ses joues et elle s'écarta de lui pour essuyer son visage d'un geste rageur.

— C'est idiot.

— J'en doute, dit-il.

Il aurait tellement voulu pouvoir faire quelque chose pour faire disparaître sa douleur.

— Tu as eu peur pour Daisy ?

— Bien sûr, mais ce n'est pas…

Elle haussa une épaule.

— Peut-être que c'est pour ça que je suis bouleversée

comme ça. J'ai eu droit à une décharge d'adrénaline et maintenant mes émotions font n'importe quoi.

— Elle va bien, tu sais, dit-il.

Il aurait voulu la reprendre dans ses bras, mais elle avait visiblement besoin d'espace alors il s'appuya au plan de travail à la place.

— Oui, je sais. C'est juste…

Elle ferma les yeux.

— J'aime tellement cette gamine.

Elle rouvrit les yeux et croisa son regard sans ciller pour dire :

— J'ai dit à Isaac il y a presque un an de cela que j'étais prête à fonder une famille.

— Qu'est-ce qu'il a dit ?

Jacob voyait les désirs inaccomplis sur son visage maintenant, et il n'était pas bien difficile de comprendre que s'occuper de sa nièce avait ramené au premier plan les rêves brisés d'Yvette.

Elle renifla.

— Qu'il n'était pas prêt. Il voulait attendre encore un an ou deux, nous donner du temps rien qu'à nous avant qu'on commence à avoir des enfants. Je suppose qu'en vérité, il voulait plus de temps avec *Jake* avant qu'il se retrouve coincé par un gamin.

— Ou bien il savait qu'il vivait un mensonge et il n'avait pas encore le courage d'affronter ça.

Son visage s'effondra et les larmes redoublèrent.

— Ne le défends pas, Jacob.

Il n'y avait rien à faire, il ne pouvait pas rester là comme ça à la regarder alors qu'elle souffrait tellement.

— Je ne le défends pas. Pas du tout. Viens là, dit-il en lui ouvrant ses bras.

Elle le rejoignit sans hésiter et posa la tête sur son épaule.

— Je suis désolée.

— De quoi ? demanda-t-il en lui caressant le dos.

— De m'être effondrée comme ça devant toi.

Elle renifla.

— Ça doit être cauchemardesque comme situation, être forcé de m'entendre chouiner parce que j'aurais aimé être mère à ce stade de ma vie.

— Ce n'est pas cauchemardesque, dit-il.

Il le pensait. Ça le surprit de s'en rendre compte, mais il avait *envie* d'être là. Il avait envie d'être la personne sur laquelle elle pouvait s'appuyer. Il pensa à Sienna et à la petite fille qu'il n'avait pas encore rencontrée. Est-ce qu'il aurait été si désireux de fonder une famille si elle lui avait posé la question ?

Oui.

La réponse lui vint instantanément. Il avait toujours voulu des enfants, une famille à lui. Il ne pouvait pas s'imaginer lui dire non. Mais de toute façon, il ne lui avait jamais dit non pour le reste non plus.

— Je comprends, Yvette. J'avais des rêves aussi, avant que Sienna parte.

— Tu veux des enfants ? demanda-t-elle, les yeux secs désormais.

— J'ai toujours voulu en avoir.

Il la regarda, mourant d'envie de l'embrasser. Leur attirance mutuelle était indéniable. Elle avait existé au premier regard. Mais il y avait autre chose aussi, une connexion qui faisait qu'ils se comprenaient, une connexion qu'il n'avait jamais ressentie jusqu'alors et qui était, il le savait, extrêmement rare. Il ne pouvait pas renoncer à ça, si ? S'ils étaient vraiment faits l'un pour l'autre, ils trouveraient un moyen pour que ça marche, peu importe la situation. Avant de pouvoir s'en empêcher, il inclina la tête et effleura ses lèvres des siennes.

Elle hésita, comme si elle n'était pas certaine de devoir répondre à son baiser, mais soudain, elle serra sa chemise dans ses doigts et s'ouvrit pour lui.

Il resserra sa prise et s'abandonna à l'émotion qui le consumait. Ils se tinrent ainsi, soudés l'un à l'autre, à s'embrasser, se goûter, se faire désirer, longtemps, jusqu'à ce qu'enfin, Yvette recule et lui sourie.

— Eh bien, c'était inattendu, dit-elle.

— J'aime les surprises, dit-il en faisant courir légèrement ses doigts sur sa joue. Ça te va, que j'aie fait ça ?

Elle pouffa de rire.

— Je crois que je mentirais si je disais non.

— Parfait.

Il inclina la tête à nouveau et vola un autre baiser. Il ne voulait pas que ce moment se termine.

Elle fondit contre lui, se laissant aller dans un soupir, mais juste au moment où il était prêt à aller plus loin, elle posa la main contre son torse et le repoussa délicatement.

— Je crois que le déjeuner est prêt.

— Je n'ai pas faim, dit-il en fixant ses lèvres.

Ça la fit rire.

— Peut-être, mais moi si.

Elle recula et sortit une cassolette du four. Une odeur d'ail emplit l'air et le ventre de Jacob se mit à gronder. Yvette jeta un coup d'œil par-dessus son épaule.

— Tu disais quoi, que tu n'as pas faim ?

— Je n'avais pas faim tant que tu étais dans mes bras. Maintenant que tu m'as planté, il semblerait que j'aie retrouvé l'appétit.

Yvette leva les yeux au ciel et déposa deux assiettes de pâtes sur le bar de la cuisine.

— Il va nous falloir plus de vin.

Il obtempéra et, une fois qu'elle fut assise, il la rejoignit. Alors qu'ils attaquaient les fettuccine à la sauce Alfredo, un sentiment de calme envahit Jacob et il se rendit compte que s'il pouvait vivre comme ça avec elle jusqu'à la fin de sa vie, il serait un homme heureux.

Yvette arriva au travail sur un petit nuage le vendredi matin. Après leur déjeuner la veille, et malgré l'ail dans les pâtes, Jacob et elle s'étaient lancés dans une séance de baisers torrides. Mais même s'ils avaient déjà couché ensemble, elle n'avait pas été prête à l'inviter à la suivre dans son lit. Cette fois, c'était différent. Il y avait un tas d'émotions qui tourbillonnaient en elle et elle voulait être sûre que ce n'était pas juste l'effet du moment.

Quand elle avait dit à Jacob qu'elle voulait attendre, elle s'était attendue à ce qu'il proteste, mais à sa surprise, il avait acquiescé de bon cœur et l'avait embrassée une dernière fois avant de prendre congé à regret. Et puis il l'avait surprise en allant chercher son vélo devant l'école pour le ramener à son garage. Elle ne s'en était rendu compte que quand il lui avait envoyé un SMS plus tard pour lui dire où le trouver.

Elle avait senti son cœur fondre sur le coup.

— Bonjour, beauté, dit Jacob.

Elle se tourna et le trouva devant le percolateur, en train de faire un latte.

— Tu crois que tu pourrais m'en faire un aussi ?

— C'était prévu.

Il versa le lait mousseux dans deux tasses et lui en tendit une. Après avoir additionné la sienne d'un peu de sucre, il cala un couvercle dessus et fit le tour du bar pour venir se tenir à côté d'elle.

— Tu as prévu quelque chose pour déjeuner aujourd'hui ?

— Pas à ma connaissance. Pourquoi, qu'est-ce que tu avais en tête ?

Des images de la veille lui revinrent aussitôt et elle sentit sa nuque s'embraser.

— Tu rougis ? demanda-t-il en la regardant. Oui, on dirait bien. Est-ce que vous avez des pensées impures, Miss Townsend ?

— Je, heu, j'étais juste en train de penser au déjeuner d'hier et je me demandais si c'était là que tu voulais en venir.

Il pouffa de rire avant de froncer les sourcils.

— Malheureusement, non. Il y a quelque chose dont il faut que je te parle. Et je me disais qu'il vaudrait mieux le faire quelque part d'un peu moins… tentant.

— Je vois. Me voilà intriguée, dit-elle.

Elle mourait de curiosité quant à ce qu'il voulait lui dire. Est-ce qu'il voulait que leur relation devienne plus sérieuse, maintenant qu'il avait eu le temps de digérer sa réunion avec Sienna ? Son cœur manqua un battement rien que d'y penser. Même si elle s'était dit maintes et maintes fois qu'il ne fallait pas qu'elle s'embarque dans une histoire avec lui, elle savait qu'elle ne faisait que se mentir à elle-même. Elle ne pouvait pas davantage lui résister qu'à une part de fondant au chocolat.

Il ignora sa remarque et dit :

— La Lisière, à treize heures ?

— D'accord. Tant que Brinn est là, ça ne devrait pas être un problème.

— Je serai là, cria Brinn depuis la caisse. Je prendrai mon déjeuner avant.

— Ça marche alors, dit Jacob.

Il leva son latte comme pour porter un toast.

— D'ici là, je serai dans mon bureau à déballer la dernière commande.

Yvette le regarda partir. Ses épaules étaient courbées et elle aurait pu jurer l'entendre marmonner dans sa barbe. Quelque chose n'allait pas. Elle le sentait. Et c'est là qu'elle comprit que ce qu'il voulait lui dire ce midi n'était pas quelque chose qui allait lui faire plaisir.

À une heure moins le quart, Yvette s'extirpa de son bureau et retrouva Jacob à l'entrée de la librairie.

— Prête ? demanda-t-il.

Elle hocha la tête et le suivit sur le trottoir. Un mauvais pressentiment s'était emparé d'elle et à chaque pas, elle devait lutter contre elle-même pour ne pas faire demi-tour et foncer se réfugier dans la librairie. Mais quand Jacob posa une main en bas de son dos, elle commença à se détendre. Ce geste familier la calma. Elle lui sourit.

— Tu as fini de passer le nouveau stock ?

— Oui. Tout est classé par auteur et par genre.

— Super. Je commencerai à le mettre en rayonnage quand on reviendra.

— Oh, j'aurais dû te le dire avant, mais je vais devoir partir directement après le déjeuner. J'ai de la visite ce week-end.

Il s'exprimait avec une drôle de rigidité.

— Jacob, est-ce que ça va ? demanda-t-elle.

Il baissa les yeux vers elle.

— Oui, bien sûr. Pourquoi ?

Elle haussa une épaule.

— Je ne sais pas. Tu as l'air bizarre.

Il ne répondit pas et Yvette sentit son cœur se serrer. Son inquiétude était revenue au grand galop. Elle s'intima d'attendre après le repas pour l'interroger à nouveau. Il était peut-être simplement nerveux à cause de ce qu'il voulait lui dire.

Il n'y avait pas trop de monde au restaurant et on leur trouva une table immédiatement.

— Du vin ? demanda Jacob.

— Oui, d'accord.

Elle n'était pas vraiment d'humeur à boire du vin, mais elle voulait être prête au cas où cette conversation se passerait aussi mal qu'elle le craignait.

Le serveur prit leurs commandes. Yvette choisit la salade au saumon et Jacob les acras au crabe. Aucun d'eux ne dit un mot jusqu'à ce que Wyatt ait amené le vin.

— Merci, lui dit Jacob.

Il prit son verre et en vida quasiment la moitié. Yvette ne put en supporter davantage. Elle se pencha en avant, les coudes sur la table.

— Quoi que ce soit que tu aies à me dire, fais-le, qu'on en finisse.

— Tu as raison. Je…

Son regard tomba soudain sur quelque chose par-dessus l'épaule d'Yvette. Il écarquilla les yeux, bouche bée.

— Qu'est-ce qu'il y a ? Jacob ? demanda-t-elle en regardant derrière elle.

Tout ce qu'elle vit fut une femme avec de longs cheveux

sombres, vêtue d'une robe noire qui mettait en valeur ses courbes parfaites. Elle tenait dans ses bras une adorable petite fille avec une masse de boucles brunes. La fillette portait un gilet rouge, un pantalon noir, et d'adorables petites chaussures à brides.

— Oh la vache, qu'il est mignon ce bébé.

Yvette reporta son attention vers Jacob. Il s'était levé, les yeux toujours rivés sur la femme.

— Jacob, qu'est-ce qui se passe ?

Il la regarda. Ses lèvres semblèrent former des mots, mais aucun son n'en sortit.

— Ah te voilà ! dit la femme en fonçant vers lui. J'ai cru que nous ne te trouverions jamais.

Jacob fixait l'enfant, comme frappé par la foudre.

— Tu veux la prendre ? lui demanda la femme.

Elle eut un sourire béat en reportant son attention vers l'enfant.

— Oui, souffla Jacob.

La femme caressa les cheveux du bébé et murmura.

— Voilà, Skye, dis bonjour à papa.

Papa ? Est-ce que cette femme venait de désigner Jacob comme étant le père de cette enfant ?

Jacob, qui semblait avoir oublié qu'Yvette se trouvait dans le restaurant, tendit les bras pour prendre la petite fille. Elle se blottit contre son torse et ferma les yeux.

— On a essayé de trouver ton adresse, mais je ne me souvenais pas du nom de la rue, lui disait la femme. Alors je suis passée à la librairie… c'est vraiment *vieillot*, Jacob. Je comprends pourquoi ton père pense que tu reviendras à Bayside Books avant la fin de l'année. Ce n'est pas vraiment ce qu'on peut appeler un challenge, hein ?

Yvette fulminait. Elle se leva et tendit la main à la femme.

— Bonjour, je suis Yvette, l'associée de Jacob.

— Bonjour. Vous avez dû comprendre qui je suis, répondit la nouvelle venue en désignant le bébé d'un signe de tête. Le trajet est long depuis Los Angeles, mais j'avais promis à Jacob de venir pour qu'on passe le week-end ensemble. Lui et Skye ont beaucoup de choses à rattraper.

— Sienna, dit Jacob qui semblait enfin avoir retrouvé sa voix. Tu veux bien nous laisser une minute ?

Il tenait toujours le bébé dans ses bras et lui caressait le dos tandis qu'elle avait la tête posée sur son épaule.

— Eh bien, je ne… commença Sienna.

— Non, non, dit Yvette d'une voix grinçante.

Des émotions brutales la déchiraient. Elle venait de comprendre beaucoup de choses en quelques secondes. Sienna, son ex-fiancée, et leur *fille* passaient le week-end avec Jacob. Est-ce que c'était ça qu'il avait voulu lui dire pendant ce déjeuner ? Pourquoi est-ce qu'il ne lui avait pas parlé de Skye avant ? Est-ce qu'il s'était fichu d'elle pendant tout ce temps ? Il lui avait parlé de sa rupture avec Sienna, mais il avait bien commodément omis de mentionner la petite fille qu'il serrait contre lui en cet instant. Elle aurait voulu lui demander pourquoi. Le forcer à lui expliquer comment il avait pu passer la journée de la veille à l'embrasser tout en sachant que son ex venait passer le week-end avec lui.

— Je ferais mieux d'y aller. Vous deux… heu, vous n'avez qu'à déjeuner ensemble. J'ai un rendez-vous, il faut que j'y aille.

— Yvette ! la rappela Jacob.

Elle s'arrêta à l'entrée du restaurant pour lui jeter un dernier regard. Il n'avait pas bougé, mais ses yeux étaient pleins de culpabilité et il semblait la supplier silencieusement de bien vouloir le comprendre. Elle secoua la tête et se hâta de sortir du restaurant. Elle avait un poids sur la poitrine et du mal à respirer. Il lui fallut un moment pour comprendre que c'était parce qu'un sanglot s'était logé dans sa gorge. Des larmes de frustration commencèrent à rouler sur ses joues.

— Mince.

Elle laissa le sanglot s'échapper et essaya de prendre une goulée d'air. Elle ne pouvait pas retourner à la librairie dans cet état. Et elle n'était même pas sûre de pouvoir aller chez elle. L'idée de se trouver dans le salon où elle avait passé la journée de la veille avec Jacob, c'était trop en cet instant. Il lui fallait un endroit où elle ne serait pas obligée de le voir ou de penser à lui.

Elle sortit son téléphone et composa le numéro d'Abby. Sa sœur décrocha à la première sonnerie.

— Salut, toi, dit-elle. Je t'ai manqué ?

— Ça te dirait une course de voiturette ? demanda Yvette.

Sa sœur hésita un instant avant de demander :

— Est-ce que ça va ?

— Non. Même pas un peu.

— D'accord, dit Abby. Donne-moi dix minutes.

— Je serai là.

Yvette raccrocha et se dirigea vers la Mustang garée devant la boutique.

CHAPITRE 21

Jacob regarda Yvette partir, conscient d'avoir tout foutu en l'air. Il avait eu l'intention de lui parler de Skye pendant ce déjeuner, mais il était désormais clair qu'il n'aurait pas dû attendre. Le plus malin aurait été de lui dire tout de suite après son retour de Los Angeles, de lui expliquer pourquoi il était si distant, pourquoi il avait décidé qu'ils feraient mieux de ne pas sortir ensemble. Mais il avait été trop remué pour être capable de penser de façon rationnelle.

— On dirait bien qu'Yvette n'est pas juste ton associée, intervint Sienna sans se soucier de dissimuler la dérision dans sa voix.

Ses lèvres étaient tordues en une moue que Jacob reconnaissait : elle était en colère.

— Qu'est-ce que ça change ? demanda-t-il sans comprendre ce que ça pouvait lui faire.

— Ça change de savoir qu'elle risque de passer du temps avec *ma* fille.

S'il n'y avait pas eu cette adorable fillette dans ses bras, il serait sorti direct du restaurant sans un regard en arrière.

— Sienna, laisse tomber. Yvette et moi sommes amis.

C'était la vérité. Sienna n'avait pas besoin de savoir qu'il était en train de tomber amoureux d'elle, surtout qu'il était certain d'avoir foutu en l'air ce vers quoi ils allaient depuis la veille.

— Et même si on était en couple, tu pourrais t'estimer heureuse que Skye ait quelqu'un comme Yvette dans sa vie. Elle est aimante et merveilleuse avec sa nièce. Tu n'as vraiment pas à t'inquiéter.

— C'est moi qui en serai juge.

Elle s'assit sur la chaise qu'Yvette avait libérée et prit une grande gorgée du vin auquel elle n'avait pas touché.

— Qu'est-ce que vous avez commandé ?

Il soupira et s'assit en face d'elle, Skye toujours dans ses bras. Elle sentait le talc et quelque chose de sucré qu'il n'arrivait pas à identifier.

— Des acras de crabe et une salade au saumon. Tu peux prendre autre chose si tu préfères.

— Les acras, ça me va, dit-elle en plaçant la serviette en travers de ses genoux.

— D'accord, dit-il.

Skye se mit à gigoter dans ses bras. Il la recula de son torse et fixa ce bébé souriant qui s'agitait contre lui. Elle était superbe avec de grands yeux ambrés et des fossettes trop mignonnes.

— Tu es une bien jolie fille, hein, Skye, dit-il doucement.

— Tu ne lui apprends rien de nouveau, dit Sienna en portant le vin à ses lèvres encore une fois.

Il haussa un sourcil.

— Attention, Si. On dirait presque que tu es jalouse.

— Je t'en prie.

Elle leva les yeux au ciel.

— J'en ai juste marre que toutes les conversations tournent autour du bébé.

Jacob fronça les sourcils. Il s'était trompé. Sienna n'était pas jalouse, elle était aigrie. Il commençait à se demander à quoi ressemblait la vie quotidienne de Skye. Il la fit sauter sur son genou et dit :

— Bon, et si tu me racontais ce que tu deviens depuis un an ? Tu passes toujours dix ou douze heures par jour à L'Institut Enchanté ?

— Au moins douze, dit-elle en se penchant vers l'avant. On va faire d'Aspen notre établissement phare alors je dois lui accorder une attention constante. Je veux que le moindre détail soit étudié.

— Je suis sûr que ce sera parfait, dit Jacob.

Quand ils avaient ouvert à Los Angeles, tout ce qu'elle avait fait pour son commerce avait été pensé intelligemment et avait fonctionné auprès de la clientèle. Tant qu'elle ne quittait pas la barre pour laisser la direction des opérations à un ado à nouveau, le spa serait sûrement un succès.

— Merci, dit-elle.

Ses épaules se détendirent et elle se renfonça dans sa chaise avant de vider le verre de vin d'Yvette. Elle le leva en l'air et fit signe au serveur de le remplir à nouveau.

— Et merci de ne pas m'avoir sauté dessus pour me demander « et Skye ? ». Je te jure, si on me pose encore cette question, je hurle à pleins poumons. On dirait que personne n'arrive à concevoir qu'une femme puisse sortir un bébé de sa chatte *et* faire carrière.

Jacob la regarda fixement en se demandant si elle avait toujours été aussi vulgaire. Non, il ne pensait pas. Pour tout dire, ce type de langage lui rappelait Brian. Son ami avait toujours aimé dire des trucs grossiers, sauf qu'il le faisait pour amuser la galerie. Sienna n'essayait pas d'être drôle, elle se défoulait.

— Heu, je ne veux pas en rajouter, mais quand même, j'aimerais bien avoir une idée de comment ma fille est élevée : où est-ce qu'elle est pendant que tu travailles ?

Les yeux de Sienna brillèrent de colère.

— Je ne laisse pas ma fille livrée à elle-même, Jacob.

— J'en suis sûr, dit-il.

Il ne voulait pas se laisser entraîner sur le terrain d'une dispute. Il souleva le bébé comme pour la faire admirer.

— Regarde-la. Elle est parfaite. Je me demandais juste avec qui elle passait ses journées.

Sienna poussa un gros soupir.

— S'il faut vraiment que tu le saches, c'est ma mère qui s'occupe d'elle. Ça va, c'est acceptable ?

— Bien sûr, répondit-il, légèrement agacé par son agressivité. Ce n'est pas la peine d'être sur la défensive comme ça. Je veux juste savoir comment ma fille est élevée. Tu ne trouves pas ça normal ?

Elle haussa les épaules.

— Je suppose.

Leurs plats arrivèrent et Sienna se jeta sur les acras. Jacob ignora la salade devant lui et passa tout le repas à faire des mimiques à Skye et à sentir son cœur exploser d'amour pour elle. Il avait su à la seconde où il avait posé les yeux sur elle qu'il remuerait ciel et terre pour être à ses côtés, pour la regarder grandir et faire partie de sa vie.

— Je suppose que tu comptes élever Skye à Aspen, du coup ? demanda-t-il.

Elle fourra le dernier morceau d'acra dans sa bouche et haussa les épaules d'un air qui n'engageait à rien.

— Tu ne penses quand même pas laisser la direction de votre établissement phare à quelqu'un d'autre, si ? demanda-t-il, même s'il connaissait déjà la réponse.

— Bien sûr que non.

Elle repoussa son assiette et commença à prendre des petits bouts du saumon auquel il n'avait pas touché.

— Alors pourquoi Skye ne grandirait-elle pas là-bas ? demanda-t-il.

Il s'inquiétait soudain que Sienna projette de refiler sa fille à sa mère, qui possédait un petit F3 à Long Beach.

— Jacob, est-ce qu'on peut en parler quand on sera chez toi ? J'essaie d'apprécier mon vin, là.

Il fixa la créature égoïste assise en face de lui et se sentit triste. Elle ne semblait vraiment pas satisfaite de sa vie. Elle était bien plus heureuse du temps où ils étaient ensemble, remarqua-t-il.

— Arrête de me regarder comme ça, dit Sienna. Tu me rends nerveuse.

— J'essaie juste de comprendre où tu en es, c'est tout.

— Où j'en suis, c'est que je viens juste de retrouver le droit de boire de l'alcool, et comme on est dans un restaurant avec un bar, je compte m'en jeter un ou deux. Tu devrais apprendre à te lâcher un peu.

Elle lui adressa un sourire faux.

— Tu devrais prendre un verre ou deux, toi aussi. Comme ça, tu souffriras moins quand elle commencera à hurler à pleins poumons.

— Tu ne ferais jamais une chose pareille, hein, jeune fille ? demanda Jacob à sa fille.

— Attends cinq minutes, tu verras, dit Sienna. Tu prendras la fuite à la vitesse de l'éclair.

~

L'HUMEUR de Sienna ne s'améliora pas au fil de l'après-midi. Vu ce qu'elle avait descendu comme vin au déjeuner, Jacob avait insisté pour conduire sa voiture pour les ramener chez lui. Sienna n'avait pas été ravie, mais quand il avait dit qu'il n'y avait pas moyen qu'il la laisse prendre le volant avec sa fille, elle avait eu l'air coupable et avait acquiescé.

— Je ne peux pas croire que tu vives ici, dit-elle tandis qu'ils prenaient la route en lacets vers les hauteurs.

— Pourquoi ça ?

Il avait toujours aimé les maisons qui offraient une vue. D'après lui, sa nouvelle demeure n'était pas bien différente de la maison sur la plage dans laquelle ils avaient vécu ensemble. Architecturalement, elles étaient similaires, mais au lieu d'avoir vue sur la mer, il avait sous les yeux d'incroyables séquoias.

— C'est juste tellement… isolé. Et la ville…

Elle secoua la tête.

— Je sais que tu aimais venir ici quand tu étais gamin, mais franchement, Jacob, c'est tellement… je ne sais pas, basique.

Elle entendait par là qu'il n'y avait pas toute une rue avec des boutiques de luxe et des restaurants inscrits au guide Michelin. Il avait envie de l'envoyer bouler pour le fait de se montrer aussi snob, mais il tint sa langue. Il ne voulait pas de dispute.

— Je n'ai rien contre le basique.

— Je suppose que c'est pour ça qu'on n'a jamais été vraiment bien accordés l'un à l'autre, dit-elle en haussant les épaules.

Il lui jeta un regard de côté, dégoûté. Ils n'avaient pas été bien accordés l'un à l'autre parce qu'apparemment, elle était amoureuse de son meilleur ami depuis des années.

— Tu sais que j'étais prêt à vivre là où toi tu voulais.

— C'est vrai, acquiesça-t-elle. Mais c'est difficile de profiter de quelque chose quand ton partenaire y est complètement indifférent.

Il n'avait pas été indifférent, si ? Ne l'avait-il pas emmenée en vacances chaque fois qu'elle l'avait demandé ? Accompagnée pour dîner dans tous ses restaurants favoris ? Aidée à ouvrir le spa dont elle avait toujours rêvé ? Bien sûr, les voyages qu'ils faisaient, davantage centrés sur le fait de se créer un réseau avec les gens les plus en vue de Californie que sur la découverte de nouveaux endroits, ne l'avaient pas exactement enthousiasmé, mais il y était allé avec elle.

— Arrête de me regarder comme ça, protesta-t-elle. On sait tous les deux que tu détestais mes amis et les fêtes auxquelles je te forçais à aller. Tu étais peut-être là physiquement, mais dans ta tête, tu étais presque toujours ailleurs. Tout ce que tu voulais faire, c'étaient des randos ou du surf ou je ne sais quelle autre activité de plein air.

Elle frissonna.

— Je n'ai jamais été très intéressée par le plein air.

Il ne pouvait pas dire le contraire. Elle n'avait jamais fait semblant d'être autre chose que ce qu'elle était. Mais lui non plus.

— Je suppose que je pourrais en dire autant de toi, Sienna. Tu as essayé le surf une seule fois, et je n'ai jamais pu te convaincre de venir faire une rando avec moi.

— Comme je l'ai toujours dit, le soleil ne m'intéresse pas, à moins que ce soit au bord d'une piscine.

— C'est ça.

Jacob reporta son regard vers la petite fille qui dormait dans le siège auto. Son adorable frimousse lui brisa le cœur une fois de plus. Et même s'il aurait adoré ne plus jamais avoir à fréquenter Sienna, il supporterait ses histoires jusqu'à la fin des temps si ça voulait dire qu'il pouvait avoir une place dans la vie de sa fille.

— Ah, là on parle, dit Sienna alors que la maison apparaissait. Tu as toujours eu bon goût en ce qui concerne l'immobilier.

— Merci.

Il gara la Lexus de Sienna dans son garage et batailla avec la ceinture pour libérer Skye du siège auto. Il finit par sortir du garage avec Skye et son sac à langer pour trouver Sienna au téléphone, en train de se disputer avec quelqu'un.

— Oui, je suis avec Jacob. C'était un peu l'idée en venant ici, disait-elle.

Jacob commença à avancer vers le perron, car il ne voulait pas rester dans le froid avec le bébé, mais il se figea en entendant la phrase suivante.

— Allez, Bri, lâche-moi un peu. Je fais ce que tu m'as demandé de faire. Qu'est-ce que tu veux de plus ?

Ce qu'il lui avait demandé ? Est-ce que c'était à cause de Brian qu'elle lui avait annoncé qu'il avait une fille ? Est-ce qu'elle ne lui avait avoué la vérité que parce que Brian lui avait forcé la main ? Jacob n'avait pas parlé à son ex-ami depuis que Sienna était partie avec lui. Mais il devait reconnaître que si Brian savait que Skye était la fille de Jacob, il avait sans aucun doute insisté pour que Sienna le lui dise. Il détestait les mensonges. C'était en partie la raison pour laquelle sa trahison avait été aussi brutale. Jacob n'aurait jamais imaginé que son ami puisse se conduire ainsi envers lui.

— Non, pas encore. Je viens d'arriver. D'accord. Je t'appelle ce soir.

Elle raccrocha. Quand elle se retourna, elle sursauta comme si elle ne s'était pas attendue à le voir là.

— Tu m'écoutais ?

— Pas exprès.

En tout cas, pas au début.

— Eh bien, je suppose que tu as compris que c'était Brian, dit-elle en passant devant lui pour monter l'escalier.

— Oui, j'ai eu cette impression.

Il lui tendit les clés pour qu'elle déverrouille la porte pendant qu'il continuait à tenir Skye. Elle ouvrit et entra. Un petit hoquet lui échappa quand elle aperçut la vue. Il la suivit et posa le sac à langer sur la table basse.

— C'est superbe, Jacob, dit-elle doucement.

Pour la première fois de la journée, elle ressemblait à la femme qu'il avait connue et qu'il avait aimée.

— Je comprends pourquoi ça te plaît. Ça reste un peu trop isolé pour moi, mais c'est beaucoup mieux que ce que j'imaginais.

Il se retint de lever les yeux au ciel. Elle était vraiment snob jusqu'au bout des ongles.

— Ça fera l'affaire.

À contrecœur, il souleva le bébé de son épaule et entreprit de le passer à Sienna, mais celle-ci recula d'un pas et secoua la tête.

— C'est ton week-end, Jacob. Ça veut dire que c'est toi qui t'occupes d'elle.

Il fronça les sourcils.

— Alors tu ne comptes même pas la tenir pendant que je décharge ta voiture ?

— Non. Je m'occupe de la voiture. Fais le papa pendant ce temps-là.

Elle ressortit et descendit le perron. Jacob en resta bouche bée. Il ne comprenait pas ce qui se passait. À sa connaissance, Sienna n'avait jamais porté une valise de sa propre volonté de toute sa vie. Elle adorait se faire chouchouter et elle était prête à payer pour ça.

Se faire chouchouter, c'était le modèle économique de L'Institut Enchanté, et c'était ce qui faisait le succès de son entreprise. Sienna avait pris toutes ses attentes personnelles en matière d'attention, et elle en avait fait le cœur de son commerce, une vraie ode au luxe. Qu'elle se charge de porter ses bagages alors qu'il y avait quelqu'un d'autre pour le faire à sa place, c'était juste bizarre.

Mais alors que Jacob restait assis dans son fauteuil à faire des grimaces à Skye et à la faire sauter sur ses genoux, Sienna transbahuta une véritable montagne d'affaires de bébé, sac après sac, sans se plaindre. Quand elle eut fini, elle fila droit à la cuisine et se servit un autre verre de vin. Finalement, elle s'assit sur le canapé, leva son verre et dit :

— Bienvenue dans la parentalité.

CHAPITRE 22

— Ça te va si on passe chez papa ? demanda Abby à Yvette alors qu'elle longeait la rivière qui traversait la ville.

— Tout à fait. Il faut qu'on aille le voir de toute façon pour s'assurer qu'il a levé le pied un peu. Tu savais qu'il avait recommencé ses traitements ? demanda Yvette alors que la voiturette de golf avançait vaillamment, à trente kilomètres-heure.

— Non, répondit Abby en fronçant les sourcils. Tu sais pourquoi il s'est évanoui ? Est-ce que c'était la chimio ou autre chose ?

— Il s'est surmené et il était déshydraté, c'est tout.

— D'accord.

Elle prit la route qui menait à la maison de leur enfance.

— Je suis sûre que c'est parce qu'il s'est retrouvé à court de la potion énergisante que je lui faisais et qu'il n'a pas voulu m'en demander davantage avant le mariage. Et puis il a continué à vouloir trop en faire quand même. Tu arrives à le croire, ça ?

Malheureusement, Yvette n'y croyait que trop facilement. Leur père avait toujours été la personne sur qui elles se reposaient toutes. Maintenant que c'était à lui de s'appuyer sur elles, il avait du mal à accepter ce changement de paradigme.

— Oui. C'est un vieil ours borné.

— Bon, dis-moi ce qui s'est passé, demanda Abby.

— Quand papa s'est évanoui ? Il était dans son bureau et…

— Non. On m'a déjà tout raconté à ce propos. Je veux dire ce qui s'est passé pour que tu me demandes de sortir la voiturette en urgence.

Yvette haussa les épaules. Elle n'avait soudain plus du tout envie de parler de Jacob. Le souvenir de lui avec Sienna et leur bébé lui donnait la nausée.

— Vette, allez. Il s'est passé quelque chose. Il faut que tu me dises tout, sinon je vais commencer à jouer aux devinettes. Comme, est-ce que tu es entrée dans le café et tu as trouvé Isaac en train de peloter Jake ? Ou bien tu as perdu un dépôt en liquide que tu allais faire à la banque et maintenant la librairie risque de faire faillite ? Ou bien tu étais en train de draguer un étudiant de vingt-deux ans dans un grand magasin, et sa mère était à quelques mètres de là en train de lui acheter des caleçons ?

Yvette aboya de rire.

— Non, non, oh, par la déesse, ça aurait été hilarant, mais non. Tu es très loin du compte.

— Alors ça n'a vraiment rien à voir avec Isaac ? demanda-t-elle, la mine sérieuse désormais.

— Non, ce n'est rien de ce genre.

Yvette prit une grande inspiration.

— Bon, comme tu es partie deux semaines, tu as manqué beaucoup de choses.

— Noel m'a un peu tenue au courant, il paraît que tu as ramené un ami de Clay chez toi le soir du mariage.

Elle haussa les sourcils d'un air suggestif et puis baissa les yeux vers le ventre d'Yvette.

— Oh, seigneur. Tu n'es pas enceinte, si ? Dis-moi que vous vous êtes protégés.

Yvette leva les yeux au ciel.

— Non, je ne suis pas enceinte, et, oui, on s'est protégés.

— OK, tant mieux. Au moins une crise d'évitée.

Abby lui fit un grand sourire.

— J'ai aussi entendu dire que Jacob est ton nouvel associé. C'est ça le problème ? Est-ce qu'il a décidé qu'il ne pouvait pas se passer de toi et maintenant tu es obligée de repousser les assiduités d'un beau mec au quotidien ? Je veux dire, je comprends que ça devienne pénible au bout d'un moment.

— Heu, eh bien, je n'aurais pas formulé ça comme ça, mais on s'est plus ou moins lancés dans un truc tous les deux.

— Oh ? Vous faites ça entre les rayonnages ? la taquina Abby.

— Par la déesse, Abby. C'est ce que vous avez fait toi et Clay pendant votre lune de miel ? Vous amuser à faire ça en public ?

Elle pouffa de rire.

— Non, mais il y a eu une nuit où…

— Laisse tomber. Je crois que je n'ai pas envie d'entendre ça. Si tu veux tout savoir, Jacob et moi n'avons passé qu'une seule nuit ensemble, et depuis, on a essayé de rester professionnels.

— J'en déduis que ça n'a pas marché bien longtemps ? demanda Abby alors qu'elle tournait dans la longue allée qui menait chez leur père.

— Non, pas bien longtemps du tout. Au bout d'une semaine, on a décidé de laisser tomber et de sortir ensemble officiellement. Mais depuis, il est allé à Los Angeles pour régler des papiers avec son ex, et il est revenu d'une sale humeur. Au bout de quelques jours, on a réussi à reprendre où on en était et puis aujourd'hui…

La voix d'Yvette craqua sur ce dernier mot et il lui fallut un moment pour se reprendre.

— Aujourd'hui, son ex s'est pointée avec un bébé. Le bébé de Jacob.

Abby écarquilla les yeux.

— Il a un enfant ?

— Apparemment, sauf qu'il ne m'en a jamais parlé, alors même qu'on a eu une discussion sur tous les torts de nos ex. Je ne comprends pas pourquoi il m'a caché son existence. Il n'a même pas de photos d'elle chez lui. Franchement, Abby, ça m'a laissée comme deux ronds de flanc.

Abby jeta un coup d'œil à sa sœur.

— Peut-être qu'il fait juste attention à ne pas introduire des gens trop vite dans la vie de sa fille. Tu sais, peut-être que c'est juste qu'il veut la protéger et ne pas aller trop vite, pour elle.

Yvette comprenait ce qu'elle voulait dire. Si elle avait eu un enfant, elle aurait fait très attention avant de le présenter à quelqu'un avec qui elle sortait. Il aurait fallu que les choses soient vraiment sérieuses. Sauf que…

— Abs, il ne m'a même pas parlé d'elle. Et c'est encore un bébé. Ce n'est pas comme si elle risquait de s'attacher à moi et de ne pas comprendre qui je suis dans la vie de son père. Je… ça m'a fait mal qu'il ne me fasse pas assez confiance pour me parler d'elle.

Abby prit la main de sa sœur dans la sienne et la serra doucement.

— Tu devrais probablement juste lui en parler. Je suis sûre qu'il a ses raisons.

— Moui, dit Yvette avec une moue. Sauf que là, son ex est chez lui pour tout le week-end et tout ce que j'ai en tête c'est d'aller là-bas et… enfin, je ne sais pas ce que je ferais, mais je déteste les savoir ensemble. Qui sait ce qu'ils sont en train de faire ?

Abby secoua la tête en regardant sa sœur.

— Oui, je suis sûre que c'est super romantique de changer des couches et de faire de la bouillie pour bébé.

— Bon, dit comme ça, cette promenade en voiturette a l'air cent fois plus sympa.

— Reste avec moi, ma belle ! Je sais mettre l'ambiance.

Abby passa un virage et la maison apparut. Yvette poussa un juron. Elle n'aurait pas cru que ce soit possible, mais cette journée venait encore d'empirer.

— Oh mince. C'est la nouvelle BMW d'Isaac ? demanda Abby en voyant le cabriolet garé devant chez Lin.

— Oui. Apparemment, il l'a achetée parce que c'était la voiture dont Jake rêvait, dit-elle en soupirant.

— On peut revenir plus tard, dit Abby qui commençait déjà à faire faire demi-tour à la voiturette.

— Non, c'est bon. Allons-y. Moi aussi je veux voir papa.

— Tu es sûre ? demanda Abby. Personne ne veut te forcer à interagir avec ton ex-mari.

— J'en suis sûre, dit Yvette. Il travaille toujours pour papa. Il va bien falloir que je m'y habitue.

Abby lui jeta un regard sceptique, mais coupa néanmoins le moteur de la voiturette.

— D'accord, mais s'il te donne des envies de meurtre, tu me fais signe et on se barre immédiatement. Compris ?

— Tu es une bonne frangine.

Yvette descendit de la voiturette, grimaça devant le cabriolet, et rentra dans la maison, déterminée à ne pas laisser

Isaac la chasser de chez elle. La maison de famille était un grand chalet à un étage, plein de recoins, terriblement douillet et confortable avec son feu qui crépitait dans l'âtre. Un grand pentacle en métal était suspendu au-dessus de la cheminée, rappel de leur lien avec la communauté sorcière, et il y avait des bougies partout, même si elles n'étaient pas allumées. Yvette claqua des doigts et elles s'embrasèrent toutes.

Assis à table, Lin Townsend releva la tête et sourit à ses deux filles.

— Eh bien, si ce n'est pas une surprise ?

— Bonjour, papa, dit Yvette.

Elle adressa un bref signe de tête à Isaac, qui était assis en face de Lin.

— Bonjour, papa, dit sa sœur à son tour avant de courir le serrer dans ses bras. Tu m'as manqué.

— Tu n'es partie que deux semaines. Tu ne vas pas me dire que je t'ai manqué pendant ce temps-là.

Mais il tint sa main dans les deux siennes, comme pour démentir cette déclaration.

— Bien sûr que si, dit-elle en l'embrassant sur la joue. Je t'ai ramené des potions énergisantes. Tu veux bien me donner un coup de main pour les sortir de la voiturette ?

— Bien sûr.

Ils ressortirent tous les deux, laissant Yvette et Isaac seuls dans le salon.

— On dirait que tu profites de ta nouvelle voiture, dit Yvette en passant dans la cuisine pour se servir un café.

Isaac ne répondit pas à ce commentaire, mais il la suivit dans la pièce voisine.

— Yvette ?

— Quoi ? demanda-t-elle sans se retourner.

— Je te dois des excuses.

Yvette se figea. Elle le connaissait suffisamment pour savoir que ces excuses, quelles qu'elles soient, lui coûtaient. C'était la façon dont il avait baissé la voix pour le dire. Elle le regarda par-dessus son épaule.

— Pour quoi ?

— Pour avoir essayé d'interférer avec la façon dont tu diriges la librairie. Jake a dit…

— Ce que pense Jake ne m'intéresse pas, dit Yvette.

La colère monta en elle, lui donnant envie de mettre les voiles et de frapper quelque chose, lui de préférence.

— Yvette, je t'en prie, écoute-moi et ensuite tu ne seras plus jamais forcée de me parler si tu n'en as pas envie.

Un rire incrédule lui échappa.

— Vraiment, Isaac ? Tu travailles pour mon père et on vit tous les deux dans une très petite ville. Je ne crois pas que ne plus nous parler soit vraiment une option.

— Alors on devrait faire de notre mieux pour établir une trêve. Qu'est-ce que tu en dis ?

Yvette grinça des dents et se retourna.

— Je ne suis pas en guerre contre toi, Isaac. Mais tu ne peux pas agir comme si nous étions toujours mariés. Tu n'as pas à me dire comment vivre ma vie ni gérer mon commerce. Je suis une grande fille.

— Je sais.

Il la prit délicatement par la main et la ramena vers la table.

— Je t'en prie, assieds-toi.

Elle était tentée de lui dire d'aller se faire voir et de déguerpir, mais elle devait avouer qu'elle était quand même un peu curieuse de voir ce qu'il comptait lui dire. Sans commentaires, elle s'assit et attendit.

Il tira une chaise et s'assit juste devant elle. Il prit ses deux mains dans les siennes et dit :

— Je suis vraiment désolé pour la façon dont je t'ai traitée, Yvette.

— Tu m'as déjà dit ça au mariage il y a deux semaines, dit-elle, blasée par ses excuses répétitives.

Il avait complètement chamboulé sa vie et l'avait traitée comme si elle était trop incompétente pour diriger sa propre librairie.

— À moins qu'il y ait autre chose, je pense que ça suffit.

Il resserra sa main sur la sienne et des larmes brillèrent dans ses yeux.

— Je me suis montré tellement égoïste. Tu méritais mieux. Je sais que tu n'as pas envie d'entendre parler de Jake, mais c'est lui qui m'a aidé à voir à quel point j'ai été un connard.

Il cligna des yeux et les larmes disparurent.

— Je sais que la librairie est à toi et je n'avais pas à mettre mon nez dans tes affaires.

— Non, en effet, dit-elle, sans trop savoir quoi faire de cette excuse.

Elle l'avait déjà entendue, mais cette fois cela semblait plus sincère, comme s'il avait vraiment compris qu'il l'avait blessée et voulait réparer les choses au lieu de simplement essayer de faire taire sa culpabilité d'avoir abandonné leur mariage.

— Félicitations, au fait. J'ai entendu dire que les dédicaces avaient été un gros succès.

Il lui fit son plus beau sourire, lui rappelant une des raisons pour lesquelles elle était tombée amoureuse de lui à la base.

— Merci. C'était un travail d'équipe.

— Je suis certain que c'est de la modestie de ta part, dit-il. Tu as toujours su comment faire venir la clientèle et vendre des livres.

— Eh bien, merci.

— C'est juste que j'avais du mal à me détacher de ça. Et puis je t'ai vue avec Jacob, et je crois que j'ai été jaloux.

Elle haussa les sourcils.

— Pourquoi ? Qu'est-ce ça que ça peut te faire si je vois quelqu'un ?

— Allez, Yvette, dit-il en lui jetant un regard peiné. Je t'ai épousée parce que je t'aimais. Ce n'était pas un mensonge, tu sais.

Une douleur sourde lui serra le cœur, mais c'était bien loin de l'agonie qu'elle avait ressentie quand il lui avait dit qu'il la quittait.

— Je sais.

— Vraiment ? demanda-t-il avec sérieux. Tu comprends vraiment à quel point ça a été dur pour moi ?

Elle le regarda fixement. Elle avait essayé de se mettre à sa place tant de fois auparavant, de comprendre son point de vue. Ça n'avait pas atténué sa douleur, mais ça lui avait permis de comprendre le tourment émotionnel auquel il avait fait face quand il s'était rendu compte qu'il vivait un mensonge.

— Oui, mais ça ne change rien à ce que ça me fait ressentir… ou ce que ça m'a fait ressentir. Écoute, Isaac, on n'est pas obligés de continuer comme ça. Essayons juste de nous respecter l'un l'autre et peut-être qu'un jour on pourra redevenir les amis qu'on était avant d'avoir une relation amoureuse. Est-ce que ça te paraît correct ?

Il hocha la tête.

— Complètement. J'espère juste que ça arrivera dans pas trop longtemps. Je sais que ce n'est pas très juste de ma part de dire cela, mais tu me manques.

Yvette sentit ses yeux s'embuer et elle lui serra les mains comme il l'avait fait avant.

— Tu me manques aussi. Je ne crois pas que tu te rendes

compte à quel point ça a été dur pour moi de perdre mon mari et mon meilleur ami.

— Je crois que si. Je t'ai perdue aussi, tu sais.

Elle fronça les sourcils.

— Mais tu avais Jake pour combler le vide. Moi, j'avais qui ? Et ne dis pas mes sœurs ou mon père, parce que ce n'est pas la même chose.

— Jake ne pourra jamais te remplacer, dit-il, et quelque chose dans sa voix fit qu'elle le crut.

— Merci, dit-elle alors qu'une larme roulait sur sa joue.

Isaac se leva et la tira sur ses pieds. Il la serra dans ses bras et dit :

— Je t'aimerai toujours, Yvette. J'espère que tu le sais.

Un sanglot se coinça dans sa gorge et elle hocha la tête, avec la sensation pour la première fois que peut-être elle ne l'avait pas perdu, que peut-être, juste peut-être, ils pourraient trouver un moyen de redevenir amis.

— Eh, qu'est-ce qui se passe ici ? Isaac, est-ce que tu fais pleurer ma fille de nouveau ? demanda Lin en faisant irruption dans la pièce, Abby sur ses talons. Je t'ai dit que si jamais tu lui faisais encore une fois du mal, tu devrais en répondre devant moi.

Isaac embrassa Yvette sur la joue et dit :

— Malheureusement, je crois que je l'ai fait pleurer, Lin. Je suis désolé.

— Zut, maintenant je vais être obligé de te virer, dit-il en le foudroyant du regard. J'aurais dû le faire à la base quand tu lui as brisé le cœur. Qu'est-ce qui cloche chez toi, bon sang ?

— Papa, dit Yvette en s'essuyant les yeux. Tu ne peux pas virer Isaac. Qui est-ce qui fera tes comptes ?

— On trouvera quelqu'un d'autre. Peut-être que Jacob peut prendre la suite, dit-il avec entêtement.

Yvette pouffa de rire.

— Jacob est capable de déchiffrer une déclaration financière, mais il n'est pas comptable. Je crois que c'est mieux pour les affaires si on garde Isaac ici. Et puis, je vais bien. Isaac et moi on était en train de se réconcilier, c'est tout.

— Ah bon ?

Lin les examina avec attention et fronça les sourcils.

— Est-ce que ça veut dire que Jake est de l'histoire ancienne ?

Isaac se racla la gorge.

— Heu, non.

— Alors je ne comprends pas. Tu n'es pas en train de dire que vous allez vous mettre tous les trois…

— Papa ! cria Yvette. Oh, par la déesse, non. Je suis en train de dire qu'on essaie de redevenir amis. C'est tout.

— Oh. Les dieux en soient remerciés.

Il se tourna vers Isaac.

— Mon Yvette mérite d'être aimée plus que tout par quelqu'un.

— Je suis on ne peut plus d'accord.

Isaac commença à ramasser le dossier qu'il avait laissé sur la table.

— Il est temps que j'y aille.

— Non, attends, dit Yvette. Abby et moi on voulait aller faire un tour avec la voiturette de golf. Tu pourrais te joindre à nous.

— Vraiment ? demanda-t-il, un air surpris dans ses yeux pleins d'espoir.

— Oui, vraiment.

Elle se tourna vers Lin.

— Toi aussi, papa. Il est temps que tu t'amuses un peu.

— Pas moyen, répondit Lin. Tu as vu comment Abby conduit ? Je tiens à la vie.

— Allez, papa, intervint Abby, postée à côté de la cheminée. Tu viens juste de me dire que tu n'avais pas envie de rester enfermé en permanence à la maison. Viens faire un tour avec nous. Je serai prudente.

— Non, elle ne sera pas prudente, dit Yvette. Mais tu devrais venir quand même. Qu'est-ce qu'on risque ? La voiturette ne dépasse pas les trente kilomètres-heure.

— Allez, Lin, dit Isaac. Tes filles attendent.

— Mettons, marmonna Lin. Mais si quelque chose va de travers, vous n'avez pas fini d'en entendre parler.

Abby renifla, amusée.

— Je n'en doute pas.

— Parfait, dit Yvette. Ah, si seulement on avait une autre voiturette, on aurait pu faire la course.

Lin se racla la gorge.

— Bon, puisque tu en parles, j'ai peut-être quelque chose.

Abby et Yvette se tournèrent pour le regarder.

— Comment ça ? demanda Yvette.

— Suivez-moi, leur intima Lin avec un signe de tête.

Les trois autres obtempérèrent et atterrirent dans le garage de Lin, devant une voiturette de golf noire, flambant neuve.

— Papa ? dit Abby en riant. D'où ça sort, ça ?

— Je l'ai achetée, dit-il fièrement en mettant la clé dans le contact. Regarde-moi ça.

Il appuya sur un bouton et une guirlande de lumières rouges s'alluma tandis que la stéréo commençait à jouer « On the road again » de Willie Nelson.

Abby renversa la tête en arrière et éclata de rire.

— Papa, c'est génial.

— Ça, c'est ton influence, dit Yvette à sa sœur.

La voiturette d'Abby était équipée des mêmes options.

— Bon sang, j'espère bien.

Abby se tourna vers son père.

— Alors, papa, qu'est-ce qui t'a donné l'envie de faire ça ? Sachant que tu as toute mon approbation, bien sûr.

Il haussa les épaules.

— Je me suis dit que je devrais prendre quelque chose pour m'aider à me déplacer dans le verger. Et c'est beaucoup plus rigolo qu'un truc de jardinage.

— Ça, c'est sûr.

Abby pointa la voiturette du doigt.

— Prêt à faire la course ?

— Tu lis dans mes pensées, dit-il en s'installant au volant.

Yvette sourit à son père, le cœur gonflé de fierté et d'amour. La seule raison pour laquelle il avait fait cette acquisition, c'était pour ne pas s'épuiser en parcourant la propriété à pied. Il faisait vraiment des efforts pour se ménager, et il le faisait avec style.

— Je suis avec papa ! annonça Yvette en sautant en voiture avec lui. Prêt à défoncer Abby ?

Il jeta un coup d'œil à son autre fille.

— Tu crois qu'on peut la battre ?

— Absolument. Tu es un bien meilleur conducteur.

— Oh, oh. C'est ce que vous croyez, hein ?

Abby fit un signe à Isaac.

— Viens, il faut qu'on discute stratégie pour anéantir ces deux-là.

— Il y a vraiment une stratégie avec les voiturettes de golf ? lui demanda Isaac en la suivant à l'extérieur du garage.

— Normalement, non, mais j'ai quelques tours dans mon sac.

Abby jeta un coup d'œil par-dessus son épaule.

— Faites gaffe, vous deux. Je vais vous faire mordre la poussière.

— C'est ça.

Lin fit sortir sa voiturette du garage. Et puis il se tourna vers Yvette.

— Qu'est-ce qu'on fait ? On les attend ou on y va ?

— Vas-y, l'encouragea Yvette alors qu'Abby montait dans sa voiturette. Maintenant !

Lin appuya sur l'accélérateur et ils s'élancèrent.

— Eh ! C'est de la triche ! protesta Abby.

Yvette tendit la main vers le volume en jetant un coup d'œil à son père. Il hocha la tête pour lui signifier son approbation et Yvette monta le son de la musique country qu'il avait choisie, noyant les protestations d'Abby.

Lin se mit à taper du pied gauche et à battre la mesure sur le volant. Il était détendu et son teint avait une couleur correcte. Il prenait visiblement mieux soin de lui. Yvette aurait voulu lui dire qu'elle était fière de lui, mais au lieu de cela, elle se contenta de serrer délicatement son épaule.

Il la regarda.

Merci, articula-t-elle silencieusement.

— Je ferais n'importe quoi pour mes filles ! cria-t-il par-dessus la musique.

Il prit un virage serré à droite pour partir vers la rivière enchantée. Quelques instants plus tard, la voiturette d'Abby apparut derrière eux, et la course commença pour de bon.

Yvette se pencha en avant et se mit à encourager son père en criant pour qu'il distance Abby. Elle cria tout du long, s'amusant comme une petite folle.

Au final, Lin perdit la course, mais Yvette savait que c'était parce que la voiturette d'Abby était équipée de boosters et de divers gadgets qui amélioraient ses performances. Ils n'avaient eu presque aucune chance de gagner, mais ce n'était pas ce qui comptait pour Yvette.

Alors qu'elle regardait sa sœur et Isaac faire une danse de victoire compliquée et ridicule, la seule chose qui importait pour elle, c'était de s'être amusée avec eux et son père. La joie pure qu'elle ressentait venait colmater les vides dans son cœur. C'était ça, la famille, et c'était pour ça qu'elle aimait Keating Hollow de tout son cœur et de toute son âme.

CHAPITRE 23

Quand le mercredi matin arriva, Jacob se trouva avec Skye en porte-bébé contre sa poitrine devant la porte du Café Incantation. Comme Skye avait passé la moitié de la nuit à pleurer, il avait eu moins de quatre heures de sommeil et ses yeux étaient larmoyants de fatigue, mais il s'en fichait. Il était complètement tombé sous le charme de sa fille et il savait qu'il renoncerait avec bonheur au sommeil pour les dix-huit ans à venir si ça voulait dire qu'il pouvait passer toutes ces années avec elle.

— Oh, waouh, dit Hanna alors que Jacob s'approchait du comptoir. C'est qui cette adorable mistinguette ?

— Ma fille, Skye, dit-il, la voix pleine de fierté.

— Qu'est-ce qu'elle est belle, Jacob. Je ne savais pas que tu avais une fille.

Hanna tendit un doigt à la petite fille et sourit quand Skye s'y agrippa.

— Et elle a de la force.

Jacob faillit répondre que lui non plus ne savait pas qu'il

avait une fille jusqu'à il y a peu, mais il se retint et se contenta de sourire à Hanna tandis qu'elle faisait risette à sa fille.

Enfin, elle releva la tête.

— Un café ? Un grand ?

— Le plus grand possible, s'il te plaît.

— Ça marche.

Jacob déposa quelques billets sur le comptoir et recula pile au moment où la porte s'ouvrait et qu'un autre client entrait dans le café. Il entendit un petit hoquet surpris et sut aussitôt qu'Yvette se trouvait derrière lui. Il se retourna et la vit, plantée là, bouche bée. Il lui sourit.

— Salut.

Elle se racla la gorge.

— Salut.

Il ne l'avait pas revue depuis vendredi, quand Sienna avait interrompu leur déjeuner. Il l'avait appelée pour lui dire qu'il ne viendrait pas à la librairie. Il avait voulu lui expliquer, mais elle l'avait coupé, disant qu'elle comprenait, et avait raccroché. Il avait songé à la rappeler, mais il avait décidé qu'il valait mieux qu'ils aient cette conversation en personne.

Hanna l'appela et lui remit son café avant de se tourner vers Yvette :

— Un latte ?

Yvette hocha la tête. Une expression d'intérêt mêlé d'effroi s'était peinte sur son visage alors qu'elle considérait Jacob et Skye, comme si elle était prête à s'enfuir d'une seconde à l'autre.

Jacob ajouta du lait et du sucre à son café et alla se placer à côté d'Yvette.

— Il faut qu'on parle.

— Non, pas besoin. Ça va. Ta fille est là. Tu devrais passer le plus de temps possible avec elle. Je m'en sors avec la librairie.

Elle lui adressa un sourire bien trop éclatant et détourna le regard.

— Yvette, je...

La porte s'ouvrit d'un coup et Sienna entra. Elle portait un jean moulant, des bottes à talon aiguille et un pull au décolleté impressionnant. Jacob s'était demandé où elle pensait aller exactement quand elle était sortie de sa chambre ce matin-là. C'était une tenue qui aurait convenu à une de ces émissions télévisées matinales que son agent publicitaire lui avait trouvées pour faire la promotion de L'Institut Enchanté.

— Te voilà. Je viens d'avoir mon assistante au téléphone. Elle nous a pris un vol qui part vendredi matin à sept heures.

Yvette la contempla avec incrédulité avant de se tourner pour faire face à Jacob.

— Tu t'en vas ?

Une boule se forma dans sa gorge en voyant la mine dévastée d'Yvette. Ce n'était pas du tout comme ça qu'il avait prévu de le lui dire.

— Comme je te le disais, il faut qu'on parle.

— Oh, tu ne savais pas ? demanda Sienna d'une voix fausse. C'est bête. Je suppose que tu dois être assez déçue que Jacob ne puisse pas rester pour transformer ta petite librairie en une chaîne prospère. Il est *vraiment* doué pour ça.

Yvette la fusilla du regard.

— Je crois que je m'en sortirai.

Sienna haussa les épaules et se dirigea vers le comptoir.

— Je suppose que vous avez décidé de vous remettre ensemble ? demanda Yvette en continuant de regarder Sienna d'un air mauvais.

— Quoi ?

Jacob cligna des yeux avant de froncer les sourcils.

— Non. *Non*, pas du tout.

Il regarda la petite fille qui gigotait dans son porte-bébé.

— J'y vais pour elle.

Le regard d'Yvette refléta un éclair de compréhension et elle sembla s'adoucir. Elle regarda Skye et dit très doucement :

— Je vois.

— Tu as du temps pour une conversation aujourd'hui ? demanda-t-il en la suppliant du regard. Il y a des choses que j'ai besoin de te dire.

Ses yeux s'humidifièrent, mais elle retint ses larmes et secoua la tête.

— Écoute, Jacob, vraiment, ce n'est pas la peine. Je comprends. Il n'y a pas…

— J'ai des choses à te dire, s'entêta-t-il. Accorde-moi une demi-heure, ne serait-ce que pour discuter de l'avenir de la librairie.

Elle hésita, ouvrit la bouche et la referma avant de hocher la tête.

— Je serai à la librairie toute la journée. Tu n'as qu'à passer avant la fermeture.

— Je serai là d'ici une heure.

— Yvette ? appela Hanna. Ton latte est prêt.

Jacob la fixa d'un regard intense, le ventre tordu de regret. Elle lui avait manqué au cours des cinq derniers jours. Vivre avec Sienna n'avait pas été une partie de plaisir et cela ne faisait que lui faire apprécier la femme qui se tenait en face de lui encore davantage. Elle était franche, ouverte et aimante. Avant d'emménager à Keating Hollow, il n'avait pas su ce qu'il voulait. Il le savait désormais et Yvette était la seule femme avec qui il avait envie d'être.

— Viens, Jacob, dit Sienna en passant son bras sous le sien. Il faut qu'on y aille si on ne veut pas manquer le rendez-vous avec l'agent immobilier.

— L'agent immobilier ? demanda Yvette, alarmée. Tu vends la maison ?

Jacob essaya de faire disparaître la boule dans sa gorge en déglutissant. Il hocha la tête.

— Je vais avoir besoin de l'argent pour pouvoir déménager à Aspen.

ASSISE À SON BUREAU, Yvette regardait son écran d'ordinateur sans le voir. À la seconde où elle avait compris que Jacob quittait Keating Hollow, son cœur s'était brisé. Cela ne faisait même pas un mois qu'ils s'étaient rencontrés, mais elle était tombée si profondément amoureuse de lui qu'elle était persuadée qu'elle ne serait plus jamais la même après son départ. Si on y ajoutait le fait qu'il vendait sa maison, elle était certaine qu'elle ne le reverrait jamais. Bien sûr, il possédait la moitié de la librairie, mais à la vérité elle n'avait pas besoin qu'il soit là pour gérer le quotidien et tout le reste pouvait se faire par email.

La porte s'ouvrit et des pas lourds résonnèrent sur le parquet. Elle savait que c'était lui, mais elle avait peur de se mettre à pleurer si elle relevait la tête et le regardait. Et puis elle entendit le son adorable d'un bébé qui gazouillait.

Elle était fichue. Elle releva la tête vers le beau visage de Jacob et y vit les regrets qu'elle éprouvait elle-même.

— Non, dit-elle en secouant la tête. Ne fais pas ça. Je ne crois pas pouvoir le supporter.

— Faire quoi ? Partir ? Je ne crois pas avoir vraiment le choix.

Il s'arrêta de l'autre côté de son bureau.

— Non, je voulais dire me regarder comme ça.

Elle dirigea son regard vers l'adorable petite fille qu'il tenait. Elle agitait les bras comme pour essayer de toucher Yvette. Son cœur fondit complètement. Elle tendit les mains vers le bébé.

— Je peux ?

L'expression de Jacob s'adoucit alors qu'il lui passait sa fille.

— Bien sûr.

Elle avait une odeur de bébé propre qui fit soupirer Yvette de plaisir.

— Elle est parfaite, Jacob.

Il fourra ses mains dans ses poches et hocha la tête.

— Je ne peux pas dire le contraire.

Yvette se renfonça dans son fauteuil et fit des grimaces à Skye. Le bébé gloussa de joie. Enfin, Yvette regarda Jacob.

— Pourquoi tu ne m'as pas parlé d'elle ?

Jacob s'assit et se pencha en avant.

— Parce que je ne savais même pas qu'elle existait avant mon rendez-vous avec Sienna à Los Angeles. Elle m'a dit qu'elle pensait que c'était Brian le père, mais une vérification du groupe sanguin a prouvé que c'était moi.

Il regarda sa fille. L'amour dans ses yeux était palpable. Quand il releva la tête pour croiser le regard d'Yvette, il ajouta :

— Cette nouvelle m'a un peu démoli. Il m'a fallu quelques jours pour apprendre à gérer ça, et c'est pour ça que j'étais aussi distant quand je suis revenu.

Elle prit une grande inspiration.

— Oui, j'imagine que ça fait un choc.

— C'est un euphémisme.

Il lui expliqua que Sienna était censée lui amener Skye pour le week-end afin qu'il la rencontre, avant de décider que Jacob avait besoin de davantage de temps avec sa fille, ce qui l'avait amenée à prolonger son séjour.

— C'est pour ça qu'elle est toujours là. J'avais déjà songé qu'il allait probablement falloir que je déménage pour être proche de Skye, mais je n'avais pas encore pris ma décision. Après ces quelques jours passés avec elle, il n'y a plus d'hésitation possible. Je n'ai pas le choix, Yvette.

Elle considéra l'adorable fillette et imagina ce qu'il devait ressentir. Son amour pour l'enfant illuminait la pièce. Le fait qu'il soit déjà si dingue de sa fille ne fit que renforcer les sentiments qu'Yvette nourrissait à son égard.

— Même si je n'ai pas du tout envie que tu partes, je comprends tout à fait.

Il se renfonça dans le fauteuil et la regarda.

— Tu sais que s'il n'y avait pas Skye, rien au monde ne pourrait m'arracher à Keating Hollow, n'est-ce pas ?

— Tu m'as dit que tu avais toujours aimé la ville, dit-elle en haussant les épaules.

— Ce n'est pas la raison.

Il se leva et fit le tour du bureau. Il s'appuya contre le bord et caressa la joue d'Yvette.

— Avant de partir à Los Angeles, la seule chose que je voulais, c'était passer davantage de temps avec toi. Et peut-être que c'est cruel de te dire ça alors que je n'ai pas d'autre choix que de partir, mais je comptais faire tout ce qui était en mon pouvoir pour que tu tombes amoureuse de moi, toi aussi.

— *Aussi ?* Est-ce que tu essaies de me dire que tu ne voulais pas juste quelques séances de baisers enflammés ?

Ça le fit rire.

— Je voulais tellement, tellement plus, Yvette. Je pense que je regretterai toute ma vie de ne pas avoir pu découvrir ou tout ça nous aurait menés. Tu seras celle que je n'aurais jamais pu avoir… à moins que tu viennes avec moi.

Tout son corps se raidit.

— Est-ce que tu viens de me demander de déménager à Aspen avec toi ?

Cette fois, il y avait une énergie nerveuse dans le rire de Jacob.

— On dirait bien. C'est beaucoup trop rapide, hein ?

— C'est… oui, beaucoup trop rapide, dit-elle tristement. Même si on laisse de côté le fait que j'ai une librairie à diriger, je viens *juste* de divorcer, toute ma famille est ici, et Keating Hollow est mon chez-moi. Et toi…

Elle passa une main légère dans les boucles de Skye.

— Il faut que tu trouves ta place dans la vie de cette petite sans que je sois sur ton chemin. Peut-être qu'un jour on se retrouvera toi et moi, mais pour le moment, je pense qu'il vaut mieux qu'on se laisse partir.

Il resta silencieux et tout un panel d'émotions défila sur son visage. Mais quand il posa à nouveau les yeux sur sa fille, il hocha la tête.

— Tu as raison. C'est à elle que je dois penser maintenant.

— Elle a vraiment de la chance, tu sais. Tu seras le meilleur papa dont elle puisse rêver.

— J'espère.

Il tira Yvette de sa chaise et la tint contre lui d'une main, sa fille toujours entre eux.

— Dis-moi que ce n'est pas juste moi. Dis-moi que tu ressens la même chose.

Des larmes brillèrent dans ses yeux tandis qu'elle murmurait :

— Je ressens la même chose.

— Ce n'est pas terminé pour nous, Yvette Townsend. Pas si

j'ai mon mot à dire.

Il se pencha et effleura ses lèvres des siennes.

Yvette s'accrocha à lui, consciente qu'avec le temps et la distance, les sentiments de Jacob risquaient fort de changer. Mais elle s'accrocha quand même à l'espoir qu'il avait raison et qu'un jour ils auraient leur chance. Sa gorge était douloureuse des larmes qu'elle retenait, et elle recula en lui passant Skye.

— Tu devrais y aller avant que ça ne soit encore plus difficile.

Il prit sa fille et dit :

— Pour la librairie… comme je ne serai pas là, je deviendrai ton bailleur de fonds. Je demanderai à Norm de t'envoyer le nouveau contrat.

— Quoi ?

Un frisson glacé la traversa. Elle avait réussi à accepter son départ, mais au fond d'elle, elle avait cru qu'ils resteraient en contact pour gérer la librairie.

— Tu n'es pas obligé de faire ça. On peut travailler ensemble par téléphone ou email.

— Je sais que je ne suis pas obligé, mais je ne veux pas que tu aies constamment l'impression que je juge tes décisions. Bien sûr, je serai disponible si tu veux mon avis sur quoi que ce soit. J'essaie juste de me montrer correct envers toi.

Elle secoua la tête.

— Certainement pas. J'aime ce que tu apportes à la librairie et on fait une bonne équipe. Laisse les choses comme elles sont.

— Alors d'accord.

Il lui sourit et commença à se pencher vers elle à nouveau, mais la porte s'ouvrit violemment et Sienna déboula à l'intérieur.

— Jacob, il faut qu'on y aille. Immédiatement !

CHAPITRE 24

Jacob s'écarta brusquement d'Yvette, Skye toujours serrée dans ses bras.

— Qu'est-ce qui ne va pas ?

— C'est Brian. Il est ici, à Keating Hollow, dit-elle avec un sanglot. Il te cherche. Il faut que tu sortes de là.

Jacob fronça les sourcils.

— Pourquoi est-ce qu'il me cherche ? On n'a rien à se dire.

Sienna le prit par la main et commença à le tirer vers la porte.

— Il est en rogne qu'on vive ensemble toi et moi. Viens. Dépêche-toi avant qu'il nous trouve et te foute une raclée.

— Premièrement, je n'ai pas peur de Brian. Deuxièmement, on ne vit pas ensemble, et il n'a pas de souci à se faire par rapport à toi et moi, dit Jacob en plantant ses pieds dans le sol. Qu'est-ce que tu lui as raconté ?

— La vérité.

Des larmes commencèrent à couler sur son visage et elle n'arrêtait pas de regarder vers la porte comme si elle s'attendait à ce que Brian fasse irruption dans la pièce d'une seconde à l'autre.

— Peut-être que je devrais vous laisser seule, dit Yvette.

Elle passa devant Jacob et se dirigea vers la porte.

— Oh, non, certainement pas, sale sorcière.

Sienna l'attrapa par le bras et la tira en arrière.

— Je sais que tu as fait du charme à mon fiancé. Tu crois que j'allais laisser passer ça comme ça ?

Choqué par la crise de Sienna, Jacob en resta coi un instant. Mais il retrouva rapidement sa voix alors qu'Yvette tournait des yeux accusateurs vers lui.

— Je ne sais pas ce qu'elle raconte. Sienna n'est certainement *pas* ma fiancée.

— Techniquement, peut-être, dit Sienna en le regardant et en battant des cils. Mais maintenant que tu sais que nous avons une fille ensemble, je suis sûre qu'on va très vite reparler de mariage.

Jacob fronça les sourcils.

— Est-ce que tu as perdu l'esprit ?

Yvette regarda la main de Sienna crispée sur son bras et dit d'une voix basse, à peine contrôlée :

— Tu ferais mieux de me lâcher avant que je t'y force.

Sienna resserra sa prise.

— Sienna ! gronda Jacob. Qu'est-ce que tu fais ?

Elle recula vivement, comme si elle était surprise de le trouver encore là. Et puis elle courut jusqu'à lui.

— Je t'en prie. Allons-y.

— Peut-être que tu devrais la ramener, dit Yvette. Elle a l'air… bouleversée.

— C'est une façon de voir ça, dit Jacob.

Il rajusta sa prise sur Skye pour mieux la tenir et puis reporta son attention sur Sienna.

— OK, allons-y et laissons Yvette tranquille.

Sienna commença à marcher vers la porte, mais elle se retourna pour fusiller Yvette du regard.

— Il est à moi. Ne pense même pas à essayer de le séduire à nouveau.

La colère monta en Jacob et il fut pris d'un désir certain d'étrangler Sienna. Comment savait-elle qu'il était avec Yvette ? Ce n'était pas lui qui le lui avait dit en tout cas.

— Ça suffit, Sienna, l'avertit-il. Je ne sais pas à quoi tu joues, mais il va falloir que tu arrêtes tout de suite, compris ?

— Je ne joue pas, chéri, ronronna-t-elle en caressant son bras. J'essaie juste de garder ma famille unie.

— Je ne suis pas ta famille.

Il jeta un regard peiné à Yvette. Son visage le brûlait d'embarras devant la comédie que faisait Sienna. Il ne savait pas d'où sortait cette femme complètement dérangée. Au cours des cinq derniers jours, elle avait été plutôt normale. Même si elle se montrait égocentrique, ce n'était pas exactement nouveau. Mais ce qui se passait en ce moment, ça n'avait rien à voir.

— Mais nous sommes une famille, Jake, dit Sienna en utilisant le diminutif qu'il avait toujours détesté. Tu verras. Une fois qu'on sera à Aspen et que tu verras la maison que je nous ai choisie, tu verras les choses à ma façon.

— J'en doute très fortement, marmonna-t-il.

Il jeta un regard à Yvette par-dessus son épaule et articula *Je t'appelle plus tard*.

Elle hocha la tête et se renfonça dans son fauteuil, l'air complètement sous le choc de l'ouragan qu'était Sienna. Il ne pouvait pas le lui reprocher. L'emportement de Sienna lui faisait remettre en question la santé mentale de cette dernière.

— Sienna ! appela un homme depuis la librairie.

Jacob aurait reconnu cette voix n'importe où.

Brian.

Il s'interrompit en se demandant si Sienna avait volontairement dramatisé les choses en disant que Brian voulait lui casser la gueule. Il carra les épaules, resserra sa prise sur Skye et pénétra dans la librairie alors que Sienna le suppliait de passer par-derrière.

— Sienna ! la rabroua-t-il. Je ne vais pas fuir devant Brian.

À la seconde où il aperçut Brian, il sentit la rage l'envahir totalement. Son meilleur ami, l'homme qu'il considérait comme un frère, s'était enfui avec sa fiancée et n'avait jamais essayé de le recontacter. Il se tendit et jeta un regard vers Sienna.

— Tiens, prends Skye.

— Non !

Elle agita les mains devant son visage et s'écarta.

— C'est ton bébé !

— Quoi ? Tu es sa mère. Arrête ça, Sienna. Prends-la pour que je puisse parler avec Brian.

— Je ne ferais pas ça à ta place, dit Brian en regardant Sienna. Elle n'est pas… dans son état normal.

— Attends, je vais la prendre, dit doucement Yvette juste derrière lui.

Soulagé qu'elle soit là, il se tourna et lui passa Skye.

— Merci.

— Pas de souci.

Avec précaution, Yvette prit la petite fille dans ses bras et se déplaça vers le café, sans doute par désir de mettre le plus de distance possible entre elle et eux, au cas où il y aurait vraiment une altercation.

— Qu'est-ce que tu entends exactement par « pas dans son état normal » ? demanda Jacob à Brian.

Son vieil ami soupira.

— Tu n'as vraiment rien remarqué de différent chez elle ?

Jacob observa Sienna et vit ses yeux écarquillés et ses mains agitées. Il se rappela qu'elle avait été un peu étrange au cours des cinq jours qu'ils avaient passés ensemble, qu'elle marmonnait dans sa barbe et se cachait dans la chambre d'amis pendant qu'il s'occupait de Skye, mais il avait pensé qu'elle était simplement stressée par la situation et qu'elle le laissait faire connaissance avec sa fille. Mais après son délire dans le bureau d'Yvette, il ne pouvait pas contester ce que Brian disait. Elle n'était clairement *pas* dans son état normal.

— Elle a l'air de penser que tu es là pour te battre avec moi. Ce n'est pas le cas, n'est-ce pas ?

— À ton avis ?

Brian marcha jusqu'à Sienna qui s'était blottie dans un des fauteuils matelassés et sanglotait en disant qu'elle avait gâché sa vie et que plus personne ne l'aimerait jamais.

— Non, je ne crois pas, dit Jacob en regardant avec stupeur Brian tirer délicatement Sienna de son fauteuil.

Il la serra dans ses bras et murmura :

— Ça va aller maintenant, Sienna. Je suis là. Je ne laisserai rien t'arriver. Tout ira bien maintenant.

Jacob se sentit glacé de l'intérieur. Quand il avait dit qu'elle n'était pas dans son état normal, il ne parlait pas d'une crise de panique temporaire. Sienna était malade et il était évident qu'elle avait besoin d'aide. Jacob se fit aussitôt l'effet d'être le pire enfoiré que la terre ait jamais porté.

— Quand est-ce que ça a commencé ?

Brian releva la tête.

— Peu après qu'elle t'a quitté. Probablement même avant, mais personne ne s'en était aperçu alors. Ni moi, ni sa mère.

La culpabilité dévora Jacob.

— Je ne savais pas.

Il avait envie de marcher jusqu'à Sienna et de l'apaiser, mais elle était blottie dans les bras de Brian, la tête posée sur son épaule. Visiblement, ils n'avaient pas besoin de son aide.

— Je vais l'emmener chez le guérisseur, dit Brian. Je reviendrai ensuite et je t'expliquerai tout.

Jacob ne savait pas quoi faire ou quoi dire, alors il se contenta de hocher la tête. Mais alors que Brian se dirigeait vers la porte d'entrée, il demanda :

— C'est vrai que Skye est ma fille, ou c'était un mensonge, ça aussi ?

Brian tourna son regard vers Yvette et Skye. Un éclair de douleur passa dans son regard un instant avant qu'il retrouve son visage normal. Et puis il regarda Jacob dans les yeux et dit :

— C'est ta fille, aucun doute, mon vieux.

Le soulagement envahit Jacob tandis qu'il regardait Brian, stoïque, faire sortir Sienna.

— Jacob ? dit doucement Yvette derrière lui.

— Oui ?

Il regardait toujours la porte, anéanti, et complètement incertain de ce qu'il était censé ressentir après ce qui venait de se passer.

— Est-ce que ça va ? demanda-t-elle.

Il secoua la tête.

— Non, pas du tout.

— C'est normal. Viens. Sortons d'ici.

Elle glissa sa main dans la sienne et commença à le conduire à l'extérieur de la librairie.

— Où est-ce qu'on va ? demanda-t-il, toujours stupéfait par les récents événements.

— À la maison.

CHAPITRE 25

Assis sur le siège passager de la Mustang, Jacob s'émerveillait de la femme à son côté. Elle s'était débrouillée pour sortir le siège auto de la voiture que Sienna avait louée, l'avait transféré dans son propre véhicule et avait installé Skye à l'intérieur. Et puis elle l'avait fait monter à son tour et il ne se souvenait de rien de tout ça. Quand il était redescendu sur terre, ils étaient sur la route de montagne sinueuse menant à sa maison.

— Merci, dit-il.

— Tu n'as pas à me remercier.

Elle lui adressa un doux sourire.

— Je fais ce que ferait n'importe quelle amie après la journée que tu viens de passer.

— Tu dois avoir de très bonnes amies.

Il jeta un coup d'œil derrière à sa fille et fut rassuré de voir qu'elle dormait de façon paisible.

— À vrai dire, oui. Et toi aussi.

Il eut un rire sardonique.

— Tu viens de voir mes amis. Je crois qu'il m'en faut de nouveaux.

— Eh bien, tu m'as moi.

Elle gara la Mustang devant chez lui et mit la voiture au point mort.

— Et même si les choses sont peut-être compliquées en ce moment entre toi et Brian, je crois qu'il est sûrement un meilleur ami que tu ne le penses.

— Peut-être, dit Jacob de mauvaise grâce.

Sienna lui avait dit que c'était Brian qui avait insisté pour qu'elle lui avoue la vérité quant à Skye. À en juger par la façon dont il regardait la petite fille, ça n'avait pas dû être facile pour lui s'il avait commencé par croire que c'était son enfant.

— Je pense que c'est ce que tu verras quand il te rejoindra.

Yvette descendit de voiture et quand elle rejoignit Jacob du côté passager, il avait déjà sorti Skye du siège auto.

Elle rentra dans la maison la première et tandis qu'il s'occupait d'installer le bébé dans son berceau, elle disparut dans la cuisine.

Quand il eut fini de changer et de calmer la petite, il rejoignit Yvette dans la cuisine et se sentit déborder de gratitude en la voyant leur préparer à dîner.

— Je ne savais pas si tu aurais faim, mais je me suis dit que d'une façon ou d'une autre, il allait te falloir des munitions.

Elle déposa une assiette avec un sandwich et une pile de chips devant lui et une autre à côté.

Jacob s'assit sur le tabouret et l'attira sur ses genoux.

— Merci encore.

Elle caressa sa joue.

— C'est à ça que servent les amis.

— Non, Yvette. Les amis ne font pas ça. Ils n'ont jamais fait ça pour moi. Je suis tellement reconnaissant, complètement dépassé, et j'ai envie de t'embrasser à un tel point que c'en est douloureux.

Ses lèvres se recourbèrent en un petit sourire.

— Alors embrasse-moi.

Il prit sa joue dans sa main et caressa sa pommette avec son pouce. Et puis il se pencha et effleura tendrement ses lèvres des siennes. L'émotion l'envahit et il livra chaque parcelle de lui-même dans ce baiser tandis qu'il enroulait ses bras autour d'elle et la serrait contre lui.

Les mains d'Yvette se crispèrent sur ses épaules alors qu'elle lui rendait son baiser avec la même intensité, qu'elle s'abandonnait à lui. Ils s'embrassèrent longtemps, dans les bras l'un de l'autre. Jacob serait bien resté blotti contre elle aussi longtemps qu'elle l'aurait permis, mais bien trop vite, quelqu'un frappa à la porte.

— Mince, je n'avais pas fini moi, murmura-t-il en se détachant d'elle.

Ils étaient tous les deux un peu essoufflés et vraiment sur les nerfs.

— Ça doit être Brian, dit-elle.

Cela suffit à briser le sortilège entre eux.

— Effectivement.

Il la fit gentiment descendre de ses genoux et se leva pour aller ouvrir la porte.

Brian se tenait sous le porche, les épaules courbées. Dos à Jacob, il contemplait la forêt. Jacob sortit et le rejoignit.

— Où est Sienna ? demanda-t-il.

— Je l'ai laissée avec le guérisseur. J'irai la chercher tout à l'heure et je la ramènerai à Los Angeles, avec sa mère, dit Brian sans détacher son regard de la vue.

— Pas à Aspen ?

— Non. Il va falloir attendre qu'une place se libère à la clinique.

Jacob fronça les sourcils.

— Quelle clinique ? Vous ne vivez pas là-bas tous les deux ?

Brian se tourna vers lui, les sourcils froncés.

— Qu'est-ce qui t'a donné cette idée ?

— Elle m'a dit que vous alliez y ouvrir un nouvel Institut Enchanté, en faire votre établissement phare et vous y installer de façon définitive.

— Oh la vache.

Brian passa une main dans ses cheveux sombres et soupira.

— Elle déraille vraiment complet cette fois.

— Alors il n'y a pas de spa à Aspen, et vous ne vivez pas là-bas ? demanda Jacob.

— Pas de spa, non. Et on ne vit pas là-bas, en tout cas, pas moi.

— D'accord, je crois qu'il vaudrait mieux reprendre au début, parce qu'à l'évidence, je suis complètement perdu, dit Jacob. Est-ce que vous avez été ensemble, toi et Sienna ?

Brian lui jeta un coup d'œil et grimaça.

— Oui. Une fois, après une nuit alcoolisée alors que tu étais absent.

Jacob sentit son ventre se serrer. C'était la première fois qu'il entendait son meilleur ami donner sa version des faits.

— Juste une fois ?

Il déglutit.

— Oui, juste une fois, pendant que vous étiez toujours ensemble.

— Je vois. Peut-être qu'on ferait mieux de rentrer, dit Jacob. Je vais faire du café et puis on pourra reprendre du début.

Brian hocha la tête et Jacob le mena à l'intérieur. Il lança la cafetière et quand Yvette les rejoignit, il la présenta à son ami et lui assura qu'il pouvait tout dire devant elle.

— D'accord, dit Brian.

Après quelques minutes embarrassées, le café fut prêt et ils s'assirent tous les trois à table.

Brian se racla la gorge et fixa Jacob de son regard perçant.

— Il faut juste que je sache… tu savais qu'elle était malade ?

— Qui ? Sienna ?

Jacob fronça les sourcils.

— Qu'est-ce que tu veux dire exactement ?

— Son état mental, Jacob. Tu savais ? demanda-t-il.

— Si je savais qu'elle était déséquilibrée ? Non, je n'en avais aucune idée jusqu'à aujourd'hui quand elle s'est précipitée dans la librairie en racontant je ne sais quoi sur toi et en me suppliant de m'enfuir par la porte de derrière. Je ne l'avais jamais vue se comporter de cette façon du temps où nous étions ensemble. Depuis quand elle est comme ça ?

Il haussa les épaules.

— Je ne sais pas exactement. Elle est très douée pour le cacher tant que personne ne remet en question ses mensonges.

Jacob sentit la culpabilité lui serrer la gorge. Il n'avait jamais posé plus de questions que ça à Sienna. Ce n'était pas comme ça qu'il voulait interagir avec sa partenaire. Elle avait été libre d'aller où elle voulait, de voir n'importe qui ou d'acheter ce qu'elle voulait sans qu'il ait son mot à dire. Il ne s'en souciait pas. Mais peut-être que c'était ça le problème. Il ne s'était pas assez soucié d'elle pour s'apercevoir qu'il y *avait* un problème.

Brian serra sa tasse dans ses mains et, le regard plongé dans le liquide sombre, dit :

— Je te dois des excuses, Jacob.

Il releva la tête, une expression douloureuse sur le visage.

— C'était une terrible erreur de passer cette nuit avec Sienna. Je l'ai su dès que ça a été terminé et, franchement, j'aurais voulu faire comme s'il ne s'était rien passé.

— Mais ? insista Jacob.

— Sienna n'arrêtait pas de venir me trouver, pour me dire que votre relation était en train de se casser la gueule et qu'elle avait besoin de mon aide pour l'aider à en sortir avant que vous soyez mariés. Je lui disais de simplement t'en parler. Elle disait qu'elle l'avait fait, mais que les choses n'avaient fait qu'empirer. Elle m'a fait croire que vous faisiez chambre à part.

Il prit une gorgée de café et reposa la tasse sur la table.

— Et puis elle est venue me dire qu'elle était enceinte et que c'était forcément moi le père.

Yvette, qui s'était faite discrète comme une petite souris depuis qu'elle s'était assise à table, laissa un hoquet lui échapper. Brian lui jeta un regard.

— Exactement. Jusqu'à il y a environ six semaines, j'étais convaincu que Skye était ma fille.

— Oh la…

Jacob ferma les yeux alors qu'il sentait la douleur de l'autre homme se réverbérer en lui.

— Sienna a dit que c'était toi qui l'avais poussée à me contacter. Est-ce que c'est vrai ?

Il hocha la tête sans croiser son regard.

— C'est ta fille. Il fallait que tu saches.

Jacob sentit ses yeux s'embuer d'émotion, mais il ne laissa pas ses larmes couler. Sa voix était rauque et à peine audible quand il se força à répondre :

— Merci.

Brian resta silencieux un long moment. Et puis il se racla la gorge à nouveau et continua à leur expliquer tout ce qui s'était passé. Après que Sienna avait dit à Brian qu'elle était enceinte de lui, il lui avait promis de la soutenir, de lui procurer tout ce dont elle aurait besoin, et de rester à ses côtés tout du long. Au début, elle avait semblé parfaitement normale. Mais alors que la grossesse se poursuivait, son comportement était devenu de plus en plus bizarre.

— Je lui ai dit qu'il fallait qu'elle voie un psy, dit Brian. Alors elle en a trouvé un à Los Angeles. Pendant un moment, elle s'en est sortie, mais après la naissance de Skye, elle était dans un sale état. Entre la dépression postnatale et ses autres problèmes, elle s'est retrouvée dans une clinique à Aspen. C'est probablement pour ça qu'elle a dit que nous ouvrions un spa là-bas.

— Seigneur, la pauvre, dit Yvette. Ça n'a pas dû être facile.

Brian hocha la tête.

— Elle est revenue à Los Angeles il y a environ un mois. Elle allait mieux, mais elle n'était pas « guérie ». Elle était toujours suivie et elle était censée prendre des psycholeptiques.

— Je suppose qu'elle ne prend pas ses médicaments alors, dit Jacob.

— On dirait que non. En tout cas, c'est ce qu'elle a dit au guérisseur. Enfin, quand Sienna est revenue chez elle, j'avais déjà compris que Skye n'était pas ma fille. Et je te jure, je voulais te contacter, mais j'avais besoin de parler à Sienna d'abord. Elle a reconnu m'avoir menti à propos de toi et de tout un tas d'autres choses. Quand les choses se sont éclaircies, elle a dit qu'elle voulait que ce soit elle qui te parle de Skye. Et comme elle faisait des progrès, son psychiatre pensait que c'était une bonne idée. Elle sait qu'elle est malade, Jacob. Il est important que tu comprennes qu'elle veut ce qu'il y a de mieux pour Skye.

— C'est pour ça qu'elle essayait de me faire vendre ma

maison et déménager dans une ville où aucun de vous deux ne vit ? demanda-t-il, incapable de contrôler sa frustration.

— Je vais partir du principe qu'elle a fait ça parce qu'elle aime sa fille et qu'elle ne veut pas la perdre.

Il avait l'air agacé par le comportement de Sienna tout en ayant envie de la protéger.

— Parce qu'elle a peur que je réclame la garde complète, dit Jacob qui commençait à rassembler les pièces du puzzle.

— Non, mon vieux. Ce n'est pas ça du tout. Sienna a ses défauts, mais l'amour qu'elle porte à sa fille est absolument total. Elle *veut* que tu fasses partie de la vie de Skye.

— D'accord, peut-être que tu y crois, mais elle ne m'a même pas dit que j'étais peut-être son père. C'est toi qui as dû enquêter. C'est juste…

— Jacob, le coupa Brian. Sienna est venue ici pour te proposer la garde complète de ta fille.

— Quoi ?

Jacob se leva, soudain incapable de rester assis plus longtemps. Il se mit à faire les cent pas dans la cuisine.

— Tu ne peux pas être en train de me dire qu'elle était prête à renoncer à sa fille.

Brian resta assis et regarda Jacob tourner en rond dans la pièce.

— Elle n'est pas en bonne santé, Jacob. Et elle veut ce qu'il y a de mieux pour Skye.

Jacob ne savait pas comment traiter cette information. Il savait déjà qu'il avait besoin de sa fille plus qu'il avait besoin d'air. Mais il ne pouvait pas imaginer que Sienna soit prête à renoncer comme ça à ses droits parentaux. C'était complètement fou. Il s'interrompit et regarda Brian. Et même si cette question le tuait, il se força à la formuler :

— Et toi ? Il y a une raison pour laquelle tu n'es pas ce qu'il y a de mieux pour elle ? Pourquoi tu ne peux pas t'occuper de Skye pendant que Sienna se fait soigner ?

— Est-ce que tu es en train de dire que tu ne veux pas la garde ? demanda Brian en étrécissant les yeux.

— Non, ce n'est pas du tout ce que je suis en train de dire. Je veux ma fille auprès de moi. Je veux comprendre la logique et l'état d'esprit de Sienna pour qu'elle ait pris une décision aussi drastique.

— Tu veux que je joue cartes sur table ? demanda Brian.

— Oui, répondit Jacob. Absolument.

— Très bien.

Brian se leva et commença à faire les cent pas, exactement comme Jacob juste avant.

— Voilà la vérité. Sienna et moi ne sommes pas en couple, et nous ne l'avons jamais vraiment été. On vivait dans la même maison à cause de Skye, l'enfant que je *croyais* être ma fille. J'ai fait de mon mieux pour que Sienna se fasse aider, mais en dépit de tous mes efforts, son état semble s'aggraver. Elle le sait, si bien qu'au début du mois, elle a fait les démarches et établi les papiers pour te transférer la garde complète.

Brian sortit une chemise cartonnée pliée en deux de la poche de sa veste.

— Elle a fait faire les papiers en présence de son psychiatre qui a assuré qu'elle était en pleine possession de ses moyens. Tout ce que tu as à faire, c'est signer, et tu auras la garde de Skye. La seule chose que Sienna demande, c'est de pouvoir faire partie de la vie de Skye une fois qu'elle ira mieux.

La main de Jacob tremblait quand il prit les papiers que Brian lui tendait pour les parcourir. C'était rédigé de façon standard. Les papiers étaient certifiés par un notaire et il y était joint une lettre du psychiatre de Sienna qui déclarait qu'au moment où les papiers avaient été rédigés, Sienna voulait que

Jacob obtienne la garde complète. Il voulait les signer dans la seconde.

Mais alors qu'il sortait son stylo, il vit à nouveau la douleur sur le visage de Brian et il se rassit.

— Écoute, mon vieux. Je sais que ça ne doit pas être évident pour toi.

— Ça va, dit Brian.

Mais son expression le trahit.

— Non, ça ne va pas, mon frère.

— *Frère*, répéta Brian, comme pour lui-même.

Et puis il releva la tête et croisa le regard de Jacob.

— Frères pour toujours.

Jacob se leva et fit signe à Brian de le suivre. Ils passèrent dans la chambre de Skye où elle dormait paisiblement dans son berceau.

Brian se tint là à la regarder pendant un moment. Et puis il se pencha, l'embrassa sur le front et murmura :

— Je t'aime, ma puce. Sois sage avec ton papa. Tu as de la chance de l'avoir.

— Elle a eu de la chance de t'avoir toi, Brian, dit Jacob.

Quand son ami se tourna pour le regarder, il ajouta :

— Merci d'avoir pris soin d'elle et de Sienna. Je préfère ne pas imaginer où elles en seraient si tu n'avais pas été là.

Brian passa d'un pied sur l'autre, mal à l'aise, avant de hausser les épaules.

— Tu aurais fait la même chose pour moi.

Jacob serra son ami dans ses bras et sentit toute sa rancœur fondre comme neige au soleil. Quoi qu'il soit arrivé, ça n'avait plus d'importance désormais. Même s'il ne s'en était pas rendu compte, son ami ne l'avait pas laissé tomber, et Jacob ne lui tournerait plus jamais le dos.

Lorsqu'ils se séparèrent, Jacob dit :

— Je vais signer ces papiers aujourd'hui.

— Je m'en doutais un peu. Tu vas rester ici ?

— Oui.

Jacob regarda sa fille.

— C'est un bon endroit pour élever un enfant.

Brian hocha la tête.

— Je sais que tu as toujours aimé cet endroit. Est-ce que la jolie brune dans la pièce d'à côté a quelque chose à voir dans cette décision ?

— Oui… et non, dit Jacob avec un sourire.

Ce matin encore, il avait cru être obligé de la quitter, elle et la ville qu'il avait appris à aimer. Et maintenant… voilà qu'il était sur le point d'obtenir tout ce dont il rêvait.

— Écoute, Brian, qu'est-ce que tu dirais d'être le parrain de Skye ?

Brian, qui était en train de regarder la petite dormir, tourna brusquement la tête vers Jacob.

— Tu es sérieux ?

— Il est évident que tu l'aimes. Je ne peux imaginer ce que ça a dû être de penser que c'était ta fille avant de te rendre compte que ce n'était pas le cas.

— Je crois que je l'ai toujours plus ou moins su, mais je ne voulais pas l'admettre.

Brian retira les cheveux qui collaient au visage du bébé.

— Mais quand j'ai su la vérité… je ne pouvais pas continuer comme ça, pour elle et pour toi.

Jacob sourit.

— Alors, qu'est-ce que tu en dis ?

— C'est un grand oui.

$\mathcal{Y}$vette était assise avec Skye en face d'elle dans une des salles réservées à la clientèle pour le lancement informel du nouvel établissement de Faith : Doigts de Fée – Spa. C'était l'été et la petite fille faisait désormais partie de la vie de Jacob depuis plus de six mois. Pendant tout ce temps, elle avait été une vraie boule de joie. D'ailleurs en cet instant, elles jouaient et elle agitait une tortue en peluche en l'air en gloussant de rire, comme si Yvette était la personne la plus drôle du monde.

— Ah, vous voilà, dit Jacob depuis le seuil. Je commençais à me demander ce qui était arrivé à mes deux filles préférées.

— Les deux seules, j'espère, répondit Yvette en lui souriant.

— Eh bien, il y a vous deux et Miss Betty.

— Bien sûr. On ne peut pas oublier Miss Betty. Est-ce qu'elle est en bas en train d'essayer de forcer Hunter à lui faire un massage pelvien ?

Jacob frissonna.

— Aux dernières nouvelles, oui. Mieux vaut lui que moi. Au moins, elle ne l'a pas encore peloté.

— « Encore » étant le mot important dans cette phrase, remarqua Yvette.

Jacob se mit par terre et prit Skye sur ses genoux. Le bébé poussa un cri de joie. Elle se tourna dans les bras de son père et passa ses petites mains autour de son cou pour planter un baiser humide sur sa bouche.

Yvette se sentit fondre, comme environ un million de fois par jour quand elle les voyait ensemble. Jacob était le meilleur père imaginable et l'amour entre eux était indéniable.

— Je n'arrive pas à croire que vous m'ayez abandonné là tous les trois, dit Brian en rentrant dans la pièce. Mais je dois admettre que se cacher quand Miss Betty est en chasse est la meilleure idée possible.

Environ un mois après que Jacob avait obtenu la garde de Skye, Brian avait loué un appartement et emménagé à Keating Hollow. Il passait maintenant au moins la moitié de son temps chez Jacob et ils étaient plus proches que jamais. Sienna travaillait toujours sur elle-même, mais elle était venue leur rendre visite deux longs week-ends et elle et Jacob faisaient en sorte que ça fonctionne.

Skye entendit la voix de Brian et se mit à gigoter en essayant de l'atteindre. Il se pencha et la prit des bras de Jacob.

— Je crois que mon invitée est prête à faire sa tournée d'inspection.

Il se pencha vers elle.

— Qu'est-ce que vous en dites, Miss Skye ? Prête à être la coqueluche de ces dames ?

— N'essaie pas d'utiliser ma fille pour draguer cette fois, le réprimanda Jacob.

Mais les ridules de rire autour de ses yeux le trahissaient.

— Je ne l'utilise pas. Ce n'est pas de ma faute si toutes les dames de cette ville nous trouvent irrésistibles.

Il leur fit un clin d'œil et sortit de la salle, Skye sur la hanche, tandis que lui et la petite se faisaient les gros yeux.

— Il est complètement dingue d'elle, dit Yvette en souriant largement. Tout comme toi. Elle vous mène par le bout du nez, tous les deux.

Il renifla.

— Parce que toi, non ?

Il jeta un coup d'œil au nombre impressionnant de jouets répandus autour d'eux.

— Je sais qu'au moins une demi-douzaine de ces jouets sont tout neufs. C'est quoi ton plan ? La couvrir de peluches pour qu'elle ne s'ennuie jamais ?

— Oui, pour tout dire, exactement, dit-elle avec un rire. Skye adore les peluches.

— Et moi c'est toi que j'adore.

Jacob se leva et lui tendit la main. Elle la prit et il l'aida à se hisser sur ses pieds.

— Je voulais te demander quelque chose.

— Vas-y, je t'écoute. C'est par rapport à la librairie ?

Peu après l'arrivée de Skye, Jacob avait arrêté de travailler à la librairie, préférant rester à la maison pour s'occuper de sa fille. Il était toujours son associé et lui et Yvette avaient fréquemment des réunions pour décider de leurs plans. Mais c'était elle qui s'occupait du quotidien, et ça lui convenait parfaitement.

— Non. Ça ne concerne pas la librairie.

Il leva la main et coinça une mèche des cheveux d'Yvette derrière son oreille.

— Je me disais que j'aimerais vraiment t'avoir dans mon lit chaque soir et chaque matin.

Ça la fit rire.

— Alors soixante-quinze pour cent du temps, ça ne te suffit pas ?

Il secoua la tête.

— Non, mon amour. Et Skye pense pareil.

Yvette étrécit les yeux en le regardant.

— Je t'en prie. Elle a un an. Et puis, je doute que ça change quoi que ce soit pour elle si je suis dans ton lit ou non.

— Ça change que tu n'es pas là le matin. Tu aurais dû l'entendre glapir ce matin.

Il secoua la tête comme si ses oreilles en sifflaient encore.

— Une vraie colère parce que sa Vette n'était pas là pour lui donner des bananes.

— Est-ce que tu lui as donné des bananes ? demanda-t-elle.

— Non.

Il enroula ses bras autour de sa taille et la serra contre lui.

— On n'en avait plus.

— Eh bien voilà. C'est ce qu'elle préfère les bananes, alors il vaut sans doute mieux que tu fasses en sorte d'en avoir toujours en stock.

Il leva les yeux au ciel.

— Tu sais comment couper ses effets à un homme.

— Ses effets ?

Elle se mit à rire.

— Réserve tes effets pour faire en sorte que les couches sales atterrissent dans la bonne poubelle quand tu les balances.

Jacob renversa la tête en arrière et éclata de rire.

— Tu sais, je pourrais me vexer, mais tu as raison.

Elle haussa une épaule.

— Ce n'est pas grave. Je te trouve quand même sexy.

Ses yeux étincelèrent alors qu'il la regardait.

— Ah oui ?

Yvette hocha la tête.

— Absolument.

Il resserra sa prise sur sa taille et demanda :

— Est-ce que tu penses que je suis assez sexy pour m'épouser ?

Elle se raidit légèrement devant ces paroles et cligna des yeux.

— Qu'est-ce que tu viens de dire ?

Ses lèvres pointèrent vers le haut en un sourire nerveux et il se dégagea d'elle pour mettre un genou à terre.

Yvette prit une brève inspiration.

— Ce n'est pas ce que je pense, si ? Tu n'es pas vraiment en train de…

Jacob sortit une petite boîte en velours bleu et l'ouvrit pour révéler un diamant, très gros et très brillant.

— Oh, par la déesse, souffla Yvette.

Son cœur battait à mille à l'heure. Elle colla sa main droite contre sa poitrine tandis qu'il lui prenait la gauche et passait la bague à son annulaire.

— Tu es vraiment en train de faire ça.

— Oui, dit-il doucement.

Ses beaux yeux étaient pleins d'espoir et de la promesse d'un futur.

— Yvette Townsend, veux-tu m'épouser ?

Sa gorge lui faisait mal et ses yeux la brûlaient et pour une fois elle n'essaya pas de retenir ses larmes. Elle regarda la bague, puis Jacob. Quand elle plongea son regard dans le sien, elle vit le seul homme qui était capable de faire s'embraser ainsi son cœur et son âme.

— Heu, Yvette ? Ça serait pas mal, une réponse, dit-il en resserrant ses doigts autour des siens.

Elle rit à travers ses larmes et dit :

— Oui, Jacob Burton. Je veux tellement t'épouser.

N'importe où, n'importe quand. Tout ce qu'il me faut, c'est toi et Skye.

Il se leva, toujours ses mains dans les siennes et dit :

— Ne crois pas que tu vas échapper à un grand mariage. On va faire une fête à tout casser.

Elle gémit.

— Sérieusement ?

Jacob haussa les épaules.

— Ça se négocie. Tant que nos amis et nos familles sont là.

Cette fois, elle pouffa de rire.

— Ce qui veut dire toute la ville.

— Exactement.

Il prit ses joues entre ses mains et la regarda droit dans les yeux.

— Je t'aime, Yvette.

— Je sais, dit-elle en souriant alors qu'elle se liquéfiait totalement.

Qu'avait-elle fait pour mériter cet homme ? Elle n'en savait rien, mais maintenant qu'elle l'avait, elle ne le laisserait jamais partir.

— Je t'aime aussi.

— Les dieux en soient remerciés, dit-il, presque pour lui-même.

Et puis il la serra dans ses bras.

— Tu te rappelles quand j'ai dit que Skye voulait que tu sois dans mon lit tous les soirs et tous les matins ?

Elle hocha la tête.

— Oui.

— Je sais aussi de source sûre qu'elle aimerait avoir un petit frère ou une petite sœur. Qu'est-ce que tu en penses ?

Des papillons voletèrent dans le ventre d'Yvette et elle releva les yeux vers lui pour dire :

— J'en pense qu'on devrait se mettre à travailler là-dessus dès ce soir. Qu'est-ce que tu en dis ?

— Je pense que ça peut se faire, dit-il comme s'il n'était pas en train de la regarder comme un loup prêt à dévorer sa proie. Mais d'abord, il faut qu'on annonce la nouvelle.

Il marcha jusqu'à la porte et l'ouvrit :

— Après toi, mon amour.

Yvette regarda le superbe diamant qui étincelait à son doigt et afficha un immense sourire. Son premier mariage s'était soldé par un échec retentissant, mais cette fois ? Cette fois, elle savait que c'était pour toujours. Elle le sentait jusqu'au plus profond d'elle-même. Elle avait rencontré son âme sœur en la personne de Jacob Burton, et c'était réciproque. Elle glissa sa main dans la sienne et dit :

— Miss Betty va être très déçue.

Il hocha solennellement la tête.

— Tu as sûrement raison. Est-ce que je devrais reprendre la bague et la lui offrir à la place ?

— Nan, tu n'as pas envie de l'épouser. Elle est beaucoup moins douée que moi au lit.

Jacob haussa subitement les sourcils.

— Et d'où tu tiens cette information ?

Yvette lui adressa un sourire innocent.

— J'ai lu son autobiographie.

— Elle a écrit une autobiographie ? Tu blagues, hein ?

— Non, je ne blague pas. Et elle te l'a dédiée. Je l'ai laissée sur ta table de nuit pour que tu aies de la lecture ce soir. Elle a dit qu'il y aurait un quizz plus tard, ajouta Yvette en le tirant en bas de l'escalier, là où leurs amis et la famille fêtaient l'ouverture du spa de Faith.

— Maintenant, je sais que tu racontes n'importe quoi, dit-il en riant.

— Ah bon ?

En essayant de ne pas rire, Yvette salua de la main la concernée qui était déjà en train de foncer droit sur eux.

— Je suppose qu'il n'y a qu'un seul moyen de le savoir.

— Pourquoi je suis venu habiter à Keating Hollow, moi ? marmonna-t-il dans sa barbe.

— Ça, c'est facile, dit Yvette en le regardant. C'est parce que cet endroit est magique.

Il plongea ses yeux dans les siens et Yvette eut l'impression qu'ils étaient seuls dans la salle. Enfin, Jacob dit :

— Tu as raison. C'est magique, et toi aussi. Maintenant, embrasse-moi avant que Miss Betty arrive.

— Tu en as mis du temps.

À propos de l'auteure

Deanna Chase, auteure de best-sellers aux classements du New York Times et de USA Today, a grandi en Californie, avant de s'installer dans le sud-est de la Louisiane, au rythme de vie plus tranquille. Quand elle n'écrit pas, elle passe du bon temps à La Nouvelle-Orléans avec son mari ou elle joue avec ses deux chiens shih tzu. Pour plus d'informations et actualités sur ses nouvelles parutions, visitez son site web, deannachase.com.

CHAPITRE 5

1. Chanson de Cee Lo Green dont le titre « Fuck You » en version non censurée signifie « Va te faire foutre ».